Companhia Das Letras

Clara dos Anjos

AFONSO HENRIQUES DE LIMA BARRETO nasceu no Rio de Janeiro em 13 de maio de 1881, filho do tipógrafo João Henriques e da professora Amália Augusta, ambos mulatos. Seu padrinho era o Visconde de Ouro Preto, senador do Império. A mãe, escrava liberta, morreu precocemente, quando o filho tinha seis anos. A abolição da escravatura ocorreu em 1888, no dia de seu aniversário de sete anos, mas as marcas desse período, o preconceito racial e a difícil inserção de negros e mulatos na sociedade brasileira, porém, nunca deixaram de ocupar o centro de sua obra literária.

Em 1900, o escritor deu início aos registros do *Diário íntimo*, com impressões sobre a cidade e a vida urbana do Rio de Janeiro. Sua colaboração mais regular na imprensa começou em 1905, quando escreveu reportagens, publicadas no *Correio da Manhã*, sobre a demolição do Morro do Castelo, no centro do Rio, consideradas um dos marcos inaugurais do jornalismo literário brasileiro. Na mesma época, começou a escrever a primeira versão de *Clara dos Anjos*, livro que seria publicado apenas postumamente, em 1948, e elaborou os prefácios de dois romances: *Recordações do escrivão Isaías Caminha* e *Vida e morte de M. J. Gonzaga de Sá*, livros que terminaria de redigir quase que simultaneamente, ainda que este último tenha sido publicado apenas em 1919.

Recordações do escrivão Isaías Caminha saiu em folhetim na revista *Floreal*, em 1907, e em livro em 1909. Em 1911, escreveu e publicou *Triste fim de Policarpo Quaresma* em folhetim do *Jornal do Commercio*. Publicou ainda *Numa e a ninfa* (1915), *Vida e morte de M. J. Gonzaga de Sá* (1919) e *Histórias e sonhos* (1920). Postumamente saíram, entre outros, *Os bruzundangas* (1922) e as crônicas de *Bagatelas* (1923) e *Feiras e mafuás* (1953).

Morreu no Rio de Janeiro, no dia 1º de novembro de 1922, aos 41 anos.

BEATRIZ RESENDE nasceu no Rio de Janeiro. É mestre em Teoria Literária pela UFRJ e doutora em Literatura Comparada, com pós-doutorado em Antropologia da Cultura pelo Museu Nacional. Professora Titular de Poética da Faculdade de Letras da UFRJ, é pesquisadora do CNPQ, do Programa Avançado de Cultura Contemporânea-PACC/UFRJ e Cientista do Nosso Estado pela FAPERJ. Atualmente é diretora da Editora UFRJ. É autora, entre outras publicações, de *Contemporâneos, Expressões da literatura brasileira no século XXI* (Casa da Palavra/Biblioteca Nacional, 2008); *Apontamentos de crítica cultural* (Aeroplano, 2000) e *Lima Barreto e o Rio de Janeiro em fragmentos* (UFRJ/UNICAMP, 1993). Organizou diversos livros, entre eles, *Cocaína, literatura e outros companheiros de viagem* (Casa da Palavra, 2006); *Rio Literário* (Casa da Palavra, 2005); *As melhores crônicas de Lima Barreto* (Global, 2005) e, com Rachel Valença, *Toda crônica* (Agir, 2004), reunião das crônicas de Lima Barreto.

LÚCIA MIGUEL PEREIRA nasceu em Barbacena em 1901 e morreu no Rio de Janeiro em 1959. Crítica literária, romancista, ensaísta e biógrafa, escreveu ensaios que ajudaram a consolidar a geração de prosadores modernos da década de 1930 e colaborou para os principais jornais da época como *O Estado de S. Paulo*, *Correio da Manhã* e *Gazeta de Notícias*. Seu primeiro romance, *Maria Luísa*, foi publicado aos 32 anos. Em seguida publicou *Em surdina*. Mas foi por seus escritos críticos que ela se tornou conhecida, com destaque para *Machado de Assis* (1935) e *A vida de Gonçalves Dias* (1943). Morreu em um desastre aéreo com o marido, o advogado e historiador Octávio Tarquínio de Sousa.

SÉRGIO BUARQUE DE HOLANDA nasceu em São Paulo em 1902 e morreu em 1982. Depois de lecionar em várias escolas superiores, como a Universidade do Distrito Federal e a Escola de Sociologia e Política de São Paulo, tornou-se, em 1956, catedrático de História da Civilização Brasileira na Faculdade de Filosofia da Universidade de São Paulo (USP). Intelectual reconhecido internacionalmente, é autor de um dos maiores clássicos da historiografia e sociologia brasileiras, o livro *Raízes do Brasil.*

LILIA M. SCHWARCZ nasceu em 1957 em São Paulo. É antropóloga, escritora, tradutora e editora. Professora titular no Departamento de Antropologia da Universidade de São Paulo (USP), trabalha com temas relativos à questão racial no Brasil, aos marcadores sociais da diferença, à história da arte e à história do Império e da República Velha. Foi *visiting professor* nas Universidades de Oxford, Leiden, Brown, Columbia e Princeton. Integra o Comitê Brasileiro da Universidade Harvard.

PEDRO GALDINO DA SILVA NETO é formado em História pela Universidade Estadual do Rio de Janeiro (UERJ), graduando em Arquivologia na Universidade Federal do Estado do Rio de Janeiro (UNIRIO) e mestrando no Programa de Pós-Graduação da UERJ. Bolsista de iniciação científica do projeto temático 2010-11 da Fapesp. Trabalha desde 2005 com organização de acervos arquivísticos.

Lima Barreto

Clara dos Anjos

Apresentação de
BEATRIZ RESENDE

Introdução de
LÚCIA MIGUEL PEREIRA

Prefácio de
SÉRGIO BUARQUE DE HOLANDA

Notas de
LILIA MORITZ SCHWARCZ
PEDRO GALDINO

5ª reimpressão

COMPANHIA DAS LETRAS

Grafia atualizada segundo o Acordo Ortográfico da Língua Portuguesa de 1990, que entrou em vigor no Brasil em 2009.

Published by Companhia das Letras in association with Penguin Group (USA) Inc.

CAPA E PROJETO GRÁFICO PENGUIN-COMPANHIA
Raul Loureiro, Claudia Warrak

PREPARAÇÃO
Carlos Alberto Bárbaro

REVISÃO
Camila Saraiva
Huendel Viana

Dados Internacionais de Catalogação na Publicação (CIP)
(Câmara Brasileira do Livro, SP, Brasil)

Barreto, Lima, 1881-1922.
Clara dos Anjos / Lima Barreto. — 1ª ed. — São Paulo : Penguin Classics Companhia das Letras, 2012.

ISBN 978-85-63560-39-1

1. Ficção brasileira I. Título.

11-14101 CDD-869.93

Índice para catálogo sistemático:
1. Ficção: Literatura brasileira 869.93

[2021]

EDITORA SCHWARCZ S.A.
Rua Bandeira Paulista, 702, cj. 32
04532-002 — São Paulo — SP
Telefone: (11) 3707-3500
www.penguincompanhia.com.br
www.companhiadasletras.com.br
www.blogdacompanhia.com.br

Sumário

Apresentação

Em defesa de Clara dos Anjos

BEATRIZ RESENDE

O romance *Clara dos Anjos* foi uma das obsessões que Lima Barreto carregou por toda a sua vida de escritor. Nas anotações feitas em suas cadernetas, reunidas postumamente por seu biógrafo, Francisco de Assis Barbosa, aparece, já em 1904, um resumo do que seria o enredo da narrativa. O *plot* inicial é bastante simples, sem nada de muito surpreendente: uma jovem moradora de subúrbio do Rio de Janeiro, mulata, filha de carteiro apreciador de modinhas, é seduzida por um malandro da vizinhança, branco, que a abandona. A sedução de Clara, indica o diário, ocorreria no dia 13 de maio, dia em que foi proclamada, como nos diz a história oficial, a Abolição da Escravatura.

No projeto inicial, a história de Clara deveria se desdobrar em outras, com gerações se sucedendo. Nessa sequência, que se estenderia no tempo, a narrativa pretendida toma tons épicos que a aproxima de outra proposta, a de um "*Germinal* negro", anotada nos escritos do diário de janeiro de 1905:

> Registro aqui uma ideia que me está perseguindo. Pretendo fazer um romance em que se descrevam a vida e o trabalho dos negros numa fazenda. Será uma espécie de *Germinal* negro, com mais psicologia especial e maior sopro de epopeia.[1]

A competência do escritor o impediu de escrever tal relato de sopros naturalistas. Em seguida às anotações, porém, há registros de interesse quando diz: "Temo muito pôr em papel impresso a minha literatura". E mais adiante: "Dirão que é o negrismo". A ideia do épico não se concretizou, mas a intenção de colocar em sua obra o debate em torno de questões de raça permaneceu até a realização de *Clara dos Anjos*, no final da vida do escritor. E a acusação de "negrismo", como se pôde constatar, não era uma fantasia persecutória, pesando na avaliação que o romance sofreu, o que se comprova até mesmo em bons momentos de sua fortuna crítica.

A primeira versão de *Clara dos Anjos* é o conto publicado em *Histórias e sonhos*, coletânea organizada pelo próprio autor em 1920.[2] Esta forma curta, uma das muitas diferenças em relação ao romance que merecerá atenção neste estudo introdutório, é dedicada ao crítico literário Andrade Muricy.

A narrativa foi publicada na *Revista Souza Cruz*, como indica o próprio autor na crônica "Será sempre assim?", de *ABC*, em 7 de janeiro de 1922: "dei começo a um romance — *Clara dos Anjos* — que há perto de um ano prometi ao amigo [Herbert] Moses, a fim de ser publicado na *Revista Souza Cruz*. Ele vai bem adiantado [...]".[3] O primeiro capítulo, no entanto, aparece na revista *Mundo Literário* de maio de 1922, como "O carteiro", seguido da indicação: "página inédita do romance *Clara dos Anjos* a sair brevemente".

Trata-se de um capítulo realmente antológico, e a publicação em separado nos indica não apenas a importância do texto, mas que o prestígio do autor nos meios literários era bem maior do que quer fazer crer a fabulação em torno de sua exclusão dos círculos intelectuais.

Se não tinha a qualidade gráfica e a sofisticação da *Revista Souza Cruz*, patrocinada pela fábrica de cigarros, a *Mundo Literário* era revista de importância para a vida literária, publicada pela editora Leite Ribeiro, dirigida pelo jornalista Pereira da Silva, com a colaboração de Agrippino Grieco e Théo Filho, popular autor de *best-sellers*. Colaborava também para a revista a escritora Mme. Chrysantheme, pseudônimo de Cecília Bandeira de Melo Rebelo de Vasconcelos, uma dentre os articulistas que não pouparam de críticas enérgicas o "Futurismo", como chamavam ao primeiro modernismo.

O folhetim terminou sendo publicado após a morte de Lima Barreto, de janeiro de 1923 a maio de 1924. A primeira edição em livro é de 1948, pela editora Mérito.

De toda a vasta obra de Lima Barreto, *Clara dos Anjos* parece ser a que mais equívocos provocou. Mais ainda, a que mais fortemente fez surgir preconceitos, alguns ocultos sob a força da inteligência de críticos que, no entanto, não podiam fugir completamente às ideias de seu tempo em relação não apenas ao tema da raça, mas também ao comportamento que se esperava das mulheres e, no que diz respeito ao fazer literário, ao formato em que o romance vem a público, o folhetim. Uma leitura do romance, hoje, não pode deixar de enfrentar cada um desses preconceitos.

Escrito pouco depois dos acontecimentos da Semana de Arte Moderna, tem como autor um escritor que considera as manifestações modernistas, ou futuristas, como um afã americanista dos participantes paulistas. À gentileza de Sérgio Buarque de Holanda, que lhe entrega um exemplar da *Klaxon*, Lima responde com a mordacidade da crônica "O futurismo", na revista *Careta*:[4]

> Em começo, pensei que se tratasse de uma revista de propaganda de alguma marca de automóveis americanos. [...] Estava neste "engano ledo e cego", quando me dispus a ler a tal *Klaxon* ou *Clark*. Foi então que descobri que se tratava de uma revista de Arte, de Arte transcendente, destinada a revolucionar a literatura nacional e de outros países. Inclusive a Judeia e a Bessarábia.

Evidentemente, a simpatia dos moços modernistas pelo escritor carioca para por aí.

A literatura carioca, por outro lado, dividia-se ainda entre o conservadorismo dos acadêmicos e a literatura de gosto *art-déco*, inspirada nas narrativas francesas de grande sucesso de público como os livros de Benjamin Costallat e Théo Filho. De nenhum dos dois modelos a escrita de Lima Barreto se aproxima. A liberdade em relação aos padrões restritos de uso da linguagem, a tentativa de incorporar o linguajar popular, inclusive o idioleto dos negros pobres, sem identificar-se, porém, com o ideário modernista, fará com que, o mais das vezes, o romance habite um espaço pouco definido, dificultando a avaliação de críticos literários que, por longo tempo, se guiaram por fórmulas que definiam escolas e grupos. Considerado mal escrito, sem capricho, de acabamento precário, e sobretudo trazendo ao mundo literário pobres, pardos, loucos e mulheres seduzidas, não poderia pertencer ao cânone acadêmico nos últimos momentos da literatura como "sorriso da sociedade". Por outro lado, sem ter a radicalidade do movimento modernista, excessivamente político e desprezando a sofisticação da intelectualidade de posições sociais prestigiosas, o romance publicado em 1922 sofreria uma orfandade que só bem mais tarde, com o surgimento de outras obras que tratariam da vida urbana e incluiriam no cenário literário os excludentes, os diferentes e os marginalizados, seria corrigida.

Evidentemente, a publicação na imprensa em muito colaborou para imprecisões. O próprio autor, no preparo da edição em livro de suas contribuições para jornais e revistas, como o volume *Marginália*, fez inúmeras correções, atribuindo vários dos erros de impressão a sua própria letra ao redigir os originais.

A publicação em folhetim tem, já no início, uma interessante chave de leitura. Pela primeira vez uma obra sua não é dedicada a seus pares, aos companheiros de luta ou de copos. Diferentemente do conto, o romance é dedicado à memória de sua mãe.

O folhetim, em sua longa trajetória na produção literária no Brasil, em percurso que deixará marcas fortes em nossa cultura, dos jornais ao rádio e à telenovela, tem formas próprias, requisitos a serem cumpridos e um compromisso imediato com o leitor.

Nos longos, decisivos e deliciosos estudos sobre a trajetória e as múltiplas faces do folhetim, Marlyse Meyer[5] nos deixou constatações irrefutáveis. A primeira delas é tirada da célebre crônica de Machado, "O folhetinista", em que o autor, buscando definir a nova "entidade literária", afirma que o folhetim nasceu do jornal, consequentemente o folhetinista nasceria do jornalista. Em seguida, diante da evidente ligação do gênero às classes populares, aponta o forte preconceito que contra ele é construído, e que só recentemente, agora segundo Marlyse, está finalmente cedendo.

Lendo o romance *Clara dos Anjos*, não fica ao leitor dúvida alguma de que se tratava da escrita de romancista que se fez, ou que foi feito, pela vida, jornalista.

Quando Lima Barreto é internado pela primeira vez no Hospício Nacional da Praia Vermelha, em 1914, tomado por delírios que a bebida causara e já aposentado do serviço público, informa como profissão a de escritor. O médico, descrente, anota no prontuário: "diz ser escritor". Em dezembro de 1919, dois dias depois de recolhido na noite de Natal, delirante, à mesma instituição, passados os efeitos da bebida declara agora ser jornalista. O funcionário público produziu *Triste fim de Policarpo Quaresma*; a crença na possibilidade de ser reconhecido como escritor ainda em vida lhe dá a coragem de publicar o sofisticado *Vida e morte de M. J. Gonzaga de Sá*; o jornalista produz *Clara dos Anjos*.

Das afirmativas incontestes de nossa feroz defensora dos folhetins, talvez a que mais nos interesse sejam as observações de Marlyse Meyer sobre o folhetim como modo de produção literária. O folhetim, publicado nos jornais, passa de forma de veiculação "em fatias" do romance, a um novo modo de publicação de romance. Quase toda a prosa no Brasil — a dos românticos, a de Machado de Assis — é publicada em folhetim, para só depois, conforme o sucesso obtido, sair em livro. Desse modo, o folhetim é um modo de produção sem que tais romances sejam, forçosamente, romances-folhetins. Diz a autora sobre a confusão entre as duas possibilidades:

> É evidente que tal modo de publicação, com suas exigências próprias de cortes de capítulo, de fragmentos que todavia não destruam a impressão de continuidade e totalidade, haveria de influenciar a estrutura de todo romance a partir de então.[6]

De *Clara dos Anjos*, diferentemente dos outros romances de Lima Barreto, nos ficou apenas a versão publicada como folhetim. A apresentação à versão saída em 1956, pela Brasiliense, lembra inclusive que os manuscritos originais nunca foram encontrados.

Juntando-se a esses fatos não planejados o protagonismo da classe operária na narrativa e o tema, tão ao gosto dos folhetins, desde sempre e até hoje, do "seduzida e abandonada", não é de surpreender a influência do modelo folhetinesco no romance. E nem que o preconceito em relação a esta forma literária o acompanhe.

Parece-me, ao contrário dos que o consideram, por essas razões, uma obra menor, que é justamente a influência que o modo de produção deixa na estrutura do romance que o torna mais atual, mais ágil, de leitura mais envolvente, sem a dureza de que padece, várias vezes, a literatura de denúncia. Entre as qualidades que disso resultam, parece estar a mobilidade da narrativa, que pula de um personagem a outro como condutor da ação, o entremear dos capítulos dedicados ao desenrolar da fábula com outros mais ocupados com a reflexão sobre a vida nos subúrbios, o empobrecimento da população e o total desamparo do Estado pelo cidadão comum.

A mais importante dessas peculiaridades parece ser a finalização cuidada e frequentemente emocionada dos capítulos.

Dificilmente um romance que não se destinasse à publicação em folhetins daria ao capítulo VIII o belo final que recebe.

> No dia seguinte, ao passarem os primeiros transeuntes, ele estava morto. E, assim, morreu o pobre e corajoso Antônio da Silva Marramaque, que, aos dezoito anos, no fundo de um "armazém" da roça, sonhara as glórias de Casimiro de Abreu e acabara contínuo de secretaria, e assassinado, devido à grandeza do seu caráter e à sua coragem moral. Não fez versos ou os fez maus; mas, ao seu jeito, foi um herói e um poeta... Que Deus o recompense![7]

A chave biográfica é sempre sedutora quando nos referimos ao escritor carioca, no entanto, estabelecer um diálogo do romance com a obra em crônicas, em continuidade à filiação do folhetinista ao jornalista, pode ser um caminho instigante que vale seguir.

A breve história de Clara apresentada no conto não é expressivamente ampliada no romance. É justamente o que lhe é acrescido, porém, que faz a sua importância, torna-o profundamente inovador e o transforma em precioso documento, não apenas no repertório de nossa literatura, mas como trabalho de "etnógrafo amador", epíteto já atribuído a Lima.

A narrativa se passa, à exceção de um único capítulo, nos subúrbios do Rio de Janeiro, para além dos limites traçados pela linha férrea dos trens da Central. Algumas são áreas mais próximas do centro da cidade, o Méier e o Engenho de Dentro, onde habita uma classe média próxima ao operariado, formada por funcionários públicos ou pequenos negociantes. Aí ficavam naquela época — por este aspecto saudosa — os cinemas que Clara vai frequentar. Em outras, mais distantes, ficavam as moradias de operários, funcionários ainda mais subalternos ou simplesmente aqueles que a modernização do país introduzida pela República tornara pobres. Finalmente, ainda mais afastada do eixo da linha férrea, ficava uma zona rural, com sítios onde pequenas lavouras eram cultivadas e que era atravessada por animais à solta, a despeito de estar ainda situada na capital da República.

O capítulo VII, dedicado ao mapeamento desses subúrbios e à apresentação detalhada dessa área da cidade, entra, pela primeira vez na literatura, e ficará, como referência fundamental da realidade que não interessava ao país conhecer.

Por esse intricado labirinto de ruas e bibocas vive grande parte da população da cidade, a cuja existência o governo fecha os olhos, não se furtando embora em lhe cobrar impostos atrozes, empregados em obras inúteis e suntuárias noutros pontos do Rio de Janeiro.[8]

A vida nesses subúrbios já frequentava as crônicas de Lima Barreto, e todo o trecho que se segue, tratando dos enterros no cemitério de Inhaúma, fora assunto de diversos textos publicados em jornais e revistas. A tristeza dos enterros no cemitério do subúrbio, e até mesmo o temor dos episódios macabros que aí sucediam, foram responsáveis pelo único desejo de luxo a que o escritor se permitiu, ser enterrado no cemitério São João Batista, em Botafogo.

Num único episódio aparece na narrativa o centro da cidade, tão frequente nos outros romances do escritor e descrito com minúcias no *Gonzaga de Sá*. É quando Cassi Jones desembarca do trem dos subúrbios, mistura-se “num filete de multidão” e caminha em direção ao centro. O galã dos subúrbios passa pelo largo do Rossio e olha, pelos vidros das lojas de joias, relógios, braceletes, brincos. Entra pela rua Sete de Setembro, admirando as roupas do Parc Royal, as vitrines com fraques e suspensórios, e segue pela rua do Ouvidor, onde se depara com uma livraria. Seu espanto é o mesmo que tomara os vizinhos de Policarpo Quaresma: para que tantos livros? Só podia servir para fazer doidos.

No centro, o malandro não é ninguém, nem assusta nem seduz. Sua inteligência limitada, sua ignorância, seu comportamento rústico se evidenciam diante dos rapazes que pilheriavam, liam jornais e falavam de assuntos que desconhecia. Sua arrogância habitual desaparece e, intimidado pelos jovens e moças que pediam bebidas com desembaraço, sente-se um bárbaro. Rapidamente, Cassi Jones desiste da ida à Caixa Econômica e volta ao subúrbio.

O envolvimento de Clara com Cassi Jones é antecedido, na narrativa, por tema que frequenta abundantemente o jornalismo de Lima Barreto: o assassinato de mulheres por maridos e amantes ciumentos. No romance, um casal de temperamentos diversos e razoável diferença de idade mora perto do sedutor dos subúrbios.

> A mulher era moça, fruída de carnes, alta, louçã, grandes olhos negros, um tipo do Sul, ao que parece do Rio Grande. O marido, que era oficial de Marinha, maquinista, era amorenado, tirando a mulato, baixo, sempre triste, curvado e pensativo.[9]

Ao descobrir que quando saía, o malandro se metia em sua casa com violão e tudo, o marido assassina a mulher e tenta atingir Cassi, que escapa e se entrega à polícia.

Episódios como este já tinham sido levados aos jornais pelo cronista em diversas ocasiões. Ele mesmo já participara do júri de um uxoricida. O assassino terminou absolvido, com defesa do dr. Evaristo de Morais, que criou a tese da legítima defesa da honra. O fato é contado em "Lavar a honra, matando?", de 28 de janeiro de 1918.[10]

A mais comovente de todas as publicações parece ser a de 27 de janeiro de 1915, "Não as matem",[11] que relata um crime em Deodoro, subúrbio da Central, quando um rapaz mata a ex-noiva e se suicida em seguida: "Nós já tínhamos os maridos que matavam as esposas adúlteras; agora temos os noivos que matam as ex-noivas". Contra o que chama de domínio à força do homem sobre a mulher, após mostrar sua indignação o autor finaliza a crônica com um raríssimo apelo ao público leitor:

> Deixem as mulheres amar à vontade.
> Não as matem, pelo amor de Deus.

Em 1918, volta a afirmar, em *A Lanterna*:[12] "não me cansarei nunca de protestar e acusar esses vagabundos matadores de mulheres", e, ainda mais enfático: "A mulher não é propriedade nossa e ela está no seu pleno direito de dizer donde lhe vêm os filhos".

Da opressão que a necessidade social do casamento representava para as jovens e das infelicidades que frequentemente as esperavam já tratara o *Triste fim de Policarpo Quaresma*, na construção de duas personagens inesquecíveis, a inteligente Olga e a infeliz Ismênia, que enlouquece ao perder o noivo.

Vale lembrar que só em 1932 as mulheres poderão votar, e mesmo assim, as casadas só com permissão do marido, e as solteiras e viúvas desde que com renda própria, havendo que aguardar ainda mais dois anos, quando então, em 1934, o voto feminino passa a ser permitido, sem restrições, a todas as alfabetizadas. A descrença na possibilidade de a República, em seus primeiros anos, mudar alguma coisa na vida dos pobres, dos sem defesa, faz no entanto com que Lima Barreto expresse em seus escritos jornalísticos críticas severas às sufragistas, especialmente à feminista Berta Luz, considerada por ele uma grã-fina rica a viajar pelo mundo às custas do tesouro nacional enquanto as operárias de cabelos brancos continuavam presas aos teares das fábricas.

Se o subúrbio é o grande personagem do romance, outros se movem pelos espaços distantes do centro, na estreita hierarquia em que a cor exerce papel importante. Entre funcionários de baixos salários, ou sobrevivendo graças a limitadas pensões, e os desempregados há diferenças, e a sobrevivência se deve à solidariedade dos vizinhos ou a pequenos serviços que encontram. Entre o pobre ou "remediado" branco e o negro ou mulato, mais ainda, faz-se um fosso. Já a cultura, o conhecimento e mesmo a arte, se não significam forçosamente perspectivas de ascensão, dão a quem os possui prestígio entre os companheiros de dificuldades.

Em *Clara dos Anjos*, como em *Triste fim de Policarpo Quaresma*, a criação dos personagens e as múltiplas formas de manifestação do narrador são as grandes qualidades da narrativa. Como nos mostra Baktin, estudando os romances de Dostoiévski, o recurso à polifonia, às múltiplas vozes que vão dialogicamente constituindo cada personagem, contrapondo-se ou reunindo-se às manifestações do narrador, funciona como recusa de uma única voz autoritária. No caso de Lima Barreto, a voz do narrador, sem o dialogismo, se arriscaria a apresentar cada uma das figuras que pelos subúrbios se movem como esquemáticas, naturalistas ou exóticas.

Se na apresentação do carteiro, pai de Clara, e na do poeta Leonardo Fróes, o narrador se envolve, opina e se condói, especialmente ao tratar do escritor, com dez livros publicados, que sacrificara toda a vida pela literatura, os demais vão sendo constituídos pelas múltiplas visões que os personagens têm uns dos outros, modificando-se ao correr do romance. O discurso do narrador cola-se ao personagem em um momento, em outro cede lugar na construção do romance ao ponto de vista de sua criatura.

Cabe então observar como a figura de Clara dos Anjos vai sendo construída com absoluta originalidade. O romance já vai adiantado quando Clara é finalmente descrita. Mistura de pai e mãe é jovem mulata de porte elegante e sonhadora.

> Joaquim era alto, bem alto, acima da média, ombros quadrados e rija musculatura; a mãe, não sendo muito baixa, escapava à média da altura de nossas mulheres em geral. Tinha ela uma fisionomia medida, de traços breves, mas regular; o que não acontecia com o marido, que era possuidor de um grosso nariz, quase chato, e malares salientes. A filha, a Clara, havia ficado em tudo entre os dois; média deles, dos seus pais, era bem exatamente a filha de ambos.
>
> Habituada às musicatas do pai e dos amigos, crescera cheia de vapores de modinhas e enfumaçara a sua pequena alma de rapariga pobre e de cor com os dengues e o simplório sentimentalismo amoroso dos descantes e cantarolas populares.[13]

Na apresentação da filha dos dois mulatos, em que se misturam traços mais ou menos reveladores das misturas de raças, nada aparece das mulatas que fizeram a tradição do exotismo que cercou tão recorrente personagem da cultura brasileira: a mulata.

Clara é todo o oposto da famosa Rita Baiana, mulata sedutora de *O cortiço*, do naturalista Aluísio Azevedo, ou das inúmeras mulatas que irão povoar o universo literário de Jorge Amado, que começa a publicar oito anos depois de *Clara dos Anjos* vir a público.

Para o narrador de Lima Barreto, “Não havia, em Clara, a representação, já não exata, mas aproximada, de sua individualidade social; e, concomitantemente, nenhum desejo de elevar-se, de reagir contra essa representação".[14]

Vale notar que o narrador em momento algum trata Clara pelo depreciativo termo "mulatinha". É o amigo Marramaque quem, ao tentar alertar Joaquim dos perigos que a filha corria com a proximidade de Cassi — branco, sardento —, serve-se do discurso comum à sociedade racista e classista para dizer: "uma mulatinha pobre, filha de um simples carteiro".

No confronto da furiosa mãe de Cassi com a jovem que cobra casamento, a expressão se cola à sua fala: "Dona Salustiana ficou lívida; a intervenção da mulatinha a exasperou". Em seguida, a mulher branca e vaidosa de possíveis origens na elite explode, e a cor é a maior ofensa que encontra: "Que é que você diz, sua negra?".

De volta à casa, no bonde, Clara incorpora o discurso dos que a cercavam, como advertira o padrinho: "Não haveria um talvez, entre toda aquela gente de ambos os sexos, que não fosse indiferente à sua desgraça... Ora, uma mulatinha, filha de um carteiro!".

É curioso observar que nossa importante crítica literária Lúcia Miguel Pereira inicia seu ensaio sobre o romance apresentando dessa mesma forma a personagem: "A heroína é a mesma, uma mulatinha de quem abusa um rapaz de família superior".[15]

Se a narrativa do romance é em grande parte conduzida pelo narrador onisciente, para o relato da sedução, sua voz, discretamente, dá lugar ao próprio discurso de Clara, que, melancólica e romântica, relembra o encontro com o modinheiro.

É ainda Clara quem encerra o romance. O conto anteriormente publicado termina com a fala de Clara a sua mãe. Nele, diz a jovem entre soluços: "Mamãe, eu não sou nada nesta vida".

No final do romance, terminado em janeiro de 1922,

é significantemente diferente o diálogo final, abrangente, plural, polifônico e comovente nesta última versão:

— Mamãe! Mamãe!
— Que é minha filha?
— Nós não somos nada nesta vida.

Clara dos Anjos inaugura uma linhagem pouco trilhada de romances urbanos cariocas que trazem para a literatura, como sujeito, os excluídos da cidade, a marginália, os moradores de regiões distantes do centro e áreas pobres como as favelas. Em seguida a Lima Barreto aparecem as obras de outro jornalista e músico, Orestes Barbosa, mas o caminho só será mesmo ocupado de forma realmente significativa pela literatura de Marques Rebelo. Com *Marafa* (1935) e *A estrela sobe* (1939), os habitantes de um Rio de Janeiro pobre voltam a ocupar com importância o espaço geopolítico de nossa literatura. Leniza, a personagem-tema de *A estrela sobe*, que nasce em Santo Cristo e cresce na área portuária da Ladeira da Saúde, poderia ser uma das descendentes da Clara dos Anjos desenhada no projeto inicial anotado por Lima Barreto em seu diário.

A Lima Barreto, como a Joaquim dos Anjos, admirador de Patápio Silva e Calado, Policarpo Quaresma e Ricardo Coração dos Outros, agradava a modinha, expressão de um gosto popular elaborado. Executada por violão e flauta, a música lhes parecia traduzir, de alguma forma, a vida que levavam nos subúrbios, entre muitas dificuldades e algumas alegrias.

Pensando na personagem do último romance, não é difícil constatar que foi a música popular que, entre nós, mais e melhor tratou dos moradores de morros e subúrbios do Rio. Das canções de Lupicínio Rodrigues ao morro idealizado de Herivelto Martins ("Quem mora lá no morro/ Já vive pertinho do céu"), Orestes Barbosa com

Silvio Caldas ("Mas a lua, furando nosso zinco/ salpicava de estrelas nosso chão") até "Gente humilde" ("com cadeiras na calçada") de Garoto, Vinicius de Moraes e Chico Buarque, é na musica, bem mais que na nossa literatura, que o mundo de Clara dos Anjos tem encontrado seus melhores intérpretes.

O compositor Cartola (1908-80) grava, em seu único disco, "O mundo é um moinho", que termina com os conselhos que dá à moça que está deixando sua casa simples:

Ouça-me bem, amor
Preste atenção, o mundo é um moinho
Vai triturar teus sonhos, tão mesquinho
Vai reduzir as ilusões a pó
Preste atenção, querida
De cada amor tu herdarás só o cinismo
Quando notares estás à beira do abismo
Abismo que cavaste com os teus pés.

Se Lima Barreto precisasse de um parceiro no mundo musical, atravessando os tempos, teria encontrado no violonista do morro da Mangueira um companheiro na simpatia por nossa jovem mulata, a Clara.

NOTAS

1 Os escritos registrados sob a forma de diário foram reunidos por Francisco de Assis Barbosa no *Diário íntimo*, vol. XIV da obra completa de Lima organizada por Francisco de Assis Barbosa com a colaboração de Antônio Houaiss e M. Cavalcanti Proença (*Obras completas*. São Paulo: Brasiliense, 1956). A maior parte dos manuscritos originais está guardada na Fundação Biblioteca Nacional e foi digitalizada como e-book, disponível em <http://www.ebooksbrasil.org/eLibris/intimo.html>.

2 Cf. Lilia Moritz Schwarcz (org. e introd.). *Contos completos de Lima Barreto*. São Paulo: Companhia das Letras, 2010, pp. 246-55.

3 Beatriz Resende e Rachel Valença (orgs.), *Lima Barreto. Toda crônica*. Rio de Janeiro: Agir, 2004, vol. II, p. 477.

4 Ibid., p. 538.

5 Marlyse Meyer, *Folhetim: uma história*. São Paulo: Companhia das Letras, 1996; Id., *As mil faces de um herói canalha e outros ensaios*. Rio de Janeiro: UFRJ, 1998.

6 Ibid., p. 63.

7 Pp. 239-40 deste volume.

8 P. 182 deste volume.

9 P. 120 deste volume.

10 Resende e Valença, op. cit., p. 312.

11 Ibid., p. 168.

12 *A Lanterna* foi um periódico anarquista fundado por Benjamim Mota cuja temática principal era o anticlericalismo; publicado no Brasil no início do século XX.

13 P. 124 deste volume.

14 P. 219 deste volume.

15 P. 25 deste volume.

Introdução*

LÚCIA MIGUEL PEREIRA

Esta novela talvez não represente a versão definitiva do tema que aborda, e que preocupou Lima Barreto durante longos anos; é possível também que seja apenas um trecho de romance de maior envergadura, embora tenha sentido completo. Com efeito, arrolando, em 1917, os seus manuscritos, o escritor mencionava em primeiro lugar *Clara dos Anjos*, com a indicação "inédito e incompleto", e a data, 1904. Assim, antes de publicar as *Recordações do escrivão Isaías Caminha*, seu primeiro livro, já cuidara desta história, ou, melhor, de uma história muito semelhante a esta, com o mesmo nome. A heroína é a mesma, uma mulatinha de quem abusa um rapaz de família superior, mas as circunstâncias variam, são outras nos esboços encontrados entre os seus papéis. A julgar pelos capítulos iniciais, e sobretudo por uma espécie de roteiro existente entre as notas do romancista, a obra, no seu plano primitivo, seria muito mais vasta, não terminando, como aqui acontece, com o abandono de Clara pelo sedutor; novos amantes se seguiriam a este, entre outros um português, futuro visconde, que, enriquecendo, parte para a Europa, deixando à amiga, de quem tivera uma filha, cinquenta contos; a rapariga

* Publicado originalmente em *Clara dos Anjos*, de Lima Barreto, pela editora Mérito em 1948.

consegue então o marido com que sonhara na mocidade, mas é um indivíduo sem ofício, jogador, bêbedo, que lhe dá cabo do dinheiro, e vive pouco; viúva, Clara tem novo companheiro, a filha lhe foge com um cabo de polícia, prostitui-se, morre na Santa Casa; os apontamentos terminam mostrando a mulata, que lavava e engomava para sustentar o amante inválido, a "cantar uma trova qualquer em um belo dia de sol". Isso tudo se deveria passar em fins do século XIX e princípios do nosso, e daria seguramente não só um romance grande, como um grande romance.

Infelizmente, não se sabe por quê, abandonou Lima Barreto esse plano, sem contudo lhe desprezar o assunto, que aproveitou, transposto para época mais moderna, e reduzido aos elementos essenciais, para um conto constante do volume *Histórias e sonhos*, e em seguida para esta novela, escrita meses antes de sua morte, e publicada depois dela na *Revista Sousa Cruz*. O quadro muda, passa da cidade para os subúrbios, as circunstâncias variam, as personagens secundárias são outras; Clara, porém, não se modifica. É sempre a mesma criatura passiva, que a vida tritura incansavelmente.

Um fato trivial — não pelos sofrimentos que acarreta, mas pela sua constante repetição —, a história de uma moça pobre e mulata seduzida por um valdevinos de boa família, impressionou o escritor a ponto de ser por ele várias vezes narrado, sem nunca o satisfazerem inteiramente as interpretações. Só o conto, onde, resumindo o caso, talvez julgasse ter sido menos infiel à emoção profunda que o guiava, teve ânimo de entregar à publicidade; mas não bastou para libertar o criador dessa criatura sem mistério e até, aparentemente, sem maior interesse. Durante pelo menos dezessete anos — de 1904, data da primeira tentativa, até janeiro de 1922, quando terminou a versão que ora se edita — esteve este tema entre as suas cogitações. É que a desgraça, tão comum, de Clara, se lhe apegara à sensibilidade precisamente por ser comum, por significar menos um destino individual do que uma fatalidade pesando sobre todo um grupo humano.

Lima Barreto trabalhava com muito mais profundidade as personagens masculinas do que as femininas; as figuras centrais dos seus romances são todas de homens, à exceção desta Clara, que, como personalidade, não se compara nem a Policarpo Quaresma, nem a Isaías Caminha, nem a Gonzaga de Sá ou ao seu suposto biógrafo. Por que qualidades o terá ela atraído? Vejamos o seu último retrato, o desta novela. Parda clara, de cabelo liso, essa menina de dezessete anos, educada com o maior recato, sempre presa às saias da mãe, era entretanto, como todas as meninas de dezessete anos, curiosa da vida e do amor. "Habituada às musicatas do pai e dos amigos, crescera cheia de vapores de modinhas e enfumaçara a sua pequena alma de rapariga pobre e de cor com os dengues e o simplório sentimentalismo amoroso dos descantes e cantarolas populares." Inocente embora, "os seus seios duros quase estouravam de virgindade e ansiedade de amar". "O seu ideal na vida não era adquirir uma personalidade, não era ser ela, mesmo ao lado do pai ou do futuro marido. Era constituir função do pai, enquanto solteira, e do marido, quando casada."

Essa "natureza amorfa, pastosa", dotada apenas "de um poder reduzido de pensar", não podia interessar o romancista senão como um espécime típico das mocinhas de sua condição. Aliás, a epígrafe que escolheu para o livro deixa patente a intenção com que o escreveu. E a dedicatória à sua mãe, que poderia ter sido na mocidade exposta aos mesmos riscos, mostra como o problema da sorte das donzelas mestiças lhe penetrara fundamente na imaginação. No final, quando Clara, grávida, vai procurar a mãe do amante e é por ela insultada, Lima Barreto, esquecido da inércia mental de sua heroína, usa-a como porta-voz das suas próprias reflexões:

> Agora é que tinha a noção exata da sua situação na sociedade. Fora preciso ser ofendida irremediavelmente nos seus melindres de solteira, ouvir os desaforos da mãe do seu algoz, para se convencer de que ela não era uma moça como as outras; era muito menos no conceito de todos. [...]
>
> A educação que recebera, de mimos e vigilâncias, era errônea. Ela devia ter aprendido da boca dos seus pais que a sua honestidade de moça e de mulher tinha todos por inimigos, mas isto ao vivo, com exemplos, claramente... O bonde vinha cheio. Olhou todos aqueles homens e mulheres... Não haveria um talvez, entre toda aquela gente de ambos os sexos, que não fosse indiferente à sua desgraça... Ora, uma mulatinha, filha de um carteiro! O que era preciso, tanto a ela como às suas iguais, era educar o caráter, revestir-se de vontade [...] e bater-se contra todos os que se opusessem, por este ou aquele modo, contra a elevação dela, social e moralmente. Nada a fazia inferior às outras, senão o conceito geral e a covardia com que elas o admitiam...

Propositadamente escolheu Lima Barreto uma jovem sem caráter marcado, propositadamente fez cediças as circunstâncias de sua sedução. O que tinha em mira não era o pequeno drama pessoal de Clara, mas o drama de muitas gerações de mulheres de seu meio e cor — o possessivo aplicando-se aqui tanto à personagem como ao romancista. Não era só nos seus anseios de justiça social, mas na sua carne, no seu sangue, que semelhante estado de coisas o feria. É sintomático que tivesse abordado este tema no início de sua vida literária e só no ano de sua morte o terminasse, estando assim *Clara dos Anjos* entre os seus primeiros e os seus últimos trabalhos, entre os que lhe despertaram o ânimo criador e os que lhe transmitiram a experiência da maturidade, entre os que mais de perto o tocavam, mais ao vivo lhe traduziam os motivos de revolta. Literariamente inferior ao *Policarpo Quaresma*, ao *Gonzaga de Sá*, ao *Isaías Caminha* e à sua admirável coleção de contos, já porque composto com maior desleixo — convém não esquecer de que, possivelmente, na forma com que aqui aparece, ainda não se destinasse à publicação —, já porque pondo em cena gente de menor complexidade, este é, entretanto, um livro sem o qual ficaria incompleta a obra de Lima Barreto, e quiçá menos nítida a sua posição em face da sociedade. De certa maneira, é a versão feminina do *Isaías Caminha*, mais incisiva e triste, porque, lá, o mulato sempre acaba vencendo, ainda comprando a elevação social pelo preço do abandono dos ideais de mocidade, e aqui o destino não parece oferecer à mulata nenhuma compensação. Talvez a diferença se explique pela mudança de sexo, a vida sendo em regra mais propícia aos homens do que às mulheres.

Outra razão existe para tornar *Clara dos Anjos* particularmente característica das tendências do seu autor: é o mais suburbano, o único rigorosamente suburbano dos romances desse grande escritor que quis ser — e foi — o cronista de seus muito amados subúrbios. Não era todavia um amor gratuito e cego o de Lima Barreto pela zona onde por tanto tempo habitou: entrava nele o reverso do seu ódio aos bairros ricos, notadamente o Botafogo, e também porventura o seu gosto pela caricatura, que encontrava mais onde expandir-se entre gente menos freada pela educação ou pelo traquejo mundano. Mas, de mistura com esses fatores negativos ou críticos, havia indiscutivelmente no seu sentimento muito do verdadeiro amor — ternura, compreensão, piedade, indulgência. Amava "aquelas torvas ruas", aqueles "chalets" humildes, regurgitantes de crianças e animais domésticos, justamente por serem torvas e humildes; amava aqueles hábitos ronceiros — o ajantarado dominical, o solo jogado com parceiros certos, as conversas na venda, o fraco pelo violão e pelas modinhas — justamente por serem ronceiros, por se ajustarem ao feitio da população que mora nos arredores da cidade como se estivesse em plena província; amava aquela gente prisioneira do seu meio, justamente por ser prisioneira, por viver abafada num cotidianismo miúdo e baço.

Era toda uma sociedade que ali via agitar-se, composta de elementos disparatados: "São operários, pequenos empregados, militares de todas as patentes, inferiores de milícias prestantes, funcionários públicos e gente que, apesar de honesta, vive de pequenas transações, de dia a dia, em que ganha penosamente alguns mil-réis. O subúrbio é o refúgio dos infelizes. Os que perderam o emprego, as fortunas; os que faliram nos negócios, enfim, todos os que perderam a sua situação normal vão se aninhar lá; e todos os dias, bem cedo, lá descem à procura de amigos fiéis que os amparem, que lhes deem alguma coisa para o sustento seu e dos filhos." Essas criaturas de origens tão diversas acabavam por se ajeitarem umas às outras, por formarem um grupo social, com hierarquias, convenções e preconceitos cujo artificialismo não poderia escapar ao romancista, e lhe temperava a ternura com uma nota sarcástica. Como deixaria de notar que certas estações eram consideradas elegantes e outras não? Como não registraria o mau gosto da indumentária, a melancolia das acanhadas reuniões festivas?

Há o reflexo de tudo isso neste livro. Partindo do carteiro Joaquim dos Anjos e sua família, vai Lima Barreto introduzindo personagens tipicamente suburbanas: Marramaque, que, embora simples contínuo de um ministério, frequentara na mocidade a boêmia literária, conhecera Paula Nei e, "tendo sonhado com outro destino", tornara-se "naturalmente azedo e oposicionista"; Lafões, português de nascimento, guarda de Obras Públicas, "muito contente com a sua posição, a sua portaria de nomeação, a sua carta de naturalização". Estes dois eram os parceiros do "postal" nas partidas de solo, jogadas todos os domingos, à sombra do "grande tamarineiro, aos fundos do quintal, debaixo do qual estava armada a mesa, com seus tentos, vermelhos e pupilas negras, de grão de aroeira, o seu baralho, os seus pires, um cálice e um litro de parati, ao centro, muito pimpão e arrogante, impando um cínico desafio às conveniências protocolares".

Muito diferente desses pacatos cidadãos era a roda de Cassi, o cantador de modinhas que, além do violão, só tinha duas preocupações: desfrutar o maior número possível de mulheres e criar galos de briga. Era, não obstante, de família decente, moradora de boa rua, tinha por pai um funcionário respeitável, por mãe uma senhora com prosápias de grandeza, neta de inglês e irmã de um capitão médico do Exército, por irmãs uma normalista e uma aluna do Instituto de Música. Seus amigos pertenciam à escória do subúrbio, um mulato jogador de "football", um bêbedo valentão, um falso advogado, um especialista em furtos nos trens.

Uma russa enérgica e bondosa, uma cartomante, um rábula pedante, um velho que já tivera melhor situação, mas que, perdido pela bebida, depois de correr terras, encalhara no subúrbio, onde exercia vagamente a profissão de dentista, e outras figuras do mesmo teor completam a galeria das personagens de *Clara dos Anjos*, todas vistas talvez um pouco em superfície, mas vivas e nítidas. Uma há entretanto que confrange, que se eleva acima desses fracassados sem consciência da própria degradação, talvez porque Lima Barreto tenha posto nela alguns traços seus, porque seja como que uma caricatura do seu criador —

> Leonardo Flores, poeta, um verdadeiro poeta, que tivera o seu momento de celebridade no Brasil inteiro e cuja influência havia sido grande na geração de poetas que se lhe seguiram. Naquela época, porém, devido ao álcool

e desgostos íntimos, nos quais predominava a loucura irremediável de um irmão, não era mais que uma triste ruína de homem, amnésico, semi-imbecilizado, a ponto de não poder seguir o fio da mais simples conversa. Havia publicado cerca de dez volumes, dez sucessos, com os quais todos ganharam dinheiro, menos ele, tanto assim que, muito pobremente, ele, mulher e filhos agora viviam com o produto de uma mesquinha aposentadoria sua, do governo federal.

Era também mulato, "pardo-claro, cabelos negros e lisos, com abundantes fios brancos; tinha malares salientes e a boca bem-feita"; havia por isso quem atribuísse a "coisa feita" a sua desgraça, "gente de cor" não podendo sobressair sem despertar inveja. Há neste retrato semelhanças com o romancista que lhe conferem feição trágica e dolorosíssima, que abrem perspectivas para a luta interior em que se debateu esse homem superiormente dotado, reconhecendo lucidamente em si mesmo forças destruidoras.

O estigma da cor — cuja existência entre nós é tão evidente como lastimável — acorrentava porém menos Lima Barreto a um destino infeliz do que o vício ao qual não se entregaria sem tremendos conflitos íntimos. Também ele poderia ser um dia, como Leonardo Flores, "uma triste ruína de homem, amnésico, semi-imbecilizado". Ariel condenado a se ir pouco a pouco transformando em Caliban, aceitava como inelutável a degradação, mas seguia-lhe com espírito vigilante e observador a marcha ameaçadora. Também ele seria mais tarde um dos párias que buscavam abrigo no subúrbio, que ali se escondiam, doloridos e exaustos. Mas enquanto não se cumpria a sorte terrível, enquanto não se lhe embotava a sensibilidade nem amortecia a límpida inteligência, protestaria contra a miséria daquela gente, denunciaria as injustiças que a oprimiam.

Outros cuidassem dos poderosos, dos requintados; ele ficaria com os que, num ímpeto paradoxal de orgulho, proclamava da sua igualha. Não os veria melhores do que eram, nem lhes disfarçaria as fraquezas. Ainda o desejando, não o poderia fazer, possuído como era pela vocação de romancista, que obriga a devassar o coração dos homens, a desvendar-lhe os móveis das ações, a distinguir a verdade da aparência. Por isso, muito ao contrário de idealizar as suas personagens, tratava-as com uma sinceridade que, se não excluía a simpatia, também não impedia o sarcasmo. Ironia, em Lima Barreto, só parece haver no *Gonzaga de Sá*, que, sob certos aspectos, é o menos barretiano dos seus livros. Em geral não queria saber de meias palavras e de subentendidos; dizia sem rebuços, algumas vezes violentamente, o que tinha a dizer. E não hesitava em carregar a mão nas suas criaturas, que em muitos casos lucrariam com mais discrição. Era um romancista que tomava partido, que tinha preferências e antipatias.

O sedutor de Clara, por exemplo, é mais convincente no conto, onde não surge tão asqueroso, do que na novela, onde a sua ignomínia se estatela com um acúmulo possivelmente desnecessário de vícios. Por mais ingênua que fosse a menina, causa espanto vê-la entregar-se a um tipo cujo único atrativo era o violão, cujos vícios e crimes não constituíam mistério para ninguém. Ela própria o suspeita de haver assassinado o padrinho, o aleijado Marramaque, e nem assim recua. Até os animais da predileção de Cassi, os galos de briga, são apresentados com visível má vontade: "horripilantes galináceos" de "ferocidade repugnante", eis como os qualifica.

Esse modo de ser, embora em alguns momentos prejudique o romancista, revela a paixão com que Lima Barreto se deu à sua obra, pondo nela, francamente, todos os seus ressentimentos — e ele os tinha com justa razão — mas também a sua generosidade, o seu desejo de lutar pela boa causa. Não se guardava, não se reservava, não se defendia. O seu alto espírito, a sua sensibilidade tão machucada, as suas experiências, as suas fraquezas, os seus entusiasmos e as suas dores — tudo isso ele o punha a serviço da sua vocação, com tudo isso escrevia.

Clara dos Anjos, por lhe vir tão de dentro da alma, significa muito para os que o admiram e querem compreender. É um desabafo onde se sente o timbre da verdade.

Prefácio*

SÉRGIO BUARQUE DE HOLANDA

Não sei se é lícito escrever sobre os livros de Lima Barreto sem incorrer um pouco no pecado do biografismo, que tanto se tem denunciado em alguns críticos. No caso do romancista carioca, não só as circunstâncias de sua vida pessoal, tão marcada pelo desmazelo e a intemperança, parecem inseparáveis de sua obra literária, como afetam certamente muitos dos juízos, benévolos ou desfavoráveis, que pôde suscitar.

O contraste entre essa vida e uma obra que figura entre as mais admiráveis de nossa literatura de ficção, não é realmente de natureza a estimular a boa e justa medida nos julgamentos críticos. Entra, com efeito, naquela oposição, alguma coisa de extraordinário, de quase insólito, e que parece, por isso mesmo, provocar reações imoderadas. Não duvido até que seja ela a causa principal de certa tendência compensatória para sobre-exaltar-se o valor dos seus romances. A verdade é que Lima Barreto não foi o gênio que nele suspeitam alguns dos seus admiradores e nem é possível, sem injustiça, equipará-lo ao autor de *Brás Cubas*.

Há contudo outros motivos, frequentemente extraliterários, para essa exaltação, e quando leio, por exem-

* Publicado originalmente em *Clara dos Anjos*, de Lima Barreto, pela editora Brasiliense em 1956.

plo, que meu amigo Caio Prado Júnior considera a obra de Lima Barreto a de "um dos maiores, sob muitos aspectos, do maior romancista brasileiro", tenho a certeza de que estes "muitos aspectos" não são precisamente os que se devam estimar em primeiro plano no trato da literatura de imaginação.

A obra desse escritor é, em grande parte, uma confissão mal escondida, confissão de amarguras íntimas, de ressentimentos, de malogros pessoais, que nos seus melhores momentos ele soube transfigurar em arte. É essa espécie de refundição artística o que realmente importa ou importa antes do mais no estudo de tal obra, o que de fato vai valorizar as ideias nela expressas ou a crítica social, onde apareça. Dizer isso não é dizer que uma obra literária deva julgar-se segundo padrões formais, uma vez que estes não são absolutos e não se podem reduzir a peso e medida. Mas independentemente da presença de semelhantes padrões, a apreciação literária, ou seja, o discernimento de valores estéticos, irredutíveis embora a fórmulas rígidas, não precisa e não deve ser desdenhado em benefício de outros valores, que, permitindo uma falsa impressão de objetividade, transcendem, no entanto, a esfera da literatura.

E creio que é aquele tipo de apreciação o que se há de aplicar à obra de Lima Barreto e melhor atende ao espírito em que presidiu sua elaboração. Pois não foi ele mesmo quem, a propósito de seu *Isaías Caminha*, se irritou certa vez contra os que enalteciam em seu romance a crítica e sátira social, o *potin* agressivo e malicioso, sem dar maior atenção às virtudes da realização novelística?

O que talvez se possa afirmar em detrimento de parte da sua obra e muito especialmente do romance *Clara dos Anjos*, impresso agora, pela primeira vez, em volume (Editora Mérito, Rio de Janeiro, 1948), é que nela a refundição estética não se fez de modo pleno. Em outras palavras, os problemas íntimos que o autor viveu intensamente e procurou muitas vezes resolver através da criação literária não foram integralmente absorvidos e nela ainda perduram em carne e osso como corpo estranho. Ou ainda: Lima Barreto não chegou a triunfar nesses casos sobre a "reflexão agitada" de que fala Henry James no prefácio a um dos seus romances, reflexão que a genuína criação artística abomina tanto como a natureza abomina o vácuo.

Em *Clara dos Anjos* relata-se a história de uma pobre mulata, filha de um carteiro de subúrbio, que, apesar das cautelas excessivas da família, é iludida, seduzida e, como tantas outras, desprezada, enfim, por um rapaz de condição social menos humilde do que a sua. É uma história onde se tenta pintar em cores ásperas o drama de tantas outras raparigas da mesma cor e do mesmo ambiente. O romancista procurou fazer de sua personagem uma figura apagada, de natureza "amorfa e pastosa", como se nela quisesse resumir a fatalidade que persegue tantas criaturas de sua casta: "*A priori*", diz, "estão condenadas; e tudo e todos pareciam condenar os seus esforços e os dos seus para elevar a sua condição moral e social". É claro que os traços singulares, capazes de formar um verdadeiro "caráter" romanesco, dando-lhe relevo próprio e nitidez, hão de esbater-se aqui para melhor se ajustarem à regra genérica. E Clara dos Anjos torna-se, assim, menos uma personagem do que um argumento vivo e um elemento para a denúncia.

A senhora Lúcia Miguel Pereira, que, embora em outras palavras, tão bem assinala esta circunstância, notou como as tintas são frequentemente carregadas na narrativa, de modo talvez desnecessário e menos convincente, quando o autor procura fazer ainda mais patente a ignomínia do sedutor: "Até os animais da predileção de Cassi, os galos de briga, são apresentados com visível má vontade: 'horripilantes galináceos' de 'ferocidade repugnante'". E poderia notar mais, se quisesse sublinhar este ponto, que o sedutor, em contraste com a vítima, pertence à raça privilegiada, raça muitas vezes irresponsável perante a sociedade e a polícia: tem pele branca e, como se fosse preciso acentuar melhor o contraste, é sardento e de cabelos claros.

De passagem cabe observar como Cassi, vicioso até à medula, não tem todavia o vício que Lima Barreto admitiria com complacência nos próprios inimigos: ao contrário do que ocorre com alguns dos personagens realmente "simpáticos" como o velho Meneses, por exemplo, ou como Leonardo Flores, é avesso à bebida e nunca foi visto embriagado. A propósito, lembra-me nitidamente, dentre as poucas e confusas recordações que me ficaram de Lima Barreto, quando o conheci pessoalmente no último ano de sua vida, este comentário bem expressivo, apesar de toda a reserva irônica que comporta:

— Poeta era o Verlaine. Bebia como uma cabra...

Outra lembrança que conservo vivamente é a de seu desapreço, em mais de uma ocasião manifestado, pela obra de Machado de Assis. Achava-a ou ao menos pretendia achá-la muito inferior à de Aluísio Azevedo, que afirmava ser o nosso maior romancista. É muito possível que entrasse em tais manifestações menos uma convicção firmada do que o ressentimento de quem, zeloso ao extremo da própria originalidade, não tolerava de bom grado as filiações literárias que esboçava a crítica do tempo. Não é talvez descabido, a esse respeito, notar que num inventário dos livros da biblioteca de Lima Barreto, organizado em 1917, quando já tinham sido publicados ou ao menos redigidos todos os seus principais romances (o próprio *Gonzaga de Sá*, impresso somente em 1919, fora redigido muitos anos antes), não consta nenhum livro de Aluísio Azevedo, ao passo que lá estão as obras mais conhecidas de Machado e mais um trabalho intitulado *A psicologia mórbida na obra de Machado de Assis*, tese de concurso apresentada naquele mesmo ano à Faculdade de Medicina do Rio de Janeiro pelo doutor Luís Ribeiro do Vale, natural de Minas Gerais.

O certo é que, apesar de tudo quanto podiam ter de comum, os dois romancistas cariocas se separavam num ponto essencial. Enquanto os escritos de Lima Barreto foram, todos eles, uma confissão mal disfarçada, conforme se disse acima, os de Machado foram antes uma evasão e um refúgio. O mesmo tema que para o primeiro representa obsessivo tormento, e tormento que não pode calar, este o dissimula por todos os meios ao seu alcance. E afinal triunfa na realização literária, onde a dissimulação cuidadosamente cultivada irá expandir-se até o ponto de se converter no ingrediente necessário de uma arte feita de vigilância, de reserva e de tato. Machado de Assis aristocratizou-se por esforço próprio e da disciplina que para isso se impôs, ficou em seu temperamento e em sua obra uma vertente inumana, que deveria desagradar a espíritos menos capazes de contenção. Desagradaria, como se sabe, a um Patrocínio e desagradou certamente a Lima Barreto.

Deste pode-se dizer que não conseguiu forças para vencer, ou sutilezas para esconder, à maneira de Machado, o estigma que o humilhava. Antes de abordar francamente um dos aspectos do problema do mestiço, o que faria em *Clara dos Anjos*, já o deixa transparecer em vários escritos. Em *Isaías Caminha*, por exemplo, o episódio onde um caixeiro atende mal o personagem que lhe pede troco, ao passo que recebe prazenteiramente a reclamação de outro freguês, este alourado, e não mestiço como ele, Isaías, marca um contraste suficiente para transtornar suas relações com o mundo que o cerca. "Curti durante segundos uma raiva surda, e por pouco ela não rebentou em pranto. Trôpego e tonto embarquei e tentei decifrar a razão da diferença nos dois tratamentos. Não atinei: em vão passei em revista a minha roupa, a minha pessoa."

Há nessa humilhação, sem dúvida, o eco de muitas outras que o romancista padeceu pessoalmente e registrou em seu diário íntimo ainda inédito.* Nesse precioso documento, que me foi dado percorrer graças a uma obsequiosidade do senhor Francisco de Assis Barbosa, possuidor de uma cópia, encontram-se pormenores que dão bem a medida das suscetibilidades de Lima Barreto a esse respeito. Suscetibilidades que parecem ter se agravado nos anos seguintes ao primeiro acesso de loucura de seu pai, ocorrido em 1903. Assim é que, numa entrada correspondente ao mês de novembro de 1904, ano em que trabalhava na versão primitiva de *Clara dos Anjos*, consta como, de volta da Ilha do Governador, onde fora pagar uma dívida do pai, encontrou um desafeto, que passeava "como me desafiando", diz, ao lado da esposa. "O idiota", prossegue, "tocou-me na tecla sensível, não há negá-lo. Ele dizia com certeza: Vê, seu negro. Você me pode vencer nos concursos, mas nas mulheres não. Poderás arranjar uma, mesmo branca como a minha, mas não desse talho aristocrático."

Em outra ocasião, quando pretendera ir ver uma esquadra americana de visita ao Rio de Janeiro, notou que, na prancha de embarque, a ninguém pediam convite: a ele pediram. E conclui: "É triste não ser branco". E no Ministério da Guerra, onde servia como amanuense, alguém o tomou por contínuo. Isso lhe sucedeu por três vezes e precisava de "muito sangue-frio para que não desmentisse com azedume". O fato inspirou-lhe logo considerações onde se denuncia o desengano de quem pretendera ver, talvez retificada pelo apuro externo, a boa compostura e a cultura intelectual, sem o conseguir, a pobre impressão que parecia suscitar nos outros a sua condição de mestiço: "nisso creio ver", comenta, "um formal desmentido ao professor Broca (de memória). Parece-me que esse homem diz que a educação embeleza, dá enfim outro ar à fisionomia".

* O *Diário íntimo* foi publicado em 1956 pela editora Brasiliense. (N. E.)

Haveria absurdo certamente em procurar nesses desajustamentos a explicação para toda a arte de Lima Barreto. Eles explicam, no entanto, mais de um dos seus distintivos e não sei se alguma coisa de seu sabor. Ao oposto de Machado de Assis, que saído do morro do Livramento procuraria os bairros da classe média e abastada, este homem, nascido nas Laranjeiras, que se distinguiu nos estudos de Humanidades e nos concursos, que um dia sonhou tornar-se engenheiro, que no fim da vida ainda se gabava de saber geometria contra os que o acusavam de não saber escrever bem, procurou deliberadamente a feiura e a tristeza dos bairros pobres, o avesso das aparências brancas e burguesas, o avesso de Botafogo e de Petrópolis. Não, talvez, por vocação natural, pois os seus mesmos desenganos sugerem que não fora de todo insensível ao feitiço daquelas aparências, nem pelo gosto literário das coisas pitorescas, mas por adoção e, ao fim, com desvelo confrangido. E também com muito de orgulho, daquela espécie de orgulho que o faria referir-se ao próprio desmazelo de hábitos e indumentária, dizendo que era essa a sua elegância e a sua *pose*.

Em um dos excelentes estudos que reuniu em *Interpretações*, o senhor Astrojildo Pereira diz de Lima Barreto que pertence à categoria dos "romancistas que mais se confessam", isto é, daqueles que menos se escondem e menos se dissimulam. Relendo casualmente essas palavras depois de escrito e publicado meu artigo anterior sobre o mesmo tema, alegra-me notar uma coincidência de opiniões e, até certo ponto, de expressões que me deixaria na boa sociedade de quem estudou o romancista carioca, não com a preocupação de rigor analítico, ou não só com ela, mas sobretudo com inteligência amorosa, que é frequentemente o caminho da justa compreensão.

Mas essa coincidência é, em verdade, menos completa do que pode parecer à primeira vista. Tratando especialmente de *Vida e morte de M. J. Gonzaga de Sá*, o senhor Astrojildo Pereira se impressionara, e com razão, diante das numerosas alusões e indicações de natureza autobiográfica encontradas a cada passo na narrativa. E teve o cuidado de conferi-las com as que vêm em outros escritos do autor e até com as próprias reminiscências e os depoimentos de amigos e companheiros, obtendo resultados que corroboram amplamente a conclusão a que chegou.

As confissões a que alude surgem abertamente, "com um mínimo de disfarce, às vezes sem disfarce algum", pois não são contidas por nenhum sentimento de frustração. E é indiferente que se exprimam ora diretamente, pela boca do autor, ora pela palavra e até pela figura dos personagens. Quem, entre os que se recordam de Lima Barreto, não reconhecerá imediatamente muitos dos seus traços no retrato do poeta Leonardo Flores, personagem de *Clara dos Anjos*? E mesmo no empolado das frases em que o poeta repele indignado a encomenda de uns versos, que lhe é feita por intermédio do amigo Meneses, entraria realmente alguma intenção irônica? "Nasci pobre, nasci mulato", diz Leonardo. E, num longo desabafo, onde se fala na fidelidade à própria vocação, no sacrifício das coisas proveitosas, como o dinheiro, as posições, a respeitabilidade, nas humilhações padecidas e enfim no sofrimento resignado, exclama:

> Pairei sempre no ideal; e se este me rebaixou aos olhos dos homens, por não compreender certos atos desarticulados da minha existência, entretanto elevou-me aos meus próprios, perante a minha consciência, porque cumpri o meu dever, executei a minha missão, fui poeta! Para isto fiz todo o sacrifício. A Arte só ama a quem a ama inteiramente, só e unicamente; e eu precisava amá-la, porque ela representava não só a minha redenção, mas toda a dos meus irmãos, na mesma dor.

É desnecessária uma excessiva argúcia para sentir que essa noção da arte, da Arte, como forma de compensação e de redenção, era própria de Lima Barreto, e que a ênfase convencional com que a exprime neste caso é talvez uma tênue caricatura, não um disfarce. Sua suscetibilidade às pequeninas mas reiteradas humilhações constitui motivo de revolta contra os outros, mas sobretudo contra a própria condição. E de revolta que não quer traduzir-se abertamente nos escritos destinados ao grande público, mas de que o diário íntimo ainda inédito exprime em mais de um passo.

E esta outra confissão, que não surge de modo ostensivo, mas é algumas vezes entrevista, apesar do autor, a que no meu entender mais importa para o estudo de sua obra, a que determina muitas das suas reações pessoais, entre outras a singular e renitente ojeriza contra todos aqueles que (como João do Rio e talvez o próprio Machado de Assis), tendo razões para partilhar das mesmas amarguras, tudo fazem no entanto por parecer insensíveis e elas, por enganar-se a si mesmos e tentar iludir aos outros. E é esta dupla revolta o que podemos discernir em mais de um aspecto de sua obra.

Sei que uma tentativa de interpretação psicológica pode encerrar seus perigos, e não é provavelmente a mais indicada, onde tantos outros temas relacionados à arte novelística estão a reclamar atenção. Mas justamente a presença do fato assinalado e apesar de tudo tão tangível em Lima Barreto, que sem encará-lo não é fácil abordar sua arte. Além disso, embora muito mais consciente e governada do que parece, e mais condicionada por influências estranhas, resultado de leituras numerosas, essa arte não denuncia a menor preocupação com as técnicas que servissem para enriquecê-la ou renová-la. Lima Barreto limita-se, quase sem exceção, a pôr em prática, fiado no talento que Deus lhe deu e que os desenganos da vida apuraram, as tradicionais convenções da novela realista:

criar "caracteres" individuais convincentes e reproduzir com plausível fidelidade as circunstâncias em que se movem esses caracteres.

É efetivamente nessa criação que ele foi poucas vezes superado entre nós. Não raro o senso da caricatura leva-o a engrossar em demasia os traços, mas a verdade é que poucas vezes o inclina, nestes casos, a adotar diante dos personagens a atitude de enfatuação irônica, pobre substituto, entre alguns autores, da dificuldade de exprimir objetivamente uma situação dramática.

Um dos seus traços típicos está em que, apesar da alta missão que para ele representa a arte, soube não obstante conferir dignidade estética às mais humildes aparências. Se, como seu personagem Leonardo Flores, tem de renunciar à fortuna, às posições, à respeitabilidade, não é certamente para fugir à realidade penosa, mas para aferrar-se cada vez mais ao pequeno mundo que erigiu em retiro. "O subúrbio", diz, "é o refúgio dos infelizes. Os que perderam o emprego, as fortunas; os que faliram nos negócios, enfim, todos os que perderam sua situação normal vão se aninhar lá; e todos os dias, bem cedo, lá descem à procura de amigos fiéis que os amparem, que lhes deem alguma coisa para o sustento seu e dos filhos."

Essa humanidade, despojada da "situação normal", exilada do seu verdadeiro mundo, é que representa a matéria-prima de toda a obra de ficção de Lima Barreto. Não deixa de ser característica a circunstância de uma parte considerável dos seus personagens ter ou julgar ter origens elevadas. Embora tal presunção sirva admiravelmente, em alguns casos, para realçar o que há de antipático em certas figuras, como sucede ao vilão de *Clara dos Anjos*, que descenderia de um suposto Lord Jones, antigo cônsul inglês em Santa Catarina, na verdade não é só por si e obrigatoriamente um traço negativo. Do contrário estaria condenado sem apelo todo o mundo suburbano, pois todos ali se gabam, mais ou menos, de suas origens insignes, todas as famílias, diz o romancista, "se têm na mais alta conta, provindas da mais alta prosápia; mas são pobríssimas e necessitadas. Uma diferença acidental de cor é a causa para que uma se possa julgar superior à vizinha; o fato do marido desta ganhar mais do que o daquela é outro".

Se essas vaidades servem ao menos de vago consolo para os que curtem tamanhas misérias, para o observador distante elas representam uma nota irônica, que torna ainda mais sombria a tragédia. A sedução exasperada que exerce sobre Lima Barreto essa paisagem humana de vida declinante é comparável e sem dúvida idêntica, no fundo, ao enlevo com que ele se detém no descrever os velhos casarões imperiais, já carcomidos pelo tempo e pelo abandono, onde a sombra que ficou da grandeza perdida aviva pelo próprio contraste a extensão das ruínas.

No volume ultimamente publicado pela Editora Mérito, onde se incluem, além de *Clara dos Anjos*, alguns dos seus melhores contos, encontra-se mais de um exemplo dessa sedução. Há a casa dos "bíblias", com sua longa fachada que se casa bem com as mangueiras, as jaqueiras, os coqueiros da antiga chácara; com os vestígios do velho jardim, onde se erguem, já mutiladas e quase irreconhecíveis, as estatuetas de louça portuguesa, representando a Primavera e a Aurora; com o gradil de ferro, coberto de hera, que o envolve "como um severo manto de outras épocas e de outras gentes, a provocar saudades e evocações, *animando a miséria*". Há também a casa do Barão de Jacuecanga, com suas paredes descascadas e os beirais do telhado "desguarnecidos aqui e ali como dentaduras decadentes ou mal cuidadas". E há a pensão Boa Vista, instalada num solar do Flamengo, que, embora estragado e reformado para servir a fins prosaicamente modernos, ainda conserva nos corredores e nos aposentos "uma luz especial, uma quase penumbra, esse toque de sombra do interior das velhas casas, no seio da qual flutuam sugestões e lembranças".

Essa grandeza alquebrada é como a imagem de muitas vidas humanas que povoam a ficção de Lima Barreto e encontram sua moldura própria no subúrbio. A pobreza, na imaginação deles, e muitas vezes na realidade, é concomitante do esbulho e da decadência. Mas esse quadro tem um avesso, e o romancista não raro se volta, embora já sem o mesmo enlevo, para o mundo dos que pairam dessas realidades medíocres. Há naturalmente os ricos, e há os prósperos e os triunfadores.

Na verdade, porém, estes indivíduos tranquilos e satisfeitos são apenas o polo contrário, inevitável, dos outros e formam com eles um contraste em tudo simétrico. Assim como a penúria resulta quase sempre de um acidente da sorte, a riqueza e o poder também têm, e ainda com mais frequência, causas da mesma natureza. Se o subúrbio é o lugar próprio dos desterrados, desterrados de uma existência mais alta e mais feliz, cujas maravilhas perduram nas imaginações, enchendo-lhes de um arrepio nostálgico, assim Botafogo e Petrópolis pertencem aos que lograram subir de uma condição originariamente humilde e degradante. Não certamente pelo mérito pessoal, mas por meios duvidosos e menos confessáveis.

Os aspectos particulares desse processo transparecem sobretudo nos contos de Lima Barreto, onde a economia natural do gênero permite seu melhor aproveitamento. Aqui a riqueza nunca é fruto do trabalho honesto e lento, que este só serve para entreter a miséria, mas em geral de um inesperado. Em "Nova Califórnia", as experiências de um misterioso alquimista, que descobriu o jeito de tirar ouro dos ossos dos defuntos, acaba precipitando sobre o cemitério toda a população do vilarejo, certa de que profanando os túmulos encontrará a opulência cobiçada. Em "O homem que sabia javanês", a posição e a consideração social são conquistadas a um simples golpe de esperteza. Em "Um especialista" conseguimos saber, por acaso, como principiou a fortuna do comendador:

roubando a herança de uma mulata que iludira e metendo-se depois num negócio de moedas falsas.

O dinheiro e o prestígio andam sempre associados a alguma insondável burla, de modo que são os mais desprezíveis, os menos dominados por escrúpulos de ordem moral, aqueles que de fato sobem e vencem. Todas as coisas andam, assim, fora dos seus lugares e não há meio de concertá-las. Resta o recurso supremo à Arte, onde os humildes podem entrar no reino dos Céus, sem largar o seu subúrbio, e os orgulhosos são fustigados como merecem.

Essa filosofia projeta-se de algum modo sobre todos os aspectos da obra de Lima Barreto, e porque ele a viveu intensamente, nem sempre pôde distanciar-se o bastante para dar lugar a uma verdadeira perspectiva artística. Dessa ausência de perspectiva decorrem certamente algumas qualidades e muitos defeitos dessa obra. Pode-se dizer que em *Clara dos Anjos* temos um compêndio desses defeitos. Mas é também, de todos os seus romances, aquele onde ele menos se oculta, aquele, talvez, onde deixa melhor entrever os caminhos de seu espírito e de sua arte. Para os que verdadeiramente estimam a obra do romancista carioca, os próprios defeitos tornam-se, neste caso, uma virtude incomparável.

Breve nota sobre as notas

Clara dos Anjos é romance amplamente ambientado no contexto do subúrbio carioca, local onde Lima Barreto viveu boa parte de sua vida.

Expressões, lugares, personagens, valores monetários, são quase sempre referidos a situações históricas concretas, as quais, se não são necessárias para a leitura e compreensão da trama do romance, ajudam, e muito, a ambientá-lo.

Nossa opção, pois, foi explicar aos leitores as metáforas e referências presentes no romance não de modo a condicioná-lo, mas apenas para auxiliar na leitura, recuperando a inspiração primeira de Lima Barreto, que sempre se definiu como escritor de lavra realista e militante.

LILIA MORITZ SCHWARCZ E PEDRO GALDINO

Clara dos Anjos

À memória de minha mãe[1]

1 Lima Barreto era filho de João Henriques de Lima Barreto (19/09/1853 — Rio de Janeiro, 03/11/1922) e de Amália Augusta Barreto (Rio de Janeiro, 21/04/1862 — Rio de Janeiro, ?/12/1887), filha da escrava alforriada Geraldina Leocádia da Conceição e neta da escrava Maria da Conceição, "cria" da família Pereira de Carvalho. A família, após a morte de seu patriarca, no início do século XIX, transferiu-se do município de São Gonçalo para a Corte. Geraldina Leocádia foi alforriada e permaneceu agregada à casa de Manuel Feliciano Pereira de Carvalho (Rio de Janeiro, 1806 — Rio de Janeiro., 1867), cirurgião-mor do Exército e diretor da Faculdade de Medicina. Seus quatro filhos foram criados como se fossem netos do renomado médico. Com a morte deste, em 1868, sua família foi entregue aos cuidados dos cinco irmãos de Manuel Feliciano, passando a residirem na casa dos Pereira de Carvalho, na rua Formosa. Amália Augusta recebeu educação diferenciada: diplomou-se como professora pública e ganhou o sobrenome da família. Frequentando a casa dos Pereira de Carvalho, João Henriques conheceu Amália. O pedido de casamento deu-se em 1877, e o matrimônio ocorreu em dezembro de 1878, tendo Afonso Celso de Assis Figueiredo, o Visconde de Ouro Preto, como padrinho. Logo depois fundou e dirigiu um modesto colégio para meninas, o Santa Rosa, na rua Ipiranga, em Laranjeiras. O colégio também foi a primeira residência da família.

Do parto do primeiro filho, que sobreviveu apenas oito dias, restou-lhe um traumatismo e paralisia das pernas, abalando irreversivelmente sua saúde. Mesmo assim, deu a luz a Afonso Henriques (1881) e a Evangelina (1882). Procurando melhor clima para seu restabelecimento, a família mudou de residência por duas vezes. Em 1884 foi obrigada a fechar seu estabelecimento de ensino, passando a se dedicar à sua saúde, aos filhos e à vida doméstica. No mesmo ano nasceu seu quarto filho, Carlindo. A família passou a residir no subúrbio, em busca de lugares afamados por possuírem bons ares para curar "moléstias do peito". Da região da Boca do Mato passaram para o Catumbi, onde nasceu Eliézer, em 1886. Como a saúde de Amália se fragilizava, no ano seguinte, a família mudou-se para o bairro de Paula Matos, onde Amália Augusta faleceu em dezembro de 1887, com tuberculose. Lima Barreto contava apenas seis anos. Sem Amália, a família mudou-se do bairro de Paula Matos para a rua do Riachuelo, na esquina da rua do Resende. A perda da mãe marcou de forma decisiva a personalidade do futuro escritor. É curioso que *Clara dos Anjos*, um dos primeiros romances a ser esboçado por Lima, ainda nos idos de 1904, e que tematiza a relação entre mulatas e homens brancos, tenha sido dedicado à sua mãe, também uma mulata e filha de uma escrava e, possivelmente, de um homem branco.

Alguns as desposavam [as índias]; outros, quase todos, abusavam da inocência delas, como ainda hoje das mestiças, reduzindo-as por igual a concubinas e escravas.

JOÃO RIBEIRO, *História do Brasil*, p. 103, 7ª edição.[2]

2 João Batista Ribeiro de Andrade Fernandes (Sergipe, 1860 — Rio de Janeiro, 1934), jornalista, crítico, filólogo, historiador, pintor, tradutor, veio para o Rio de Janeiro a fim de estudar na Escola Politécnica. Paralelamente desenvolveu também seus estudos literários e sobretudo filológicos. Em 1881 iniciou sua vida no jornalismo, contribuindo com importantes jornais da época. Dedicou-se também ao funcionalismo público — foi oficial de secretaria da Biblioteca Nacional — e ao magistério — foi professor do Colégio Pedro II e da Escola Dramática do Distrito Federal. Membro da Academia Brasileira de Letras, produziu vasta obra nas áreas de filologia, história, ensaio e crítica literária. Como crítico, mostrou-se sempre muito tolerante e estimulou novos autores. O trecho da epígrafe foi extraído da sétima edição de *História do Brasil: curso superior adotado no Ginásio Nacional*, publicada pela Livraria Francisco Alves em 1917, no Rio de Janeiro. Lima Barreto chegou a trocar correspondências com João Ribeiro, que nutria simpatia por sua literatura. Criticando, em anotação de 1905, as teorias científicas raciais, então correntes,

Lima Barreto se apoia nos estudos históricos de João Ribeiro — "Quando há dias li numa das histórias do Brasil do senhor João Ribeiro, p. 234: 'Não podemos pensar que o homem de cor, consequência semi-híbrida do contato heterogêneo de raças tão distanciadas que, até por eminentes cientistas como Haeckel, são consideradas como espécies diversas, seja a peste da cultura americana, como sentenciam os sociólogos', ri-me com uma espontaneidade que até eu mesmo me admirei" (*Diário íntimo*). O trecho selecionado como epígrafe se refere claramente à prática do abuso sexual das escravas por parte dos senhores, ocorrido durante o período colonial.

I

O carteiro Joaquim dos Anjos não era homem de serestas e serenatas; mas gostava de violão e de modinhas.[3] Ele mes-

3 Surgida em Portugal e transportada para o Brasil no século XVIII, a modinha permaneceu em destaque no cenário musical nacional até meados do século XX. No Brasil, a música lírica e sentimental dos salões sofreu grande influência, sendo considerada por muitos a primeira manifestação musical popular originalmente brasileira. Conservando traços de sua origem erudita, a adaptação feita aqui ganhou características próprias. É esse fato que explica o sucesso das modinhas do padre brasileiro Domingos Caldas Barbosa (Rio de Janeiro, *c.* 1739 — Lisboa, 1800) na Corte de d. Maria I, em Portugal, já no século XVIII. A modinha era cantada com acompanhamento de violão, dispensando o cravo e o piano. Em outros romances de Lima Barreto, a modinha também aparece, como em *Numa e a ninfa* e *Memórias do escrivão Isaías Caminha*. Mas é em *Triste fim de Policarpo Quaresma* que surge realçada como elemento cultural da sociedade brasileira no início do século XX. O personagem Ricardo Coração dos Outros é exímio violonista e cantor de modinhas, muito requisitado pela "alta sociedade" suburbana. Naquele romance, ele é professor de violão do major Quaresma, notório patriota que defendia o estilo de canção — "A modinha é a mais genuína expressão da poesia nacional e o violão é o instrumento que ela pede" (*Triste fim de Policarpo Quaresma*. São Paulo: Penguin-Companhia das Letras, 2011, pp. 75-6).

mo tocava flauta, instrumento que já foi muito estimado em outras épocas, não o sendo atualmente como outrora.[4] Os velhos do Rio de Janeiro, ainda hoje, se lembram do famoso Calado[5] e das suas polcas, uma das quais — "Cruzes, minha prima!" — é uma lembrança emocionante para os cariocas que estão a roçar pelos setenta. De uns tempos a esta parte, porém, a flauta caiu de importância, e só um único flautista dos nossos dias conseguiu, por instantes, reabilitar o mavioso instrumento — delícia, que foi, dos nossos pais e avós. Quero falar do Patápio Silva.[6] Com a

4 No início do século XX, a execução da flauta começava a sofrer uma queda de importância em nítido favor do violão. Contudo, não foi excluída do cenário musical. O violão era tido como instrumento inferior em comparação à flauta, tornando-se cada vez mais popular entre as camadas mais humildes da sociedade. Citando a dicotomia entre esses instrumentos, Lima Barreto propõe a convivência próxima de gostos de uma cultura de elite e de uma cultura popular à margem. A vulgarização do violão se inicia nos anos 1870, quando Joaquim Antonio da Silva Calado, professor de flauta da Academia Imperial de Belas Artes, formou o grupo Choro Carioca, em que se destacava o acompanhamento de violões. Foi com o início da gravação de discos no Brasil, no ano de 1902, que o violão ganhou definitivamente sua primazia.

5 Joaquim Antônio da Silva Calado Júnior (Rio de Janeiro, 1848-1880), compositor e flautista brasileiro. Professor de flauta no Conservatório de Música, foi considerado o maior flautista de seu tempo e um dos principais músicos de fins do século XIX. Foi um dos responsáveis pelo estabelecimento de um novo estilo de interpretação no cenário musical nas últimas duas décadas do XIX: o choro. Dono de muitos êxitos musicais, entre eles destaca-se a polca "Cruzes, minha prima!", publicada em 1875, uma das músicas de maior sucesso do final do século XIX.

6 Flautista e compositor brasileiro (Itacoara, Rio de Janeiro, 1880 — Florianópolis, 1907), já despontava como exímio músico nos tempos de estudante do Instituto Nacional de Música em curso que, previsto para seis anos, concluiu em apenas dois.

morte dele a flauta voltou a ocupar um lugar secundário como instrumento musical, a que os doutores em música, quer executantes, quer os críticos eruditos, não dão nenhuma importância. Voltou a ser novamente plebeu.

Apesar disso, na sua simplicidade de nascimento, origem e condição, Joaquim dos Anjos acreditava-se músico de certa ordem, pois, além de tocar flauta, compunha valsas, tangos e acompanhamentos de modinhas.

Uma polca sua — "Siri sem unha" — e uma valsa — "Mágoas do coração"[7] — tiveram algum sucesso, a ponto de vender ele a propriedade de cada uma, por cinquenta mil-réis,[8] a uma casa de músicas e pianos da rua do Ouvidor.[9]

Gravou seu primeiro disco em 1904, na mesma época em que terminou suas primeiras composições, que se tornariam referências no repertório flautístico e das quais se destacam "Variações de flauta", as valsas "Primeiro amor" e "Amor perdido", a mazurca "Margarida", a romança "Serenata de amor" e a polca "Zinha". Em que pese a sugestão que faz Lima Barreto de um decréscimo da influência da flauta na produção musical após a morte de Calado Júnior, José Ramos Tinhorão informa que esta permaneceu popular na produção musical, o que seria atestado por nomes como os de Pixinguinha (1897-1973), Benedito Lacerda (1903-68) e Dante Santoro (1904-69) (*A música popular no romance brasileiro*. Vol. II: Século XX, 1ª parte. São Paulo: Editora 34, 2000, p. 43)

7 Não há registro dessas duas músicas na Biblioteca Nacional.

8 Por 50 mil-réis, era anunciado no *Jornal do Commercio*, em 18 de dezembro de 1921 (mês em que Lima Barreto iniciou a redação deste romance), "à rua Conde de Bonfim [no bairro da Tijuca] um sólido e bem situado prédio de 11 x 41, esplêndida residência, em centro de terreno, com 3 salas, 5 quartos e porão habitável".

9 Não foi encontrado registro de uma loja como essa na rua do Ouvidor, mas a referência parece correta, pois como o piano era uma verdadeira voga, deveria ficar bem em tal rua.

O seu saber musical era fraco; adivinhava mais do que empregava noções teóricas que tivesse estudado.

Aprendeu a "artinha"[10] musical na terra do seu nascimento, nos arredores de Diamantina, em cujas festas de igreja a sua flauta brilhara, e era tido por muitos como o primeiro flautista do lugar. Embora gozando desta fama animadora, nunca quis ampliar os seus conhecimentos musicais. Ficara na "artinha" de Francisco Manuel,[11] que sabia de cor; mas não saíra dela, para ir além.

Pouco ambicioso em música, ele o era também nas demais manifestações de sua vida. Desgostoso com a existência medíocre na sua pequena cidade natal, um belo dia, aí pelos seus vinte e dois anos, aceitara o convite de um engenheiro inglês que, por aquelas bandas, andava, a explorar terras e terrenos diamantíferos. Todos julgavam que o "seu" *mister*[12] andasse fazendo isso; a verdade, porém, é que o sábio inglês fazia estudos desinteressados. Fazia puras e platônicas pesquisas geológicas e mineralógicas. O diamante não era o fim dos seus trabalhos; mas o povo, que teimava em ver, pelos arredores da cidade, o ventre da terra cheio de diamantes, não podia supor que

10 O diminutivo da palavra "arte" remete aqui ao manual didático de rudimentos elementares sobre alguma área do conhecimento.

11 Francisco Manuel da Silva (Rio de Janeiro, 1795 — 1865), compositor, regente, professor e multi-instrumentista brasileiro. Foi um dos principais compositores eruditos do Império e pertenceu à Ordem da Imperial Câmara e Capela. Autor da melodia patriótica em comemoração à abdicação de dom Pedro I, que se transformou no Hino Nacional, além de lundus, modinhas, valsas, hinos e quadrilhas. Sua composição mais famosa foi o "Lundu da marrequinha", com letra do livreiro e editor Francisco de Paula Brito, publicada em 1853.

12 O escritor conjuga a forma nacional e costumeira de se referir a "senhor" à forma abrasileirada do mesmo tratamento em língua inglesa.

um inglês que levava a catar pedras, pela manhã e até à noite, tomando notas e com uns instrumentos rebarbativos, não estivesse com tais gatimonhas[13] a caçar diamantes. Não havia meio do *mister* convencer à simplória gente do lugar que ele não queria saber de diamantes; e dia não havia em que o súdito de Sua Graciosa Majestade não recebesse uma proposta de venda de terrenos, em que forçosamente havia de existir a preciosa pedra abundantemente, por tais ou quais indícios, seguros aos olhos de "garimpeiro" experimentado.

Logo ao chegar o geólogo, Joaquim empregou-se como seu pajem, guia, encaixotador, servente etc., e tanto foi obediente e serviu a contento o sábio, que este, ao dar por terminadas as suas pesquisas, convidou-o a vir ao Rio de Janeiro, encarregando-se de movimentar a sua pedregulhenta ou pedregosa bagagem, até que ela fosse posta a bordo. O sábio comprometeu-se a pagar-lhe a estadia no Rio, o que fez, até embarcar-se para a Europa.

Deu-lhe dinheiro para voltar, um chapéu de cortiça, umas perneiras, um cachimbo e uma lata de fumo Navy Cut; Joaquim já se havia habituado ao Rio de Janeiro, no mês e pouco em que estivera aqui, a serviço do senhor John Herbert Brown, da Real Sociedade de Londres; e resolveu não voltar para Diamantina. Vendeu as perneiras num belchior[14] e o chapéu de cortiça também; e pôs-se a fumar o saboroso fumo inglês no cachimbo que lhe fora ofertado, passeando pelo Rio, enquanto teve dinheiro. Quando acabou, procurou conhecidos que já tinha; e, em breve, entrou para o serviço de empregado de escritório de um grande advogado, seu patrício, isto é, mineiro.

— Não te darei coisa que valha a pena — disse-lhe logo

13 A mesma coisa que sinais feitos com as mãos, trejeitos, momices.

14 Mercador de objetos usados.

o doutor — mas aqui irás travando conhecimentos e podes arranjar coisa melhor mais tarde.

Viu bem que o "doutor"[15] lhe falava a verdade, e toda sua ambição se cifrou em obter um pequeno emprego público que lhe desse direito a aposentadoria e a montepio,[16] para a família que ia fundar. Conseguira, ao fim de dois anos de trabalho, aquele de carteiro, havia bem quatro lustros, com o qual estava muito contente e satisfeito da vida, tanto mais que merecera sucessivas promoções.

Casara meses depois de nomeado; e, tendo morrido sua mãe, em Diamantina, como filho único, herdara-lhe a casa e umas poucas terras em Inhaí, uma freguesia daquela cidade mineira. Vendeu a modesta herança e tratou de adquirir aquela casita nos subúrbios[17] em que ainda

15 Lima Barreto coloca "doutor" entre aspas, por conta de sua conhecida ironia para com essa mania nacional de qualquer um se chamar, facilmente, de doutor. Seja pela posse de um título superior ou até mesmo sem diploma. Observava que era uma voga republicana. Se antes a elite era nobiliárquica, agora era feita de "doutores". O aumento dos que ostentavam tal título seria um flagelo, segundo Lima Barreto, a ponto de se constituir "uma espécie de teocracia doutoral". A avidez pelo status dessa categoria fazia com que manipulassem emblemas que passavam a simbolizar sua posição elevada na nova hierarquia social: anéis acadêmicos, fraques, cartolas, chapéus-coco, bengalas com adereços de ouro e prata, relógios com correntes vistosas, *pince-nez*, peles, polainas, joias, roupas importadas, modos afetados, linguagem rebuscada e toda sorte de pequenos sinais que os distinguiam dos demais.
16 Pensão paga por associação mutualista em que cada sócio contribuía mensalmente com certa quantia e, dessa maneira, adquiria direitos como o de subsídio em caso de doença e à sua família o direito à mesma pensão.
17 O escritor era ele mesmo morador da região do subúrbio. Na época em que escrevia o romance tinha sua casa em Todos os Santos, e sempre manteve relação ambivalente com a re-

morava e era dele. O seu preço fora módico, mas, mesmo assim, o dinheiro da herança não chegara, e pagou o resto em prestações. Agora, porém, e mesmo há vários anos, estava em plena posse do seu "buraco", como ele chamava a sua humilde casucha. Era simples. Tinha dois quartos; um que dava para a sala de visitas e outro para a sala de jantar, aquele ficava à direita e este à esquerda de quem entrava nela. À de visitas, seguia-se imediatamente a sala de jantar. Correspondendo a pouco mais de um terço da largura total da casa, havia, nos fundos, um puxadito, onde estavam a cozinha e uma despensa

---

gião, entre a crítica e a apreciação. "Subúrbio" era termo originalmente empregado para designar arrabaldes e vizinhanças que circunscreviam a região central de uma cidade. Na virada do século XIX para o XX, o termo passa a designar os bairros populares que se situavam ao longo das linhas férreas Auxiliar, Leopoldina, Rio do Ouro e da Central (antiga D. Pedro II), na zona norte e oeste do Rio de Janeiro. Ainda no século XIX, bairros próximos à região central do Rio de Janeiro, que hoje não se enquadram na categoria "subúrbio", eram assim denominados. É o caso de Catumbi, Catete, Glória e Botafogo. Isso porque o termo não mais designava apenas bairros periféricos do centro, mas os bairros cortados pelas ferrovias e com população predominantemente menos favorecida. A partir de 1906 processou-se rápida expansão urbana no Rio de Janeiro. A reforma urbana do prefeito Pereira Passos implicou na destruição de bairros proletários da área central da cidade, favorecendo o deslocamento populacional para essas áreas rurais. Desprovidos de qualquer política de habitação popular, os subúrbios passaram a representar uma área de exclusão socioespacial. A produção de um conceito carioca de subúrbio e sua perpetuação ia ao encontro do projeto republicano de distinção social e enquadramento espacial (Nelson Nóbrega Fernandes, in: *Revista da FAU UFRJ*, nº 2, p. 8, 2009). Em *Clara dos Anjos*, o subúrbio alcança estatuto de personagem se não central, pelo menos dos mais destacados.

minúscula. Comunicava-se esse puxadito[18] com a sala de jantar por uma porta; e a despensa, à esquerda, apertava o puxado, a jeito de um curto corredor, até à cozinha, que se alargava em toda a largura dele. A porta que o ligava à sala de jantar ficava bem junto daquela, por onde se ia dessa sala para o quintal. Era assim o plano da propriedade de Joaquim dos Anjos.

Fora do corpo da casa, existia um barracão para banheiro, tanque etc., e o quintal era de superfície razoável, onde cresciam goiabeiras, dois pés ou três de laranjeiras, um de limão-galego, mamoeiros e um grande tamarineiro copado, bem aos fundos.

A rua em que estava situada a sua casa desenvolvia-se no plano e, quando chovia, encharcava e ficava que nem um pântano; entretanto, era povoada e se fazia caminho obrigado das margens da Central[19] para a longínqua e

18 Até hoje, muitas casas do subúrbio carioca guardam esse tipo de divisão, com seus inúmeros "puxadinhos". Trata-se de pequenas construções de cômodos ligadas a uma estrutura principal, feitas sem exigências estéticas e acabamento formal, pois sua existência é puramente funcional.

19 Lima se refere aqui aos trilhos de trem da Estrada de Ferro Central do Brasil, inaugurada em 29 de março de 1858. Então nomeada Estação de Ferro D. Pedro II, ela ligava o centro da cidade do Rio de Janeiro até os subúrbios das zonas norte e oeste. Inicialmente ia diretamente até Maxambomba (Nova Iguaçu), sem parar pelo subúrbio. A partir de 1861, foram construídas as estações da linha dos subúrbios, à medida que os habitantes se deslocavam da área urbana da Corte para a vastidão suburbana (*Meios de transporte no Rio de Janeiro: história e legislação*, de Francisco Agenor Noronha Santos. Vol. 1, pp. 352-60). Usuário do meio de transporte, parecia se inspirar nos passageiros cujas feições, casos e conversas anotava em seus diários. "Na vida dos subúrbios, a estação da estrada de ferro representa um grande papel: é o centro, é o eixo dessa vida. Antigamente, quando ainda não havia por

habitada freguesia de Inhaúma.[20] Carroções, carros, autocaminhões que, quase diariamente, andam por aquelas bandas a suprir os retalhistas[21] de gêneros que os atacadistas lhes fornecem, percorriam-na do começo ao fim, indicando que tal via pública devia merecer mais atenção da edilidade.

Era uma rua sossegada e toda ela, ou quase toda, edificada ao gosto antigo do subúrbio, ao gosto do *chalet*.[22]

---

aquelas bandas jardins e cinemas, era o lugar predileto para os passeios domingueiros das meninas casadouras da localidade e dos rapazes que querem casar, com vontade ou sem ela" ("A estação", in: *Gazeta de Notícias*, 6 de outubro de 1921). Serviam-lhe de matéria as diferenças sociais suscitadas nesse espaço, as estações e os trens, frequentados por pessoas humildes e pela fina flor da aristocracia dos subúrbios. Por exemplo, em outro artigo, Lima observa que os próprios condutores de trem, em certas ocasiões, "desconfiam das origens raciais de certos viajantes: será negro ou não?" ("Coisas americanas II", in: O *Debate*, 27 de outubro de 1917).

20 O bairro de Inhaúma está ligado a diversos outros do subúrbio, como Pilares, Engenho de Dentro, Cachambi e Olaria. O bairro corresponde a uma das antigas freguesias do Rio de Janeiro, a freguesia de Inhaúma. A urbanização de Inhaúma foi processada a partir de 1870, devido à valorização das terras da antiga freguesia ocasionada pela instalação da Estrada de Ferro D. Pedro II, que alcançava o longínquo subúrbio. Nele havia um dos principais cemitérios do Rio de Janeiro, que foi alvo de críticas de Lima Barreto devido às péssimas condições de acesso até ele.

21 Vendedores varejistas de mercadorias diversas.

22 Lima Barreto comenta em várias crônicas sobre o aspecto "caótico" da arquitetura suburbana. Ironizava particularmente os chalés nada adaptados aos trópicos brasileiros. No Rio de Janeiro, os ingleses se concentraram principalmente na enseada de Botafogo, no Catete, Laranjeiras, Glória e Cosme Velho. Contudo, a influência da arquitetura inglesa estendeu-se pelos subúrbios das zonas norte e oeste da cidade. O paisa-

Estava povoada e edificada quase inteiramente, de um lado e de outro. Dela, descortinava-se um lindo panorama de montanhas de cores cambiantes, conforme fosse a hora do dia e o estado da atmosfera. Ficavam-lhe muito distantes, mas pareciam cercá-la, e ela, a rua, ser o eixo daquele redondel[23] de montes, em que, pelo dia em fora, pareciam ser iluminados por projeções luminosas, revestindo-se de toda a gama do verde, de tons azuis; e, pelo crepúsculo, ficavam cobertos de ouro e púrpura.

Além dos clássicos *chalets* suburbanos, encontravam-se outros tipos de casas. Algumas relativamente recentes, uns certos requififes e galanteios modernos, para lhes encobrir a estreiteza dos cômodos e justificar o exagero dos aluguéis. Havia, porém, uma casa digna de ser vista. Erguia-se quase ao centro de uma grande chácara e era a característica das casas das velhas chácaras dos outros tempos; longa fachada, pouco fundo, teto acaçapado, forrada de azulejos até a metade do pé direito. Um tanto feia, é verdade, que ela era, sem garridice; mas casando-se perfeitamente com as mangueiras, com as robustas jaqueiras e os coqueiros petulantes e com todas aquelas grandes e pequenas árvores avelhantadas, que, talvez, os que as plantaram não as tivessem visto frutifi-

---

gismo inglês, em meados do século XVIII, passou a se integrar de uma nova maneira com a arquitetura. Os *chalets* significaram uma tentativa de promover a ambiência da casa de campo no ambiente da cidade, marcando o gosto da época. Assim, nos subúrbios cariocas surgiu cada vez mais esse tipo de residência simples, mas exuberante em seus detalhes. As novas casas, os chalés, passaram a contrastar com "as velhas casas de colunas heterodoxas e varanda de parapeito, a lembrar a escravatura e o sistema da antiga lavoura" (*Diário íntimo*). Um gosto arquitetônico que ornamentava muito bem a distinção pretendida pela parcela social que Lima Barreto alcunhou de "aristocracia suburbana".

23 Arena circular onde são realizadas as touradas.

car. Por entre elas, onde se podiam ver vestígios do antigo jardim, havia estatuetas de louça portuguesa, com letreiros azuis. Uma era a "Primavera"; outra era a "Aurora"; quase todas, porém, estavam mutiladas; umas, num braço; outras não tinham cabeça, e ainda outras jaziam no chão, derrubadas dos seus toscos suportes.

Os muros que cercavam a casa, a razoável distância, e mesmo aquele em que se apoiava o gradil de ferro da frente do imóvel, estavam cobertos de hera, que os envolvia em todo ou em parte, não como um sudário, mas como um severo, cerimonioso e vivo manto de outras épocas e de outras gentes, a provocar saudades e evocações, animando a ruína.[24] Hoje, é raro ver-se, no Rio de Janeiro, um muro coberto de hera; entretanto, há trinta anos, nas Laranjeiras, na rua Conde de Bonfim, no Rio Comprido, no Andaraí, no Engenho Novo,[25] enfim, em todos os

24 Lima Barreto demonstrava a sua tristeza ao acompanhar o fim de um tipo de arquitetura progressivamente destruída pela tendência à modernização e embelezamento da cidade do Rio de Janeiro, tanto no centro da cidade como nos subúrbios. "Não é que eu tenha admiração pelo velho casarão", explicava. O escritor era avesso à construção do que chamava "um hediondo edifício americano, enorme, pretensioso e pífio" (*Gazeta da Tarde*, 21 de julho de 1911). Na verdade, fazia oposição à destruição a qualquer custo, em favor do que considerava ser mera avidez financeira e especulativa. Por exemplo, posicionou-se contra a derrubada de árvores seculares para a abertura de avenidas. "Nos subúrbios, as velhas chácaras, cheias de anosas mangueiras, piedosos tamarineiros, vão sendo ceifadas pelo machado impiedoso do construtor de avenidas" (*Correio da Noite*, 31 de dezembro de 1914).

25 Os bairros citados por Lima, até o início do século XX, podiam ser considerados como subúrbios, mesmo que pertencentes a áreas diferentes. Apenas por ambos circunscreverem a área central da cidade. A denominação "subúrbios" era também dada às localidades mais próximas da área central da

bairros que foram antigamente estações de repouso e prazer, encontravam-se, a cada passo, longos muros cobertos de hera, exalando melancolia e sugerindo recordações.

Joaquim dos Anjos ainda conhecera a "chácara" habitada pelos proprietários respectivos; mas, ultimamente, eles se tinham retirado para fora e alugado aos "bíblias".[26] Os seus cânticos, aos sábados (era o seu dia da semana de descanso sagrado), entoados quase de hora em hora, enchiam a redondeza e punham na sua audiência uma soturna sombra de misticismo. O povo não os via com hostilidade, mesmo alguns humildes homens e pobres raparigas dos arredores frequentavam-nos, já por encontrar nisso um sinal de superioridade intelectual sobre os seus iguais, já por procurarem, em outra casa religiosa que não a tradicional, lenitivo[27] para suas pobres almas alanceadas, além das dores que seguem toda e qualquer existência humana.

Alguns, entre os quais o João Pintor, justificavam frequentar os "bíblias", porque estes — dizia ele — não eram como os padres, que, para tudo, querem dinheiro.

Esse João Pintor trabalhava nas oficinas do Engenho de Dentro,[28] no ofício de que proviera o seu apelido. Era

---

cidade, abarcando, assim, áreas economicamente abastadas como outras pobres. O bairro de Laranjeiras localiza-se na zona sul e o restante na zona norte do Rio de Janeiro. No entanto, ambos os bairros circunscreviam a área central da cidade, conservando características paisagísticas que fizeram dos mesmos lugares procurados pelo clima tranquilo para o repouso, como lembra Lima Barreto.

26 Alusão pejorativa aos protestantes, que mantêm a prática de pregação baseada na leitura da Bíblia.

27 O que acalma e atenua; consolação, conforto, alívio.

28 Bairro próximo ao Méier, Todos os Santos, Cachambi, Inhaúma e Piedade. Sua área correspondia a uma antiga propriedade privada produtora de açúcar com origem no período colonial. Foi mais um dos bairros que tiveram seu crescimento

um preto retinto, grossos lábios, malares[29] proeminentes, testa curta, dentes muito bons e muito claros, longos braços, manoplas[30] enormes, longas pernas e uns tais pés, que não havia calçado, nas sapatarias, que coubessem neles. Mandava-os fazer de encomenda; mas assim mesmo, mal os punha hoje, no dia seguinte tinha que os retalhar a navalha, se queria dar alguns passos e manquejar menos até o "Mafuá".[31]

Dizia o "Turuna", adepto do padre Sodré, capelão do Santuário de Nossa Senhora de Lurdes, que João Pin-

---

e urbanização favorecidos pela instalação da linha férrea iniciada no centro do Rio. Sua estação de trem foi inaugurada em maio de 1871.

29 Referente ao osso malar, cujo relevo corresponde à maçã do rosto.

30 Nome dado a espécie de açoite, próprio do ofício de cocheiro, mas que aqui é empregado para se referir a uma mão muito grande.

31 Feira ou parque de diversões bastante comum no Rio de Janeiro, principalmente nos subúrbios, em fins do século XIX e início do XX. Nesses locais eram dispostas barracas, e por lá os transeuntes divertiam-se com muitos jogos e música. Lima Barreto faz relato minucioso sobre essas feiras na crônica "Feiras e mafuás" (*Gazeta de Notícias*, 28 de julho de 1921). Sua longa vivência no subúrbio carioca lhe evocava uma série de lembranças — "Eu mesmo já havia esquecido delas, quando, há pouco, me vieram à lembrança, por causa de coisas congêneres, que, presentemente, há pelos subúrbios". Lima revelou ter frequentado mafuás desde criança, mas a República nascente fez diminuir "aquela folia de barraquinhas". Ressalta que as feiras livres, realizadas durante o dia nos subúrbios, possuíam parentesco com os antigos mafuás (que aconteciam à noite), mantendo ambas "um constante ar de família". Como eram frequentadas pela gente humilde residente nessas áreas, segundo Lima, não agradavam a "modesta burguesia suburbana", que "olhava esse pessoal que se diverte, com susto e, ao mesmo tempo, com estranha curiosidade".

tor se metera com os "bíblias" porque estes lhe haviam dado um quarto, na chácara, para ele morar de graça, com certas obrigações pequenas a cumprir. João Pintor contestava com veemência; o certo, porém, é que ele morava na "chácara".

Chefiava os protestantes um americano, mr. Quick Shays, homem tenaz e cheio de uma eloquência bíblica, que devia ser magnífica em inglês; mas que, no seu duvidoso português, se tornava simplesmente pitoresca. Era Shays Quick ou Quick Shays daquela raça curiosa de *yankees* fundadores de novas seitas cristãs.[32] De quando em quando, um cidadão protestante dessa raça que deseja a felicidade de nós outros, na terra e no céu, à luz de uma sua interpretação de um ou mais versículos da Bíblia, funda uma novíssima seita, põe-se a propagá-la e logo encontra dedicados adeptos, os quais não sabem muito bem porque foram para tal novíssima religiãozinha e qual a diferença que há entre esta e a de que vieram.

Lá, na sua terra, como aqui, esses pequenos luteros[33]

32 Lima se refere à entrada de pregadores norte-americanos protestantes, que passaram a invadir os subúrbios cariocas nesse contexto. O que para Lima significava a expansão da dominação ideológica dos Estados Unidos no Brasil. O escritor criticava a política externa dos *yankees*, que poderiam ser nocivas para o Brasil — "A brutalidade dos Estados Unidos, a sua grosseria mercantil, a sua desonestidade administrativa e o seu amor ao apressado estão nos fascinando e tirando de nós aquele pouco que nos era próprio e nos fazia bons" ("Sobre o desastre", in: *Revista da Época*, 20 de julho de 1917).

33 Referência depreciativa aos protestantes seguidores da doutrina de Lutero (1483-1546), fundamentada na autoridade das Escrituras Sagradas. Lima Barreto não fazia questão de esconder sua aversão à retórica protestante, principalmente a que advinha dos Estados Unidos. Na crônica "As lições da Grande Guerra" (*Hoje*, 3 de julho de 1919) declarava: "De todas as hipocrisias, a pior é a protestante, sobretudo quando é em americano".

fazem prosélitos; lá, mais do que aqui. Mr. Shays obtinha, nas vizinhanças do carteiro Joaquim dos Anjos, não prosélitos, mas muitos ouvintes, dos quais uma quinta parte afinal se convertia. Quando se tratava de iniciar uma turma, os noviços dormiam em barracas de campanha, erguidas ao redor da casa, nos vãos existentes entre as velhas árvores da chácara, maltratada e desprezada.

As cerimônias preparatórias à iniciação, na religião de mr. Quick Shays, duravam uma semana, farta de jejuns e cânticos religiosos, cheios de unção e apelos contritos a Deus, Nosso Pai; e a velha propriedade de recreio, com as barracas militares e salmodias[34] contínuas, adquiria um aspecto esquisito e imprevisto, o de convento ao ar livre, mascarado por uma rebarbativa carranca de acampamento guerreiro. Dir-se-ia um destacamento de uma ordem de cavalaria monástico-guerreira, que se preparava para combater o turco ou o mouro infiel, na Palestina ou em Marrocos.[35]

Da redondeza, não eram muitos os adeptos ortodoxos à doutrinação religiosa de mr. Shays; entretanto, além das espécies que já foram aludidas, havia as daqueles que assistiam às suas prédicas, por mera curiosidade ou para deliciar-se com a oratória do pastor americano. O templo estava sempre cheio, nos seus dias solenes.

Os frequentadores dessa ou daquela natureza lá iam sem nenhuma repugnância, pois é próprio do nosso pequeno povo fazer uma extravagante amálgama de religiões e crenças de toda a sorte, e socorrer-se desta ou daque-

34 Forma monótona de cantar ou recitar cânticos.
35 Alusão às expedições militares, as Cruzadas, empreendidas do século XI ao XIII pelos cristãos do Ocidente. O objetivo manifesto era sempre a libertação dos lugares santos ocupados pelos muçulmanos. De maneira irônica Lima compara a atuação desses "batalhões de bíblias" aos fiéis que lutavam nas cruzadas.

la, conforme os transes e momentâneas agruras de sua existência. Se se trata de afastar atrasos de vida, apela para a feitiçaria; se se trata de curar uma moléstia tenaz e renitente, procura o espírita; mas não falem à nossa gente humilde em deixar de batizar o filho pelo sacerdote católico, porque não há, dentre ela, quem não se zangue: "Está doido! Meu filho ficar pagão! Deus me defenda!".[36]

Joaquim dos Anjos não frequentava mr. Shays nem o reverendo padre Sodré, do Santuário de Nossa Senhora de Lurdes, pois, apesar de ter nascido numa cidade embalsamada de incenso e plena de ecos sonoros de litanias e o contínuo repicar de sinos festivos, não era animado de grande fervor religioso. Sua mulher, dona Engrácia, porém, o era em extremo, embora fosse pouco à igreja, devido às suas obrigações caseiras. Ambos, porém, estavam de acordo num ponto religioso católico-romano: batizar quanto antes os filhos, na Igreja Católica Apostólica Romana. Foi assim que procederam, não só com a Clara, o único filho sobrevivente, como com os demais, que haviam morrido.

Eram casados há quase vinte anos, e esta Clara, sua filha, sendo o segundo filho do casal, orçava pelos seus dezessete anos.

Era tratada pelos pais com muito desvelo, recato e carinho; e, a não ser com a mãe ou pai, só saía com dona Margarida, uma viúva muito séria, que morava nas vizinhanças e ensinava a Clara bordados e costuras.

No mais, isto era raro e só acontecia aos domingos, Clara deixava, às vezes, a casa paterna, para ir ao cinema do

36 Em várias publicações, como contos e crônicas, o escritor comenta, de maneira sarcástica, o sincretismo religioso praticado pelas populações brasileiras; ainda mais no subúrbio, quando indivíduos católicos ou protestantes também seriam versados nas práticas de adivinhação e feitiçaria.

Méier ou Engenho de Dentro,[37] quando a sua professora de costuras se prestava a acompanhá-la, porque Joaquim não se prestava, pois não gostava de sair aos domingos, dia escolhido a fim de se entregar ao seu prazer predileto de jogar o solo[38] com os companheiros habituais; e sua mulher não só não gostava de sair aos domingos, como em outro dia da semana qualquer. Era sedentária e caseira.

Os companheiros habituais do solo com Joaquim eram quase sempre estes dois: o senhor Antônio da Silva Marramaque, seu compadre, pois era padrinho de sua filha única; e o senhor Eduardo Lafões. Não variavam. Todos os domingos, aí pelas nove horas, lá batiam à porteira da casa do "postal"; não entravam no corpo da habitação

37 O subúrbio carioca, nos primeiros anos do século XX, contava com algumas formas de divertimento, como circos, clubes dramáticos, sociedades recreativas, clubes de futebol, feiras, mafuás, além de exibições cinematográficas. O Rio de Janeiro assistiu à consolidação dessas formas variadas de divertimentos, principalmente a partir de 1920. Locais como Engenho de Dentro e Méier, entre outros bairros suburbanos, contavam com cinemas. Grande parte do mercado de lazer na capital federal foi monopólio de Pascoal Segreto (Salerno, Itália, 1868 — Rio de Janeiro, 1920), que chegou ao Rio de Janeiro em 1883 e aí ficou até o ano de sua morte. Seus negócios compreendiam teatros, cafés, salas de cinema, jogo do bicho e outras formas de entretenimento popular, que se estenderam até a região dos subúrbios. Em 1897, inaugurou a primeira sala de cinema do Brasil, na rua do Ouvidor. Os negócios da empresa, depois tocados por seus herdeiros, continuaram crescendo. Em 1923, no Engenho de Dentro, foi inaugurado um parque, o Parque Engenho de Dentro. Já o Méier, um subúrbio da cidade, na década de 1920 passou a ser um local privilegiado para as diversões, contando com várias casas de espetáculo.

38 Jogo de cartas de origem espanhola, parecido com o voltarete, no qual três pessoas recebem, cada uma, nove cartas.

e, pelo corredor que mediava entre ela e a vizinha, dirigiam-se ao grande tamarineiro, aos fundos do quintal, debaixo do qual estava armada a mesa, com os seus tentos, vermelhos e pupilas negras, de grão de aroeira, o seu baralho, os seus pires, um cálice e um litro de parati,[39] ao centro, muito pimpão e arrogante, impando um cínico desafio às conveniências protocolares.

Joaquim dos Anjos já esperava, lendo o jornal de sua predileção. Mal chegavam, trocavam algumas palavras, sentavam-se, "molhavam a palavra", no litro de cachaça, e punham-se a jogar. Ficha a vintém.

Horas e horas, esperando o "ajantarado",[40] que quase sempre ia para a mesa à hora do jantar habitual, deixavam-se ficar jogando, bebericando aguardente, sem dar uma vista d'olhos sobre as montanhas circundantes, nuas e pedroucentas, que recortavam o alto horizonte.

De quando em quando, mas sem grandes espaços, Joaquim gritava para a cozinha:

— Clara! Engrácia! Café!

De lá, respondiam, com algum amuo na voz:

— Já vai!

É que as duas mulheres, para preparar o café, tinham que retirar, de um dos dois fogareiros de carvão vegetal,

39 A cachaça ou pinga passou a ser nomeada de "parati" por referência à fama da mesma bebida produzida na cidade de Paraty, no Rio de Janeiro. Era conhecido o consumo que Lima fazia da bebida, o que chegou a registrar em algumas anotações, como esta: "No dia 30 de agosto de 1917, eu ia para a cidade, quando me senti mal. Tinha levado todo o mês a beber, sobretudo parati. Bebedeira sobre bebedeira, declarada ou não. Comendo pouco e dormindo sabe Deus como. Andei porco, imundo" (*Diário íntimo*).

40 Refeição única e abundante que é feita aos fins de semana e feriados em horário que antecede o habitual do almoço. Mais à frente, no décimo capítulo do romance, Lima Barreto se lembra de elucidar o sentido da palavra.

uma panela do "ajantarado" que aprontavam, a fim de aquecer o café reclamado; e isto lhes atrasava o jantar.

Enquanto esperavam o café, os três suspendiam o jogo e conversavam um pouco. Marramaque era e sempre havia sido mais ou menos político, a seu modo.

Embora atualmente fosse um simples contínuo de ministério, em que não fazia o serviço respectivo, nem outro qualquer, devido a seu estado de invalidez, de semialeijado e semiparalítico do lado esquerdo, tinha, entretanto, pertencido a uma modesta roda de boêmios literatos e poetas, na qual, a par da poesia e de coisas de literatura, se discutia muita política, hábito que lhe ficou. Quando veio a revolta de 93,[41] a roda se dissolveu. Uns foram acompanhar

41 A Revolta da Armada de 1893 foi deflagrada por conta dos conflitos em torno da sucessão presidencial. Floriano Peixoto assumiu a presidência da República após a renúncia de Deodoro da Fonseca, e não organizou (como previsto na lei) uma nova eleição. Em 1891, os oficiais da Marinha organizaram a primeira revolta, motivados pela crise política e econômica, decorrente, principalmente, da política econômica do Encilhamento, e pela tentativa de fechamento do Congresso Nacional, por parte de Deodoro da Fonseca, como resposta às suspeitas de que este organizava um *impeachment* presidencial. Liderada pelo almirante Custódio José de Mello, e contando com apoio do vice-presidente, Floriano Peixoto, a movimentação da Marinha e a mobilização do Congresso provocaram a renúncia de Deodoro da Fonseca. Floriano recusou o cumprimento da Constituição, chegando a realizar prisões de opositores. O almirante Custódio de Melo, ministro da Marinha de Floriano, voltou-se contra o presidente e, em 1893, renunciou ao cargo. A Marinha sentiu-se afrontada pelo domínio do Exército, e considerou que fora deixada em segundo plano na organização governamental. Assim, republicanos, monarquistas, deodoristas e federalistas do sul, todos descontentes com Floriano, organizaram a Revolta da Armada, realizando alguns ataques e ocupações no Rio de

o almirante Custódio;[42] e outros, o marechal Floriano.[43] Marramaque foi um destes e até obteve as honras de alferes do Exército. Por aí é que teve a primeira congestão, isto é, nos fins do governo do marechal, em 94.

A sua roda não tinha ninguém de destaque, mas alguns eram estimáveis. Mesmo alguns de rodas mais cotadas procuravam a dele.

Quando narrava episódios dessa parte de sua vida, tinha grande garbo e orgulho em dizer que havia conhe-

---

Janeiro. Floriano, com o apoio da esquadra norte-americana, bloqueou as ações dos rebeldes na baía de Guanabara, e a revolta terminou derrotada no início de 1894.

42 Custódio José de Melo (Salvador, 1840 — Rio de Janeiro, 1902), almirante e político que comandou a esquadra do levante contra o golpe de Estado do marechal Deodoro da Fonseca, em novembro de 1891, levando-o à renúncia. Abandonou o cargo de ministro da Marinha no governo de Floriano Peixoto, em abril de 1893, e passou a defender o objetivo que já buscava na Revolta da Armada de 1891; ou seja, um governo que se comprometesse a seguir a Constituição e respondesse aos princípios republicanos. Sua oposição o fez comandar a esquadra, em nova revolta, nos anos de 1893 e 1894.

43 Floriano Vieira Peixoto (Maceió, 1839 — Rio de Janeiro, 1895). Desempenhou um papel importante no Exército, participando de várias operações e ocupando uma série de cargos. Foi promovido a brigadeiro, nomeado presidente da província de Mato Grosso, em 1884, e assumiu a II Brigada do Exército, quando alcançou o posto de marechal de campo em 1889. Passou de vice-presidente para presidente, com a renúncia de Deodoro da Fonseca. Nesse contexto, adotou como justificativa para seus atos a ideia de salvação nacional, reivindicando para si o dever de guardar a Constituição, livrá-la da "rebeldia" de uma parcela dos militares e entregá-la ao povo. Até o final de seu governo, em 1894, enfrentou a revolta da Fortaleza de Santa Cruz, a invasão do Rio Grande do Sul pelos federalistas e a revolta da esquadra (Revolta da Armada), comandada por Custódio de Melo e, em seguida, por Saldanha da Gama.

cido Paula Nei[44] e se dava com Luís Murat.[45] Não mentia, enquanto não confessasse a todos em que qualidade fizera parte do grupo literário. Os que o conheciam, daquela época, não ocultavam o título com que partilhava a honra de ser membro de um cenáculo poético. Tendo tentado versejar, o seu bom senso e a integridade de seu caráter fizeram-lhe ver logo que não dava para a coisa. Abandonou e cultivou as charadas, os logogrifos, etc. Ficou sendo um hábil charadista e, como tal, figurava quase sempre como redator ou colaborador dos jornais, que os seus companheiros e amigos de boêmia literária, poetas e literatos, improvisavam do pé para a mão, quase sempre sem dinheiro para um terno novo. Envelhecendo e ficando semi-inutilizado, depois de dois ataques de apoplexia, foi obrigado a aceitar aquele humilde lugar de contínuo, para ter com que viver. Os seus méri-

44 Francisco de Paula Ney (Aracati, Ceará, 1858 — Rio de Janeiro, 1897) foi um dos escritores e jornalistas mais famosos da geração boêmia de fins do século XIX. No Rio de Janeiro, foi nomeado diretor da Hospedaria dos Emigrantes por Floriano Peixoto, mas foi destituído do cargo por Prudente de Morais. Também foi amanuense da Diretoria Geral de Saúde Pública. Na imprensa, publicou junto com Coelho Neto e Pardal Mallet o jornal *O Meio*. Obteve grande popularidade na capital federal, falecendo com menos de trinta anos de idade.

45 Luís Morton Barreto Murat (Itaguaí, Rio de Janeiro, 1861 — Rio de Janeiro, 1929), poeta e jornalista combativo, empenhou-se nas campanhas abolicionista e republicana. Ocupou cargos públicos de destaque — deputado pelo Rio de Janeiro, com várias legislaturas, secretário geral do governo fluminense e escrivão vitalício da provedoria da Capital Federal. Combateu o governo de Floriano Peixoto, junto com outros escritores, como Olavo Bilac e Pardal Mallet, produzindo com eles o jornal *O Combate*, que atacava publicamente o presidente. Apoiou os revoltosos da Marinha em 1893, chegando a ser preso, julgado e absolvido por unanimidade.

tos e saber, porém, não estavam muito acima do cargo. Aprendera muita coisa de ouvido e, de ouvido, falava de muitas delas. Tivera, em moço, uma boa convivência. Estava aí o segredo de sua ilustração. Marramaque, apesar de tudo, do seu estado de saúde, da sua dificuldade de locomover-se, não deixava a mania inócua da política e ia votar, com risco de se ver envolvido num barulho de sufrágio universal, puxado a navalha, rabo de arraia, cabeçadas, tiros de revólver e outras eloquentes manifestações eleitorais,[46] das quais, em razão do seu precário estado de pernas, não poderia fugir com segurança e a necessária rapidez.

Tendo vivido em rodas de gente fina — como, já vimos — não pela fortuna, mas pela educação e instrução; tendo sonhado outro destino que não o que tivera; acrescendo a tudo isto o seu aleijamento — Marramaque era naturalmente azedo e oposicionista. Naquele domingo, ele o tirara para falar mal do doutor Saulo de Clapin.

— Vocês vão ver: o Clapin está aí, está morto na política. Teve o topete de ir contra a corrente popular, espetou-

46 O escritor, que sempre se manifestou contra a maneira como a democracia foi aplicada no Brasil, refere-se de forma jocosa ao processo eleitoral, em que, segundo registra em várias de suas crônicas, cometia-se todo tipo de violência e arbítrio, entre capoeiragens, uso de capangas, cabos eleitorais forçados e pagos, além dos discursos estereotipados e fraudes eleitorais que envolviam grandes articulações entre partidos e facções. As eleições, um dos alicerces da democracia republicana, eram tratadas com ironia e descrédito. “Nada na minha vida faria meter-me nelas”, declarava. Sobre os artifícios empregados nas eleições, escreveu: “aquela barulheira de navalhadas, cacetadas, facadas, não é absolutamente do meu temperamento. Um político que se preza, ao que parece, deve frequentar não os sociólogos, os tratadistas de coisas sociais, mas também uma boa aula de capoeiragem” (*Careta*, 26 de fevereiro de 1921).

-se. Quem ganhou, foi o barbudo Melo Brandão, esse judeu mestiçado. É um safadão, mas é mestre na política.[47]

Joaquim se interessava mediocremente por essa história de política: mas Lafões tinha as suas paixões no negócio e acudiu:

— Qual o quê! Então você pensa, Marramaque, que um homem inteligente, tão superior, como o doutor Clapin, vai se deixar embrulhar por um trapaceiro de atas e coisas piores como o Melo Brandão! Qual o quê! Demais, o operariado...

— O que é que ele tem feito pelo operariado? — pergunta Marramaque.

— Muito.

Lafões não era operário, como se poderia pensar. Era guarda das obras públicas. Português de nascimento, viera menino para o Brasil, isto há mais de quarenta anos; entrara muito cedo para a repartição de águas da cidade, chamara a atenção dos seus superiores pelo rigor de sua conduta; e, aos poucos, fizeram-no chegar a seu generalato de guarda de encanamentos e de torneiras que vazassem nos tanques de lavagem das casas particulares. Vivia muito contente com a sua posição, a sua portaria de nomeação, a sua carta de naturalização,[48] e,

47 Vale a pena atentar para uma crítica feita a certo tipo de comportamento do eleitorado. O personagem eleito tem o mérito reconhecido por ser "mestre" na política, apesar de ser caracterizado negativamente como um "safadão", além da forma pejorativa: "judeu mestiçado". Por outro lado, percebe-se o preconceito do próprio escritor com relação aos judeus.

48 Uma das primeiras medidas do Governo Provisório (1889-91) durante a nascente República foi promover uma política de naturalização coletiva dos imigrantes residentes no Brasil. A naturalização tácita prevista na Constituição de 1891 foi estendida aos estrangeiros que tivessem a posse de bens imóveis no Brasil e fossem casados com brasileiros ou tivessem filhos brasileiros, contanto que residissem no Brasil, salvo se

talvez, não estivesse tanto, se tivesse enriquecido de centenas de contos de réis. Assim tudo fazia crer, pois era de ver a importância ingênua do campônio que se faz qualquer coisa do Estado, e a solenidade de maneiras com que ele atravessava aquelas virtuais ruas dos subúrbios.

Trazia sempre a farda de cáqui e o boné com as iniciais da repartição; um chapéu de sol de cabo, que, quando não o trazia aberto, a protegê-lo contra os raios do sol, manejava como a bengala de um vigário de aldeia portuguesa, furando o chão e levantando-o, para pousá-lo de novo, à medida que executava as suas longas passadas.

Lafões respondeu assim a Marramaque:

— Muito. Em todas as comissões por que o doutor Clapin tem passado, sempre procura dar trabalho ao maior número de operários.

— Grande serviço! Arrebenta as verbas; no fim de dois ou três meses, despede mais da metade... Isto não se chama proteger; chama-se engazopar.

— Seja, mas ele ainda faz isso, e os outros? Não fazem nada. De resto, é um homem democrata. Desde muito que se bate pela igualdade entre os servidores da nação. Não quer distinção entre funcionários públicos e jornaleiros. Quem serve à nação, seja em que serviço for, é funcionário público.

— Honrarias! Isto não enche barriga! Por que ele não trabalha para diminuir a carestia da vida e dos aluguéis de casa?

---

manifestassem a intenção de não mudar de nacionalidade no espaço de seis meses após a vigência da Constituição. Havia ainda a possibilidade de naturalização voluntária; ou seja, por meio de requerimento de estrangeiro que residisse no país há mais de dois anos e que comprovasse boa conduta. O texto da Constituição cuidava de distinguir brasileiros natos e naturalizados, visto as restrições aos naturalizados de ocuparem a presidência e a vice-presidência da República.

— Homessa,[49] Marramaque! Você não leu o projeto dele sobre construção de casas para famílias pobres e modestas? Você não leu, Joaquim?

O carteiro, que vinha ouvindo a conversa sem dar opinião, à interpelação de Lafões, interveio:

— Li, de fato; mas li também que ele havia aumentado os aluguéis de suas casas, que são inúmeras, de quarenta por cento.

— É isto! — acudiu com pressa Marramaque. — Clapin é muito generoso com o dinheiro dos outros, do Estado. Com o dele, é de uma sovinice de judeu e de uma ganância de agiota. Jesuíta!

Felizmente Clara chegava com o café. A conversa apaixonada cessava, e os dois convivas de Joaquim recebiam os cumprimentos da menina:

— A bênção, meu padrinho; bom dia, Seu Lafões.

Eles respondiam e punham-se a pilheriar com Clara.

Dizia Marramaque:

— Então, minha afilhada, quando se casa?

— Nem penso nisso — respondia ela, fazendo um trejeito faceiro.

— Qual! — observa Lafões. — A menina já tem algum de olho. Olhe, no dia dos seus anos... É verdade, Joaquim: uma coisa.

O carteiro descansou a xícara e perguntou:

— O que é?

— Queria pedir a você autorização para cá trazer, no dia dos anos, aqui da menina, um mestre do violão e da modinha.

Clara não se conteve e perguntou apressada:

— Quem é?

Lafões respondeu:

— É o Cassi. A menina...

49 Interjeição de indignação, que significa "ora essa", "essa agora".

O guarda das obras públicas não pôde acabar a frase. Marramaque interrompeu-o furioso:

— Você dá-se com semelhante pústula? É um sujeito que não pode entrar em casa de família. Na minha, pelo menos...

— Por quê? — indagou o dono da casa.

— Eu direi, daqui a pouco; eu direi por quê — fez Marramaque transtornado.

Acabaram de tomar café. Clara afastou-se com a bandeja e as xícaras, cheia de uma forte, tenaz e malsã curiosidade:

— Quem seria esse Cassi?

II

Quem seria esse Cassi? Quem era Cassi?

Cassi Jones de Azevedo era filho legítimo de Manuel Borges de Azevedo e Salustiana Baeta de Azevedo.[50] O Jones é que ninguém sabia onde ele o fora buscar, mas usava-o, desde os vinte e um anos, talvez, conforme explicavam alguns, por achar bonito o apelido inglês. O certo, porém, não era isso. A mãe, nas suas crises de vaidade, dizia-se descendente de um fantástico Lord Jones, que fora cônsul da Inglaterra, em Santa Catarina; e o

50 Definida como o protótipo de uma classe média suburbana, a mãe de Cassi passa a ser o grande alvo do sarcasmo de Lima Barreto. A arrogante personagem personifica as ambições aristocráticas de parte da burguesia suburbana, intentando distinguir-se do restante da população que residia nos subúrbios. Com isso, Lima Barreto procura demonstrar como existia certa hierarquia social nos bairros suburbanos, desmentindo a ideia equivocada de um subúrbio socialmente homogêneo. A desigualdade se media pelas casas, pelas cores, pelas ruas, assim como pelo histórico ostentado por cada família, como no caso da personagem. Essa aristocracia curiosa seria composta por "uma grande parte dos elementos médios da cidade inteira: funcionários de pequena categoria, chefes de oficinas, pequenos militares, médicos de fracos rendimentos, advogado sem causa etc." ("Esta minha letra...", in: *Gazeta da Tarde*, 28 de junho de 1911).

filho julgou de bom gosto britanizar a firma com o nome do seu problemático e fidalgo avô.

Era Cassi um rapaz de pouco menos de trinta anos, branco, sardento, insignificante, de rosto e de corpo; e, conquanto fosse conhecido como consumado "modinhoso",[51] além de o ser também por outras façanhas verdadeiramente ignóbeis, não tinha as melenas do *virtuose* do violão, nem outro qualquer traço de capadócio.[52] Vestia-se seriamente, segundo as modas da rua do Ouvidor;[53] mas,

51 Cassi seria um exemplo excepcional de "modinhoso". Geralmente homens de origem humilde, muitas vezes mestiços, eram aqueles que se dedicavam ao canto de modinhas e ao violão, por puro entretenimento. No entanto, se em *Triste fim de Policarpo Quaresma* o "modinhoso" representado por Ricardo Coração dos Outros é um personagem de caráter e prestativo, aqui o "modinhoso" Cassi representa o outro lado da moeda. A figura do vilão é associada à prática musical. Lima Barreto expõe a sua aversão pelo uso vulgar da música. Enquanto o vaidoso Ricardo Coração dos Outros se dedicava a tocar nos distintos lares do subúrbio e era reconhecido como um artista, Cassi empregava o instrumento em suas serenatas e aventuras de capadócio. Contudo, no ambiente social de ambos os casos, o violão é visto ainda com certo preconceito, atraindo olhares de desconfiança, principalmente da polícia, uma vez que era associado à vida boêmia.

52 Indivíduo charlatão e trapaceiro que, de noite, vai tocar e cantar sob as janelas da namorada. Tipo pernóstico e maneiroso, indivíduo do povo que se dá ares de importância.

53 Rua que se transformou em símbolo das novas vogas e costumes, no Império e também na República. A influência francesa, e depois estrangeira, teve a rua do Ouvidor como porta de entrada. A rua tornou-se um grande símbolo por conta da grande diversidade comercial, dos negócios pertencentes a estrangeiros (como as modistas francesas), e também das casas de entretenimento. Eram confeitarias, cafés, cinematógrafo, livrarias e lojas com toda sorte de novidades europeias — a "via dolorosa dos maridos pobres", definia Machado de As-

pelo apuro forçado e o *degagé* suburbanos,[54] as suas roupas chamavam a atenção dos outros, que teimavam em descobrir aquele aperfeiçoadíssimo "Brandão",[55] das margens da Central, que lhe talhava as roupas. A única pelintragem,[56] adequada ao seu mister, que apresentava, consistia em trazer o cabelo ensopado de óleo e repartido no alto da cabeça, dividido muito exatamente ao meio — a famosa "pastinha".[57] Não usava topete, nem bigode. O calçado era conforme a moda, mas com os aperfeiçoamentos exigidos por um elegante dos subúr-

---

sis. Apesar da abertura da avenida Central (atual avenida Rio Branco), no início do século XX, a Ouvidor permaneceu famosa. Lima Barreto ironizava as modas artificiais que imperavam no local, mantendo uma relação tensa com essa rua. Frequentador desde 1897, quando tinha dezesseis anos (momento em que ingressou na Escola Politécnica, situada no Largo de São Francisco, muito próximo da Ouvidor), teceu críticas à importância que essa via ganhava no imaginário carioca, em contraposição do extenso e desacreditado subúrbio. Ela não conteria toda a verdadeira alma e substância da cidade. Lima acusava os cariocas de conhecerem o bairro de moradia, a avenida Central e a rua do Ouvidor, desprezando todo o restante, por ele valorizado. Referia-se, com saudosismo, aos subúrbios cariocas, atravessados pelos trilhos do bonde que conduziam Lima até o centro da cidade e "onde toda a gente se encontra no Rio, isto é, a Ouvidor".

54 O termo francês *dégager* significa "desenvoltura", "desprendimento", "despojamento". Referência a um desembaraço no vestuário característico das mulheres residentes nos subúrbios cariocas.

55 Brincadeira com a imagem de janota — indivíduo que se gaba por se vestir de maneira apurada.

56 Qualidade de estar mal trajado, mas manter-se pretensioso mesmo assim.

57 Forma de penteado masculino, característico da época, em que uma pequena pasta de cabelo, formando uma onda, é puxada para a testa.

bios, que encanta e seduz as damas com o seu irresistível violão.

Era bem misterioso esse seu violão; era bem um elixir ou talismã de amor. Fosse ele ou fosse o violão, fossem ambos conjuntamente, o certo é que, no seu ativo, o senhor Cassi Jones, de tão pouca idade, relativamente, contava perto de dez defloramentos[58] e a sedução de muito maior número de senhoras casadas.

Todas essas proezas eram quase sempre seguidas de escândalo, nos jornais, nas delegacias, nas pretorias; mas ele, pela boca dos seus advogados, injuriando as suas vítimas, empregando os mais ignóbeis meios da prova de sua inocência, no ato incriminado, conseguia livrar-se do casamento forçado ou de alguns anos na correção.

Quando a polícia ou os responsáveis pelas vítimas, pais, irmãos, tutores, punham-se em campo para processá-lo convenientemente, ele corria à mãe, dona Salustiana, chorando e jurando a sua inocência, asseverando que a tal fulana — qualquer das vítimas — já estava perdida, por esse ou por aquele; que fora uma cilada que lhe armaram, para encobrir um mal feito por outrem, e por o saberem de boa família etc. etc.

58 Ato de tirar a virgindade, constituído como crime pelo Código Penal de 1890, consistindo em "deflorar mulher de menor idade [21 anos], empregando sedução, engano ou fraude". A pena era a prisão de um a seis anos. Mas no artigo 276 desse código havia, para determinados crimes (defloramento, estupro e rapto), a possibilidade da extinção da punição do acusado quando a queixa resultasse no casamento com a vítima. Tal medida denota a valorização da instituição matrimonial nesse contexto social, também representando uma maneira de restituição da dignidade à mulher deflorada e, por conseguinte, à sua família. Contudo, havia os atos que não se adequavam a esse artigo e não escapavam à punição do acusado por intermédio da contratação matrimonial. Eram eles, os crimes de corrupção de menores, atentados ao pudor e atos libidinosos.

Em geral, as moças que ele desonrava eram de humilde condição e de todas as cores. Não escolhia. A questão é que não houvesse ninguém, na parentela delas, capaz de vencer a influência do pai, mediante solicitações maternas.

A mãe recebia-lhe a confissão, mas não acreditava; entretanto, como tinha as suas presunções fidalgas, repugnava-lhe ver o filho casado com uma criada preta, ou com uma pobre mulata costureira, ou com uma moça branca lavadeira e analfabeta.

Graças a esses seus preconceitos de fidalguia e alta estirpe, não trepidava em ir empenhar-se com o marido, a fim de livrar o filho da cadeia ou do casamento pela polícia.

— Mas é a sexta moça, Salustiana!

— Qual o quê! Calunia-se muito...

— Qual calúnia, qual nada! Este rapaz é um perverso, é sem-vergonha. Eu sei o nome das outras. Olhe: a Inês, aquela crioulinha[59] que foi nossa copeira e criada por nós; a Luísa, que era empregada do doutor Camacho; a Santinha, que ajudava a mãe a costurar para fora e morava na rua Valentim; a Bernarda, que trabalhava no "Joie de Vivre"...

— Mas tudo isto já passou, Maneco. Você quer que o seu filho vá para a cadeia? Porque, casar com essas biraias,[60] ele não se casa. Eu não quero.

— Era preferível que ele fosse para a cadeia, ao menos não estava desmoralizando todo o dia a casa.

— Pois você faça o que quiser. Se você não der os pas-

59 Vale a pena reparar como é nesse romance que Lima Barreto, sempre atento às cores que no Brasil se combinam com hierarquias sociais, está particularmente preocupado com essas "classificações raciais". Em sua obra é comum o emprego de diversas designações para descrever a tonalidade da pele, como crioulinha, branquelo e mulata, por exemplo.

60 Termo pejorativo para designar uma mulher como prostituta.

sos, eu dou. Vou procurar o meu irmão, o doutor Baeta Picanço — rematava a mulher com orgulho.

O pai desse Cassi era verdadeiramente um homem sério. Estreito de ideias, familiarizado no emprego público que, há cerca de trinta anos, exercia, ele tinha profundos sentimentos morais, que lhe guiavam a conduta no seu comércio[61] com os filhos. Nunca fora afetuoso: evitava até todas as exibições e exageros sentimentais; era, porém, capaz de estimá-los profundamente, amá-los, sem abdicar, entretanto, do dever paterno de julgá-los lucidamente e puni-los consoante a natureza das suas respectivas faltas.

Era homem de pouca altura, trazia a cabeça sempre erguida, testa reta e alta, queixo forte e largo, olhar firme, debaixo do seu *pince-nez*[62] de aros de ouro. Conquanto alguma coisa obeso, era deveras um velho simpático e respeitável; e, apesar da sua imponência de antigo burocrata, dos seus modos um tanto ríspidos e secos, todos o estimavam na proporção em que seu filho era desprezado e odiado. Tinham até pena dele, confrontando a severidade de sua vida com a crapulice de Cassi.

Sua mulher não era lá muito querida, nem prezada. Tinha fumaças de grande dama, de ser muito superior às pessoas de sua vizinhança e mesmo às dos seus conhecimentos. O seu orgulho provinha de duas fontes: a primeira, por ter um irmão médico do Exército, com o posto de capitão; e a segunda, por ter andado no Colégio das Irmãs de Caridade.[63]

Quando se lhe perguntava — seu pai, o que era? —

61 O mesmo que relacionamento.

62 Modelo de óculos usado do século XV ao início do XX, cuja fixação era feita apenas apoiando-se sobre o nariz, uma vez que sua estrutura era desprovida de hastes.

63 Tradicionais colégios internos, que formavam professoras normalistas.

dona Salustiana respondia: era do Exército; e torcia a conversa. Não era seu pai exatamente do Exército. Fora simplesmente escriturário do Arsenal de Guerra.[64] Com muito sacrifício e graças a uma pequena fortuna que lhe viera ter por acaso às mãos, pudera educar melhorzinho os dois únicos filhos que tivera.

A vaidade de dona Salustiana não deixava que ela confessasse isso; e tanto era contagioso esse seu sentimento, no que tocava a seu pai, que as suas duas filhas, Catarina e Irene, sempre se referiam ao avô como se fosse de verdade um general do Paraguai.[65] Eram menos vaidosas do que a mãe; mas muito mais ambiciosas, em matéria de casamento. Dona Salustiana casara-se com o Manuel, quando este ainda era praticante e revia provas,

64 Trata-se possivelmente de uma referência irônica de Lima Barreto a sua própria profissão como amanuense na Secretaria da Guerra (na qual ingressou em 1903 e aposentou-se em 1918) ou mais uma crítica ao funcionalismo público. O escriturário cuidaria de tarefas puramente burocráticas, como o protocolo; um cargo menor. Vale lembrar que em *Triste fim de Policarpo Quaresma*, o personagem-título era subsecretário no Arsenal de Guerra. Esse inicialmente funcionava na Ponta do Calabouço, no conjunto arquitetônico que constitui hoje o Museu Histórico Nacional, no centro do Rio de Janeiro. O novo Arsenal foi inaugurado em 1892 e até hoje permanece em funcionamento como organização militar do Exército Brasileiro.

65 A Guerra do Paraguai ocorreu de 1865 a 1870. A princípio anunciado como um embate breve, acabou durando cinco longos anos e tendo consequências graves para todos os países envolvidos. No caso do Brasil, uma de suas consequências foi a criação do Exército como instituição, e toda uma nova relação de galhardia e honra. Os herdeiros da Guerra do Paraguai ostentavam suas insígnias como se fossem troféus a dignificar sua vida presente. Além do mais, os próprios descendentes pareciam herdar essa concepção de status social.

à noite, nos jornais, para acudir às despesas da casa. Catarina e Irene sonhavam casar com doutores, bem empregados ou ricos, porque elas se julgavam prestes a se "formar", a primeira em música e piano, pelo trampolineiro Instituto Nacional de Música;[66] e a segunda, pela indigesta Escola Normal[67] desta Capital.

Escusado é dizer que ambas tinham um grande desprezo pelo irmão, não só pela baixeza de sua conduta moral — o que era merecido — mas, também, pela sua ignorância cavalar e absoluta falta de maneiras e modos educados.

Em começo, o pai consentia, apesar de tudo, que Cassi, o ínclito[68] Cassi, tomasse parte na mesa familiar. Ninguém lhe dirigia a palavra, a não ser a mãe. As moças conversavam com o pai ou com a mãe, ou entre si; e, se ele se animava a dizer qualquer coisa, o velho Manuel olhava-o severamente e as filhas calavam-se.

66 O Instituto Nacional de Música (atual Escola de Música da Universidade Federal do Rio de Janeiro), nome do antigo Conservatório de Música, criado em 1848, que com o advento da República teve o nome alterado. Ele ficava localizado no largo da Lapa e correspondia a uma espécie de "trampolim" para as moças estudantes conseguirem um namoro e possível casamento com um engenheiro ou advogado: um "doutor".
67 O ensino oferecido às estudantes pela Escola Normal, criada no Rio de Janeiro, em 1880, era visto negativamente por Lima Barreto, uma vez que o curso secundário para moças estava praticamente circunscrito a essa instituição. Em uma crônica deixou sua visão pessimista — "fico interessado em achar no meu espírito uma solução que satisfizesse o afã do milheiro dessas candidatas a tal matrícula, procurando com isso aprender para ensinar, o quê? o curso primário, as primeiras letras a meninas e meninos pobres, no que vão gastar a sua mocidade, a sua saúde e fanar a sua beleza. Dolorosa coisa para uma moça..." (*ABC*, 8 de junho de 1918).
68 Ilustre, celebrado, famoso.

Houve um acontecimento doloroso, provocado pela perversidade de Cassi, que fez o pai tomar a deliberação extrema de expulsá-lo de casa e da mesa doméstica. Não foi expulso de todo, devido à intervenção de dona Salustiana; mas o foi em meio.

Entre as relações de suas irmãs, havia uma moça muito pobre, que morava na redondeza. Sua mãe era viúva de um capitão do Exército, e ela, a Nair, era filha única. Com auxílio de alguns parentes, a viúva ia encaminhando a filha, nos estudos próprios de seu sexo. Ela tinha tendência para música e procurou aproximar-se de Catarina, para explicar-lhe a matéria. Contava dezoito anos, muito risonha, de um amorenado sombrio, cabelos muito negros, pequenina e viva, com os seus olhinhos irrequietos e luminosos.

Cassi a viu e logo a teve como boa presa, apesar de não ser totalmente sem apoio. Quis entabular namoro, na própria casa do pai, quando Nair vinha receber lições da irmã dele. Esta, porém, percebendo a manobra, proibiu-lhe, sob ameaça de contar ao pai, que ele viesse à sala, quando estivesse dando lição a Nair. O nome do pai apavorava Cassi, não que o estimasse e, por isso, o respeitasse deveras; mas porque "o velho", severo como era, bem podia pô-lo de vez na rua. Se isso viesse a acontecer, não teria para onde ir, e o pouco que ganhava, no jogo, em brigas de galos[69] e em comissões de agente de empréstimos etc., seria absorvido para a casa e co-

69 Nessa época, as brigas de galo faziam sensação. No romance todo Lima estabelece um paralelo entre a falta de cuidado e compaixão de Cassi para com suas "vítimas" — que uma vez conquistadas perdiam, para ele, todo interesse — e sua dedicação continuada por esses bichos, considerados pelo escritor como "odiosos". Em 1873, no *Jornal das Famílias*, Machado de Assis declarava que a "briga de galos é o Jockey Club dos pobres". A proibição das rinhas de galos só se deu em meados do século XX.

mida, pouco ou quase nada sobrando para roupas, sapatos e gravatas. Ele, sem isto tudo, estava perdido. Adeus amor! Se o quisesse, tinha que pagar...

Considerando tal hipótese, não relutou em obedecer à irmã; mas começou a cercar Nair "por fora". Quando ela ia sair, precedia-a, ficava na porta da padaria, cumprimentava. Afinal, pôde conversar e declarar-se com a fatídica carta, que era a reprodução de um modelo que lhe dera um companheiro de malandragem, o Ataliba do Timbó, o qual, por sua vez, tinha obtido de um poeta "porrista"[70] que morava na Piedade.[71] Esse poeta, a quem o "intruso" Ataliba qualificava tão superiormente e de tal maneira, era o célebre Leonardo Flores, que o Brasil todo conhece e viveu uma vida pura, inteiramente de sonhos.

Enfim, a pequena Nair, inexperiente, em plena crise de confusos sentimentos, sem ninguém que lhe pudesse orientar, acreditou nas lábias de Cassi e deu o passo errado. A mãe veio a descobrir-lhe a falta, que se denunciava pelo estado do seu ventre. Correu ao senhor Manuel, que não estava. Falou a dona Salustiana e esta, empertigando-se toda, disse secamente:

— Minha senhora, eu não posso fazer nada. Meu filho é maior.

— Mas, se a senhora o aconselhasse como mãe que é, e de filhas, talvez obtivesse alguma coisa. Tenha piedade de mim e da minha, minha senhora.

70 Aquele que toma "porres", permanecendo insistentemente ébrio.

71 Bairro do subúrbio carioca localizado entre o Méier e Madureira, fazendo limite com outros bairros suburbanos. Sua estação de trem foi inaugurada em abril de 1873. Foi na Piedade e no Encantado, um dos bairros vizinhos, que se inaugurou a luz elétrica nos subúrbios, em 1905. O bairro tornou-se conhecido por nele ter sido assassinado Euclides da Cunha pelo amante de sua esposa, em 1909.

E pôs-se a chorar e a soluçar.

Dona Salustiana respondeu amuada, sem demonstrar o mínimo enternecimento por aquela dor inqualificável:

— Não posso fazer nada, no caso, minha senhora. Já lhe disse. A senhora recorra à justiça, à polícia, se quiser. É o único remédio.

A mãe de Nair acalmou-se um pouco e observou:

— Era o que eu queria evitar. Será uma vergonha para mim e para a senhora e família.

— Nós nada temos com o que Cassi faz. Se fosse nossa filha...

Não acabou a indireta injuriosa; levantou-se e estendeu a mão à desolada mãe, como que a despedindo.

A viúva saiu cabisbaixa; e, dali, foi à audiência do delegado distrital e expôs tudo. O delegado disse-lhe:

— Apesar de estar ainda não há seis meses neste distrito, sei bem quem é esse patife de Cassi. O meu maior desejo era embrulhá-lo num bom e sólido processo; mas não posso, no seu caso. A senhora não é miserável, possui as suas pensões de montepio e meio soldo;[72] e eu só posso tomar a iniciativa do processo quando a vítima é filha de pais miseráveis, sem recursos.

— Mas, não há remédio, doutor?

— Só a senhora constituindo advogado.

— Ah! Meu Deus! Onde vou buscar dinheiro para isso? Minha filha, desgraçada, meu Deus!

E pôs-se a chorar copiosamente. Quando serenou, o delegado mandou que um empregado da delegacia acompanhasse a senhora até em casa e ficou a pensar nas baixezas, nas dores, nas misérias que as casas encobrem e que, todo o dia, descobria, por dever de ofício.

72 A legislação de amparo financeiro aos herdeiros de militares prevê que mães, filhas e viúvas de militares tenham direito à percepção do meio soldo das patentes de seus respectivos maridos ou pais e do montepio militar.

No dia seguinte, a mãe de Nair suicidava-se com lisol.[73] Os jornais esgravataram o acontecimento e contaram as causas do suicídio com todos os pormenores. Manuel de Azevedo, o pai de Cassi, quando leu no trem o jornal, saltou na primeira estação, voltou e entrou pela casa adentro que nem um furacão, transtornado de fisionomia, com ríctus de ódio que o fazia outro homem muito diferente daquele reservado, bondoso e simpático burocrata que era.

— Quedê ele?

— Quem? — perguntou-lhe a mulher.

— Ele, esse Cassi — fez ele com os punhos cerrados, a errar o olhar desvairado, pelos quatro cantos da sala.

— Mas que há, homem? — fez a mulher assustada.

— Lê isto.

Deu-lhe o jornal, apontando o local do suicídio.

— Mas que culpa tem...

Não acabou a frase, dona Salustiana; o marido logo a interrompeu:

— Culpa! Esse biltre sem senso moral algum; esse assassino, esse desgraçado que leva a corromper todas as moças e senhoras que lhe passam debaixo dos olhos, não o quero mais aqui, não o quero mais na minha mesa. Diga-lhe isto, Salustiana; diga-lhe isto, enquanto não o mato.

As filhas tinham chegado e adivinharam a causa daquela explosão de ódio e raiva, coisa rara no pai. Procuraram acalmá-lo:

— Sossegue, papai; sossegue.

Catarina, que passara os olhos pelo jornal, muito sofreu com a desonra de Nair. Lamentou sinceramente o trágico desfecho da mãe da sua discípula gratuita; e assim falou ao pai:

73 Desinfetante e antisséptico, formado por cresóis e sabão de potassa, em óleo de linhaça.

— Olhe, papai; eu me sinto em alguma coisa culpada, porque trouxe Nair para aqui, a fim de estudar música comigo.

Depois de uma pausa acrescentou:

— Que se há de fazer? É a fatalidade.

— Não o quero mais aqui — repetiu o chefe da família.

Os jornais não se deixaram ficar na simples notícia do suicídio. Revolveram a vida de Cassi; contaram-lhe as proezas; e ele, a conselho de sua mãe, foi passar uns tempos na casa do tio, o doutor, que tinha uma fazendola em Guaratiba.[74] Pela narração dos quotidianos, pôde-se

74 Como em outros de seus romances, também este traz vários traços autobiográficos. Lima Barreto foi igualmente enviado pela família para o afastado bairro de Guaratiba, no Rio de Janeiro, em 1914, após uma sequência de delírios presenciados por todos em sua casa, em Todos os Santos. No mesmo ano, fazia a seguinte anotação: "Noto que estou mudando de gênio. Hoje tive um pavor burro. Estarei indo para a loucura?" (*Diário íntimo*). Na cidade de Guaratiba ficou na casa de seu tio Bernardino Pereira de Carvalho (irmão de sua mãe, Amália Augusta) onde permaneceria até curar-se dessa primeira séria crise de delírio. Agravada a sua crise, foi conduzido pela polícia de Guaratiba ao hospício, pela primeira vez. Em sua primeira internação no Hospital Nacional de Alienados, em agosto de 1914, a passagem por Guaratiba foi descrita no seu prontuário de observação: "indo à casa de um seu tio em Guaratiba, preparam-lhe uma assombração, com aparecimentos de fantasmas, que, aliás, lhe causam muito pavor. Nessa ocasião, chegou o tenente Serra Pulquério, que, embora seu amigo de pândegas, invectivou-o por saber que preparava panfletos contra seus trabalhos na vila proletária Marechal Hermes. Tendo ele negado, foi conduzido à polícia, tendo antes cometido desatinos em casa, quebrando vidraças, virando cadeiras e mesas. A sua condução para a polícia só se fez mediante o convite do comissário, que lhe deu aposentos na delegacia até que transferiram-no para a nossa clínica. Protesta contra

organizar toda a rede de insídias, de cavilosas mentiras, de falsas promessas, com que ele tinha cercado a pobre e ingênua vítima, cuja desonra determinou o suicídio da mãe. Ele, como de hábito, não falava de seus namoros a ninguém, muito menos a seu pai e a sua mãe; entretanto, para ganhar a confiança da pobre menina, dizia na carta que dissera à mãe que muito a amava ou textualmente: "confessei a mamãe que lhe amava loucamente" e avisava-lhe: "privino-lhe que não ligues ao que lhe disserem, por isso pesso-te que preze bem o meu sofrimento"; e, assim nessa ortografia e nessa sintaxe, acabava: "Pense bem e veja se estás resolvida a fazer o que diçestes na tua cartinha" etc.[75] Confessava-se um infeliz "que tanto lhe adora" e lamentava não ser correspondido.

Em outra, mostrava-se interessado pela saúde de Nair; e, depois de dar instruções como devia deixar a janela para que ele a pulasse, contava: "tão de pressa soube que estavas de cama fui ao doutor R. S. saber o que você tinha, ele disse-me que você tinha feito a loucura de molhar os peis na água fria" etc. etc. Nessa altura, entrava em detalhes secretos da vida feminina e aduzia: "foi uma grande tristeza em saber que o doutor R. S. sabe de teus particulares moral" (*sic*).

No fim da missiva, ou quase, dizia: "enfim que eu devo fazer 'se você não quer ser inteiramente minha' como eu sou teu".

---

o 'sequestro', pois vai de encontro à lei, uma vez que nada fez que o justifique" (*A vida de Lima Barreto*, p. 367). A viagem de Guaratiba até o Hospital Nacional de Alienados, na Praia Vermelha, dentro do carro-forte da polícia, foi recuperada no conto "Como o homem chegou", datado de 18 de outubro de 1914. Como que para não se esquecer, anotou — "Estive no hospício de 18-8-14 a 13-10-14" (*Diário íntimo*).

75 Em vários textos, Lima brinca com o uso do "brasileiro falado e do português escrito".

Não se demorou muito na casa do tio. O doutor, orgulho de sua irmã Salustiana e protetor sempre por ela posto em foco para as despudoradas aventuras do sobrinho, desconfiando que este tramava uma das suas, nos arredores do seu sítio, sem mais detença, embarcou-o para a casa da irmã, mãe de Cassi, dizendo-lhe que ficasse com o filho, porque sobrinho como aquele, ele, doutor Baeta Picanço, desejava nunca tê-lo em casa.

Não foi logo diretamente para a casa paterna, que era numa das primeiras estações de quem vem da Central.[76] Ficou pelo Engenho de Dentro, de onde mandou, por Ataliba do Timbó, um bilhete à mãe, pedindo instruções. A mãe respondeu-lhe que viesse para casa; mas evitasse, por todos os meios, encontrar-se com o pai. Tinha ela arranjado as coisas, e ele teria sempre onde comer e dormir.

Foi-lhe reservado o porão, na parte dos fundos, e a chácara, como recreio, onde raramente o pai ia. Jantava, almoçava e tomava café, no compartimento do porão onde morava. Logo na primeira manhã que despertou no seu humilhante aposento familiar, pensou logo em ir ver as suas gaiolas de galos de briga — o bicho mais hediondo, mais antipático, mais repugnantemente feroz que é dado a olhos humanos ver. Estavam em ordem; sua mãe cuidara deles, como lhe pedira.

Galos de briga eram a força de suas indústrias e do seu comércio equívocos. Às vezes, ganhava bom dinheiro nas apostas de rinhadeiro,[77] o que vinha ressarcir os

76 Antes da estação do Engenho de Dentro havia, no início do século XX, dez estações de trem. Eram, a partir da Central do Brasil, as seguintes — Lauro Muller (atual Praça da Bandeira), São Cristóvão, Derby-Club (atual Maracanã), Mangueira, São Francisco Xavier, Rocha (hoje desativada), Riachuelo, Sampaio, Engenho Novo e Méier.
77 Termo pelo qual é conhecida a briga de galos, e também o local em que são realizadas.

prejuízos que, porventura, anteriormente houvesse tido nos dados;[78] e, assim, conseguia meios para saldar o alfaiate ou comprar sapatos catitas[79] e gravatas vistosas. Com os galos, fazia todas as operações possíveis, a fim de ganhar dinheiro; barganhava-os, com "volta", vendia-os, chocava as galinhas, para venda dos frangos a criar e educar, presenteava pessoas importantes, das quais supusesse, algum dia, precisar do auxílio e préstimos delas, contra a polícia e a justiça.

Incapaz de um trabalho continuado, causava pasmo vê-lo cuidar todas as manhãs daqueles horripilantes galináceos, das ninhadas, às quais dava milho moído, triguilho, examinando os pintainhos, um por um, a ver se tinham bouba[80] ou gosma.[81]

Fosse se deitar a que hora fosse, pela manhã lá estava ele atrapalhado com os galos malaios e a sua descendência de frangos e pintos.

Nunca suportara um emprego, e a deficiência de sua instrução impedia-o que obtivesse um de acordo com as pretensões de muita coisa que herdara da mãe; além disso, devido à sua educação solta, era incapaz para o trabalho assíduo, seguido, incapacidade que, agora, roçava pela moléstia. A mórbida ternura da mãe por ele, a que não eram estranhas as suas vaidades pessoais, junto à indiferença desdenhosa do pai, com o tempo, fizeram de Cassi o tipo mais completo de vagabundo doméstico que se pode imaginar. É um tipo bem brasileiro.[82]

78 Referência ao jogo de dados, que compreende realizar pontos ou combinações com os dados.

79 Enfeitados, airosos, elegantes.

80 Virose que, nas aves, se caracteriza por nódulos epiteliais na cabeça, cristais e barbelas.

81 Doença das aves, principalmente dos galináceos, que se manifesta pelo surgimento de uma película na ponta da língua.

82 A presença da malandragem como um tipo de comporta-

Se já era egoísta, triplicou de egoísmo. Na vida, ele só via o seu prazer, se esse prazer era o mais imediato possível. Nenhuma consideração de amizade, de respeito pela dor dos outros, pela desgraça dos semelhantes, de ditame moral o detinha, quando procurava uma satisfação qualquer. Só se detinha diante da força, da decisão de um revólver empunhado com decisão. Então, sim...

Algumas boas lhe aconteceram. Tinha ele notado que uma moçoila com livros e *attirail*[83] de normalista, na viagem de trem, o olhava muito.

Marcou-lhe a fisionomia e, ao dia seguinte, à mesma hora, pôs-se, na estação, à espera dela; não veio. Esperou outro trem, não veio. Assim, esperou diversos. No outro dia, após esse, foi mais feliz; ela veio. Procurou lugar conveniente e pôs-se a fazer trejeitos. A moça não lhe deu importância. Durante dias, insistiu. Um belo dia, ele vai muito calmo, à cata da ingrata, quando ela apareceu acompanhada de um rapaz, que, pela intimidade com que a tratava e pela idade que revelava à primeira vista, parecia ser irmão ou marido da moça. Habituado a lidar com parentes dessa natureza, mas fracos, não se intimidou. Os dois no banco, ao lado dele, seguem viagem, palestrando calmamente. Cassi os olha insistentemente. Chegam à Central, e o rapaz despede-se da moça, que segue para a sua escola. Volta-se o cavalheiro e procura com o olhar o senhor Cassi.

— É o senhor?

Cassi Jones responde:

---

mento que se via espalhado pelas ruas, era, na visão de Lima Barreto, um elemento nocivo para a construção da sociedade brasileira. Contudo, sua crítica à malandragem não se restringia àquela praticada por elementos como Cassi, mas por indivíduos que circulavam por outras esferas, como a burguesa, intelectual, burocrática, político-administrativa e literária.

83 Em francês, "armamento", "equipamento".

— Sou eu.

— Desejava muito falar-lhe. Vamos à confeitaria; é coisa particular, e nós lá estaremos à vontade tomando um *vermouth*.[84]

Cassi fica com a pulga atrás da orelha e acompanha o desconhecido, que, com ar risonho e caminhando, vai dizendo:

— O senhor talvez não me conheça. Porém eu, meu caro senhor, o conheço muito bem. Nos subúrbios, todos conhecem as suas habilidades, senhor Cassi Jones; e, embora esteja lá morando há pouco, já tive notícias do seu valimento.

Cassi assustava-se com a calma do rapaz e pôs-se a medir-lhe os músculos. Não trouxera a navalha, porque tinha medo de ser preso, por causa do negócio da Nair e do suicídio da mãe dela; e armado... Mediu a musculatura do desconhecido. Era antes fraco do que forte, mas parecia disposto. Chegaram à confeitaria e sentaram-se. O caixeiro serviu *vermouth*; e, quando iam em meio, o outro disse *ex-abrupto*[85] para Cassi:

— O senhor sabe quem é aquela moça que vinha a meu lado?

Colhido de surpresa, não pôde tergiversar[86] e disse prontamente:

— Não sei absolutamente.

— É minha irmã — afirmou o desconhecido.

— Também não sabia — respondeu docilmente o terrível Cassi.

84 Bebida alcoólica, servida como aperitivo e produzida com vinho branco com infusão de certos vegetais e outros elementos, como baunilha e noz-moscada, triturados e colocados em sachês ou pela adição de essências aromatizantes.
85 Expressão latina que qualifica evento súbito, repentino.
86 O mesmo que desviar de um assunto, fazer uso de subterfúgios ou de outras tentativas para não enfrentar um assunto.

— Não podia saber naturalmente — justificou o rapaz. — Saio cedo de casa para o escritório e volto tarde, pois janto e almoço na cidade. Agora, eu chamei o senhor para lhe dizer uma coisa: se o senhor continua a perseguir minha irmã, meto-lhe cinco tiros na cabeça.

Ao dizer isto, foi tirando dos bolsos de dentro do paletó um magnífico Smith & Wesson, muito reluzente e com um luxuoso cabo de madrepérola.

Cassi redobrou o esforço para não denunciar o susto e, simulando calma, disse:

— Mas, meu caro senhor, creio que nunca faltei com o respeito devido à senhora sua irmã.

— É verdade; mas é preciso deixar de persegui-la — confirmou o outro e logo acrescentou, como que dando por acabada a entrevista:

— Quer tomar alguma coisa mais?

— Não; muito obrigado.

Despediram-se, sem se apertarem as mãos; e Cassi foi para a sua roda de Ataliba do Timbó, Zezé Mateus, Franco Sousa e Arnaldo.

Um deles perguntou-lhe:

— O que queria aquele sujeito contigo?

— Nada. É meu vizinho e, sabendo que sou morador antigo, pediu-me que lhe arranjasse um cavalo para vender, que ele me dava uma comissão.

Cassi era assim e assim mantinha a sua fama de valente. Não julguem que tinha estima e amizade por esses rapazes que andavam sempre com ele. Ele não os amava, como não amava ninguém e com ninguém simpatizava. Era uma coorte digna dele, que o iludia do vácuo feito em torno dele, por todos os rapazes daquelas bandas.

Ataliba do Timbó era um mulato claro, faceiro, bem-apessoado, mas antipático pela sua falsa arrogância e fatuidade. Havia sido operário em uma oficina do Estado. Meteu-se com Cassi e, aos poucos, abandonou o emprego, abandonou a mãe, de quem era único arrimo, e quis imitar o mestre até o fim. Foi infeliz. Arranjou uma complicação policial e matrimonial de donzelas, nas quais Cassi era useiro e vezeiro,[87] e saiu-se mal. Obrigaram-no a casar; mas teve a hombridade de ficar com a mulher, embora, resignadamente, ela sofresse toda a espécie de privações, no horrível subúrbio de Dona Clara,[88] enquanto ele andava sempre muito suburbanamente elegante e tivesse vários uniformes de *football*.

Tirava proventos do jogo de dados ou campista,[89] e também do *football*, em que era considerado bom jogador — "plêiel", como dizem lá.

De vários clubes, havia sido expulso ou se havia demitido voluntariamente, porque os companheiros suspeitavam-no ser peitado[90] pelos adversários, para facilitar estes fazer pontos. Ultimamente, era agente de jogo de bicho,[91] e sua mulher viera gozar de mais algum conforto.

87 Termo que indica ação executada repetidas vezes.
88 Antigo bairro existente próximo ao bairro de Madureira. Este contava, desde junho de 1890, com uma estação de trem. Em fevereiro de 1897 foi inaugurada a estação no pequeno bairro de Dona Clara, com o fim de acabar com um percurso giratório que os trens eram obrigados a executar, pois a linha férrea saía da sua rota normal para fazer uma grande curva em torno dessa estação, que ficava onde hoje é a praça Patriarca, em Madureira. Essa estação foi construída na antiga chácara de dona Clara Simões. Em 1937, com a eletrificação da E. F. Central do Brasil, a estação de Dona Clara foi desativada, já que os trens elétricos não precisavam dar a volta.
89 Espécie de jogo de cartas.
90 O mesmo que "corrompido", "subornado", "comprado".
91 O jogo do bicho nasceu em 1890, com o objetivo de angariar fundos para a manutenção do Jardim Zoológico criado dois anos antes, pelo barão de Drummond, no bairro de Vila Isabel. Seu criador obteve permissão do governo para a realização de jogos lícitos nos limites do Jardim, que se dariam sob fiscalização policial. Nesse momento, o Código Penal vetava

Pobre Ernestina! Era tão alegre, tão tagarela, era moça, e bonitinha, na sua fisionomia miúda e na sua tez pardo-clara, um tanto baça, é verdade, mas não a ponto de enfeá-la, quando conheceu Ataliba; e hoje? Estava escanzelada,[92] cheia de filhos, a trair sofrimentos de toda a espécie, sempre mal calçada, quando, nos tempos de solteira, o seu luxo eram os sapatos![93] Quem te viu e quem te vê!

---

os jogos de azar. Para atrair o público, além dos jogos de bilhar, carteado, jogo da pelota e frontão, passou-se a estampar um animal em cada ingresso e promover a entrega de um prêmio aos visitantes cujo ingresso portasse a figura do "animal do dia", previamente escolhido pela administração do zoológico. Dependendo do número de bilhetes vendidos e da incidência do animal escolhido nos bilhetes impressos, o prêmio podia chegar até 20 mil-réis. O sucesso inicial do jogo deu lugar à intensa especulação de apostadores em busca de dinheiro fácil, despertando a desconfiança das autoridades e levando o jogo a ser enquadrado formalmente como jogo de azar. Sua proibição formal, em 1895, e o sucesso que o jogo alcançava contribuíram apenas para que ele se espraiasse para outros espaços públicos. Essa irradiação foi muito favorecida pelo crescimento da cidade entre 1890 e 1910, que presenciava a intensificação do mercado de loterias lícitas e ilícitas e dos jogos de azar. O jogo passou por adaptações, na numeração e nas formas de sorteio e venda, e manteve-se em intensa propagação, resistindo à perseguição do poder público. Segundo Lima Barreto, uma vez caído no gosto popular, não haveria mais forma de ser extirpado o jogo do bicho, "uma das mais sólidas instituições nacionais" ("Bônus da Independência", in: *Careta*, 17 de dezembro de 1921).

92 Aparência muito magra.

93 Após a abolição da escravidão, uma verdadeira mania de sapatos instaurou-se no país. Como em muitos locais ainda se proibia aos escravos o uso de sapatos, imediatamente após a manumissão oficial o uso de calçados virou símbolo de distinção e até de liberdade.

Zezé Mateus era um verdadeiro imbecil. Não ligava duas ideias; não guardava coisa alguma dos acontecimentos que assistia. A sua única mania era beber e dizer-se valente. Topava todos os ofícios; capinava, vendia peixe e verdura, com cesto à cabeça; era servente de pedreiro, apanhava e vendia passarinhos, como criança; e tinha outras habilidades desse jaez.

Era branco, com uma fisionomia empastada, cheia de rugas precoces, sem dentes, todo ele mole, bambo. A sua testa era deprimida, e era longo e estreito o seu crânio, do feitio daqueles a que o povo chama "cabeça de mamão-macho".

Totalmente inofensivo, quase inválido pela sua imbecilidade nativa e pela bebida, uma família a quem ele prestava pequenos serviços — ir às compras, ao açougue, lavar a casa — dava-lhe um barracão na chácara, onde dormia, e comida, se estivesse presente às refeições. Encontrava-se nessa ruína humana o melhor da turma e o único que não tinha maldade no coração. Era um ex-homem e mais nada.

O Franco Sousa, este, era um malandro mais apurado, que, uma vez ou outra, aderia ao grupo de Cassi. Intitulava-se advogado e vivia de embrulhar os crédulos clientes que lhe caíam nas mãos. Todos sabiam que ele não tratava de coisa alguma, pois não podia absolutamente tratar, já por não saber coisa alguma das tricas[94] forenses, já por não ser, de verdade, advogado. Assim mesmo, sempre apareciam ingênuos roceiros, simplórias viúvas, que, no pressuposto de que os seus serviços, na justiça, sobre a demarcação de terras litigiosas ou despejos de inquilinos relapsos, fossem mais baratos, procuravam-no. Ele recebia os adiantamentos e, em seguida, mais algum dinheiro, conforme a ingenuidade e a falta de experiência do cliente, e não fazia nada. Entretanto, vivia muito

94 Enredos, intrigas, trapaças.

decentemente com a mulher, filhos e filhas. Cassi não lhe pisava em casa, e, aos poucos, foi se afastando do violeiro, a conselho da mulher, que zelava extremamente pela reputação das filhas, que se faziam moças.

O último dos asseclas[95] do modinheiro[96] era um tal Arnaldo, Arnaldo *tout court.*[97] Nele, talvez houvesse tipo mais nojento do que mesmo em Cassi. A sua profissão consistia em furtar, no trem, chapéus de sol, bengalas, embrulhos dos passageiros que estivessem a dormitar ou distraídos. De tarde, ele fazia a especialidade dos embrulhos; e, à noite, às vezes, a altas horas, postava-se na beira da plataforma de estação pouco frequentada e, quando o trem tomava movimento e impulso, arrebatava rapidamente os chapéus dos passageiros, através da portinhola, principalmente se de palha e novos. Vendia-os, no dia seguinte, como vendia os chapéus de sol, as bengalas e o conteúdo dos embrulhos, se fosse de coisa vendável; roupas de lã ou branca, livros, louça, talheres etc.

Se fossem, porém, doces, frutas, queijos, biscoitos, grãos, ele levava para a casa e contava à mulher que só arranjara dinheiro para comprar aquelas guloseimas para as crianças. Usava dos mais imprevistos estratagemas, para não pagar a casa de sua moradia. Numa, tendo ficado a dever oito meses, apresentando-se-lhe o cobrador com os recibos, pediu-os para examiná-los e ficou com eles, alegando que ia consultar pessoa competente em matéria de selo, porquanto as estampilhas não lhe pareciam legais. Nunca mais os devolveu; e, apesar de todas as ameaças, ainda ficou morando na casa quatro meses. Os seus vizinhos contavam que ele tinha também o hábito de arrebatar as notas do Tesouro das

95 Seguidor, partidário, adepto.
96 Indivíduo que canta ou compõe modinhas.
97 Expressão francesa que indica "nenhuma ideia a acrescentar", "sem mais nada".

mãos das crianças, quando as encontrava sós também a caminho das vendas, onde iam fazer compras para as casas paternas, levando-as à mostra, na imprevidência natural de crianças.

Inútil é repetir que Cassi não tinha nenhuma espécie de amizade por esses rapazes, não pela baixeza de caráter e de moral deles, no que ele sobrelevava a todos; mas pela razão muito simples de que a sua natureza moral e sentimental era sáfara[98] e estéril. A seus pais e às suas irmãs, não o prendia nenhuma dose de afeição, por mais pequena que fosse. Mesmo com sua mãe, que o tinha retirado muitas vezes dos xadrezes policiais, em vésperas de seguir para a detenção, ele só tinha manifestações de ternura quando estava às voltas com a polícia ou com os juízes. O seu fundo e os seus princípios explicavam de algum modo essa sua aridez moral e sentimental.

A sua educação e instrução foram deveras descuradas. Primeiro nascido do casal, quando as exigências da manutenção da família obrigavam seu pai a trabalhar dia e noite, não pôde este, pois poucas horas passava em casa, vigiá-las convenientemente. Rebelde, desde tenra idade, a doçura para com ele, por parte de sua mãe, e os prejuízos dela impediram-na que o corrigisse convenientemente, assiduamente, no tempo próprio. Não ia ao colégio; fazia "gazeta",[99] correndo pelas matas das cercanias da residência dos pais, então em Itapiru, com outros garotos. O que faziam, pode-se bem adivinhar; mas a mãe fingia não perceber, passava a mão pela cabeça do filho querido, nada dizia ao pai, que quase mourejava durante as vinte e quatro horas do dia. Cresceu assim, sem nenhuma força moral que o comprimisse; e o pai seria a única.

98 Pedregoso, desértico.
99 "Fazer gazeta" é o mesmo que faltar às aulas ou a outro compromisso.

Ao melhorarem as suas condições financeiras, com uma promoção a propósito e a compra daquela casa, na estação do Rocha,[100] com o produto de uma herança que tocara à mulher, Manuel de Azevedo veio encontrar, aos treze anos, o filho completamente viciado, fumando às escâncaras,[101] mal lendo, aos gaguejos, e escrevendo ainda muito pior. Pô-lo nos "Salesianos" de Niterói.[102] As informações semanais eram péssimas; e, ao fim de três ou quatro meses de colégio, não sabemos que torpeza cometeu no colégio que, uma bela tarde, acompanhado de um padre magro, com uma cortante figura angulosa de asceta, veio a ser entregue Cassi ao pai, em casa. Falou-lhe o reverendo em particular, e Manuel de Azevedo, quase chorando, despediu-se do reverendo, que insistia nas desculpas, e respondendo deste único feitio ao eclesiástico:

— Os senhores têm razão, muita razão. Eu é que me sinto infeliz por ter um filho bastante mau e vicioso com tão pouca idade. Que castigo, meu Deus!

A mulher quis saber o motivo da expulsão, mas a dignidade e a vergonha de pai fizeram que nem mesmo à sua mulher ele o dissesse.

Propôs, dias depois, à sua esposa, que pusesse o rapazola a aprender um ofício, a fim de discipliná-lo. Dona Salustiana revoltou-se e esbravejou:

— Meu filho aprender um ofício, ser operário! Qual!

100 Rocha é um bairro do subúrbio carioca, que faz limite com Todos os Santos, Riachuelo e Triagem. Sua estação de trem foi inaugurada em dezembro de 1885 e hoje encontra-se desativada.

101 Atitude feita de forma aberta, escancarada, a descoberto.

102 Referência aos colégios fundados pela ordem Congregação de São Francisco de Assis, criada em 1859, na Itália. Trata-se de uma ordem religiosa dedicada essencialmente ao ensino. A cidade de Niterói recebeu o primeiro colégio salesiano, instalado no bairro de Santa Rosa, em 1883.

Ele é sobrinho de um doutor e neto de um homem que prestou muitos serviços ao país.

Sempre lembrado dos seus duros começos em que ela muito o ajudara e o animara, Manuel tinha, pela mulher, uma grande e sincera afeição, evitando o quanto possível contrariá-la, e, por isso, não teimou dessa feita. Meses depois, porém, logo que chegou em casa, a mulher e as filhas, chorando, pedem que vá soltar Cassi, que estava preso em uma delegacia. O menino já roçava pelos dezesseis anos e mostrava-se assim precoce na carreira de falcatruas. Havia sido preso, pelo respectivo vigia, no interior de uma casa vazia, quando procurava arrancar encanamentos de chumbo para vender.

O pai, então, voltou à ideia de pô-lo em uma oficina, a ver se o trabalho manual, já pelo cansaço, já pela convivência com pessoas honestas e de trabalho, desviava-o do mau caminho que ele estava iniciando. A mãe acedeu com grande repugnância, e ele foi ser aprendiz de tipógrafo.[103]

No fim de um mês, porém, era despedido, porque, tendo ido receber uma conta de cartões de visitas, uns cinco mil-réis ou pouco mais do que isso, voltara sem

103 Lima Barreto insere aqui outra possível referência à sua biografia. João Henriques de Lima Barreto, seu pai, dedicou-se à tipografia durante muitos anos. Em setembro de 1921, o escritor escreveu — "João Henriques de Lima Barreto. Nasceu em 19 de setembro de 1853. Foi chefe de turma das oficinas de composição da Imprensa Nacional, depois de trabalhar como tipógrafo em várias oficinas particulares e de jornais do tempo; mais tarde, chegou a mestre da referida oficina da mesma Imprensa, donde foi demitido com o estabelecimento da República, em 1889". Seu pai traduziu uma obra do célebre impressor francês Jules Claye, o *Manual do aprendiz compositor*, publicada em 1888. Segundo Francisco de Assis Barbosa, além da tradução do francês realizada, João Henriques adaptou as lições às condições da Imprensa Nacional (*A vida de Lima Barreto*, p. 51).

dinheiro, dizendo que o tinha perdido. Revistado convenientemente, foi-lhe o dinheiro encontrado quase intacto entre a botina e a meia.

A fascinação pelo dinheiro e sua absorção nele eram o seu fraco. Queria-o; mas sem trabalho e para ele só. As menores dívidas que fazia, não pagava; não oferecia nada a ninguém. Houve quem o conhecendo e sabendo dessa sua sovinice doentia explicasse os seus desvirginamentos seguidos e as suas constantes seduções a raparigas casadas, como sendo a resultante da aridez de dinheiro, que o encaminhava a amores gratuitos; e de uma atividade sexual levada ao extremo, que a sua estupidez explicava.

Seja devido a esta ou aquela causa, a este ou aquele motivo, o certo é que nele não havia nevrose ou qualquer psicopatia que fosse. Não cedia a impulsos de doença; fazia tudo muito calculadamente e com todo o vagar. Muito estúpido para tudo o mais, entretanto, ele traçava os planos de sedução e desonra com a habilidade consumada dos *scrocs*[104] de outras naturezas. Tudo ele delineava lucidamente e previamente removia os obstáculos que antevia.

Escolhia bem a vítima, simulava amor, escrevia detestavelmente cartas langorosas, fingia sofrer, empregava, enfim, todo o arsenal do amor antigo, que impressiona tanto a fraqueza de coração das pobres moças daquelas paragens, nas quais a pobreza, a estreiteza de inteligência e a reduzida instrução concentram a esperança de felicidade num Amor, num grande e eterno Amor, na Paixão correspondida.

Sem ser psicólogo nem coisa parecida, inconscientemente,[105] Cassi Jones sabia aproveitar o terreno propício

104 Gíria que significava um sujeito não só insignificante, como também algo odioso e imoral em seu comportamento.

105 Interessante que Lima pense em psicologia e inconsciente nesse momento em que a prática acabava de entrar no país; sobretudo as teorias do inconsciente de Freud. Na biblioteca,

desse mórbido estado d'alma de suas vítimas, para consumar os seus horripilantes e covardes crimes; e, quase sempre, o violão e a modinha eram seus cúmplices...

---

nomeada de Limana, havia alguns livros sobre psicologia, e em algumas crônicas o escritor revela o interesse despertado pela leitura de obras de psicologia moderna.

III

Marramaque, apesar de sua instrução defeituosa, senão rudimentar, tinha vivido em roda de pessoas de instrução desenvolvida e educação, e convivido em todas as camadas. Era de uma cidadezinha do estado do Rio, nas proximidades da Corte, como se dizia então. Feito os seus estudos primários, os pais empregaram-no num armazém da cidade. Estávamos em plena escravatura, se bem que nos fins, mas a antiga Província do Rio de Janeiro era próspera e rica, com as suas rumorosas fazendas de café, que a escravaria negra povoava e penava sob os açoites e no suplício do tronco.[106]

O armazém em que Marramaque era empregado havia de tudo: ferragens, roupas feitas, isto é, camisas, calças, ceroulas grosseiras, para trabalhadores; armas, louças etc. etc. Comprava diretamente nos atacadistas da Corte; além disso, o seu proprietário era intermediário entre os pequenos lavradores e as grandes casas da Capi-

106 Pau fincado no chão e empregado como instrumento de tortura no qual era amarrado o escravo para ser castigado. Em diversas anotações avulsas Lima Barreto faz referência a esse instrumento, chegando a desenhá-lo. Em uma relação, datada de 1904, com assuntos sobre história do Brasil, termina com — "A escravatura. Leis relativas. Aumento progressivo. Relações entre senhores e escravos. Tronco. Bacalhau. Cantos de senzala" (*Diário íntimo*).

tal do Império, isto é, comprava as mercadorias àqueles, por conta destas, com o que ganhava comissão.

Marramaque era contemplativo e melancólico, e vivia, debruçado ao balcão do armazém, ouvindo os tropeiros e peões contar histórias de todo o gênero: façanhas de valentia, maus encontros pelos caminhos desertos, proezas de desafio à viola e de amor roceiro.

No gênio, não saía ao pai, que era um minhoto[107] ativo, trabalhador, reservado e econômico. Em poucos anos de Brasil, conseguiu ajuntar dinheiro, comprar um sítio em que cultivava os chamados "gêneros de pequena lavoura", aipim, batata-doce, abóboras, tomates, quiabos, laranja, caju e melancia, dando-lhe esta última cultura, pelos fins do ano e começo do seguinte, lucros razoáveis. Com o correr do tempo, comprara um bote; e, duas vezes por semana, acompanhado de um companheiro a quem pagava, trazia ele mesmo os produtos de sua lavoura, navegando por um pequeno rio, mais ou menos canalizado, atravessando a Guanabara até o Mercado.[108] Vinha com o "terral" e voltava com a "viração".[109]

107 Indivíduo natural do Minho (Portugal).

108 A primeira estrutura edificada como mercado no espaço urbano do Rio de Janeiro localizava-se na atual região da Candelária. Projetada pelo arquiteto francês Grandjean de Montign, a construção foi iniciada em 1825. Pronto em 1841, foi demolido em 1911. O Mercado Municipal da praça XV de Novembro foi idealizado desde 1891, contando com terrenos doados pela prefeitura. Substituiu o mercado da Candelária, dentro da lógica de remodelação da cidade do Rio de Janeiro, no início do século XX. Mas é só em 1903, no governo do prefeito Pereira Passos, que a construção do Mercado Municipal se inicia, sendo inaugurado em 1907. Localizava-se na praia de D. Manuel, próximo ao antigo largo do Moura (atual praça Marechal Âncora). Com os sucessivos planos de reurbanização da cidade, a área do Mercado Municipal não resistiu às intervenções, desaparecendo no início de 1960.

109 "Terral" é o vento que sai de terra firme em direção ao mar,

O filho não seria capaz dessas proezas; mas, como sua mãe, que, embora quase branca, tinha ainda evidentes traços de índio, seria capaz de cantar o dia inteiro modinhas lânguidas e melancólicas.[110]

Havia, quando rapazola, muitas névoas na sua alma, um diluído desejo de vazar suas mágoas e os sonhos, no papel, em verso ou fosse como fosse; e um forte sentimento de justiça. O espectro da escravidão, com todo o seu cortejo de infâmias, causava-lhe secretas revoltas.

Certo dia, um viajante, que pousara no armazém, deixara, por esquecimento, na mesa do quarto em que fora hospedado, um volume das *Primaveras*, de Casimiro de Abreu.[111]

---

enquanto "viração" corresponde ao vento que se dirige do mar em direção a terra.

110 Lima Barreto dá conotação negativa à informação da descendência indígena. O indivíduo caboclo, oriundo de branco e índio, é apresentado como desconfiado, traiçoeiro e preguiçoso, representação sem dúvida semelhante à imagem corrente do indígena à época, com frequência representado como esquivo e silencioso, marginalizado socialmente.

111 Poeta de vocação, Casimiro José Marques de Abreu (São João da Barra, Rio de Janeiro, 1839 — Nova Friburgo, Rio de Janeiro, 1860) dedicou-se à vida de comerciante por imposição paterna, ocupação que muito lhe desagradava. Por conta desse seu mister, em 1853 viaja para Portugal, onde inicia sua atividade literária, colaborando na imprensa portuguesa ao lado de Alexandre Herculano e Rebelo da Silva, entre outros. Com o pretexto de continuar no comércio, voltou ao Rio em 1857, onde passou a residir e colaborar em alguns jornais. No ano seguinte à publicação de seu *As Primaveras*, em 1859, falece-lhe o pai, que sempre o amparou e custeou as despesas da sua vida literária. Doente de tuberculose, buscou o clima de Nova Friburgo, depois retornando para São João da Barra, onde faleceu seis meses depois do pai, a três meses de completar 22 anos de idade.

Ele nunca havia lido versos seguidamente. Nos jornais que lhe caíam à mão, mesmo nos retalhos deles e em páginas soltas de revistas que vinham parar ao armazém para embrulho, é que lera alguns. Dessa forma, encontrando, no seu natural melancólico, cheio de uma doce tristeza e de um obscuro sentimento da mesquinhez do seu destino, terreno propício, o livro de Casimiro de Abreu caiu-lhe n'alma como uma revelação de novas terras e novos céus. Chorou e sonhou com os doridos queixumes do sabiá de São João da Barra [112] e não deixou de notar que, entre ele e o poeta das *Primaveras*, havia a semelhança de começarem ambos sendo caixeiros de uma casa de negócio da roça. Cristalizada a emoção profunda que lhe causara a leitura dos versos do gaturamo fluminense,[113] Marramaque resolveu agir, isto é, instruir-se, educar-se e... fazer versos também. Para isso, precisava sair dali, ir para a Corte.

De quando em quando, pousavam no armazém, onde dormia também, caixeiros-viajantes de grandes casas da Corte que tinham negócios com o senhor Vicente Aires, patrão de Marramaque. O seu natural bom, prestativo, a sua irradiação simpática, provinda dos seus sonhos vagos e amontoados, faziam-no estimado deles todos. Havia um, entretanto, que ele estimava mais. Era um rapaz português, o senhor Mendonça, Henrique de Mendonça Souto. Em tudo, ele era o contrário do pobre Marramaque. Era alegre, folgazão, palrador, bebia o seu bocado; mas sempre honesto, leal e franco.

Certa noite, estando ele hospedado nos fundos do armazém do senhor Vicente Aires, de volta de uma partida de "manilha",[114] na casa do sacristão da Matriz, o ale-

112 Alusão ao poeta Casimiro de Abreu, natural de São João da Barra (Rio de Janeiro).

113 Nome dado a espécies de pequenas aves, todas de bico curto.

114 Jogo de cartas com quatro indivíduos, formando duas duplas.

gre "cometa"[115] veio a encontrar o caixeiro Marramaque lendo o volume de Casimiro de Abreu. Era alta noite, passava da meia: e, como o caixeiro tinha que se erguer às cinco da manhã, para abrir o armazém e atender a tropeiros e viajantes em preparativos de partida, tal fato causou pasmo a "seu" Mendonça:

— Ainda lês, menino! E não te lembras que, daqui a pouco, deves estar de pé, filho de Deus!

— Esperava o senhor.

— E mais esta! Então tu pensas que eu mesmo não sabia despir-me e meter-me à cama? Que lês?

— *Primaveras*, de Casimiro de Abreu.

O caixeiro-viajante acabou de vestir-se e deitou-se. Depois de cobrir-se, perguntou a Marramaque:

— Tu gostas de versos, rapaz?

Hesitou em responder, mas Mendonça fez rispidamente:

— Dize lá, rapaz; porque nisto não vai crime algum. Está a ver-se, rapaz! Dize!

— Gosto, sim senhor — fez o caixeiro timidamente.

— Pois deves ir para o Rio — acudiu Mendonça com pressa — estudar e... quem sabe lá?

— Se eu arranjasse um emprego na Corte...

Mendonça pensou um pouco e disse:

— Na casa, não te serve. Há muito serviço e tu não te acostumas... És aprendiz de poeta, tens inclinação para essas coisas de versos e te aborrecias. O que te serve, era trabalhar numa farmácia. Fala a teu pai que eu te arranjo a coisa. Escrevo-te logo que chegar ao Rio.

Mendonça cumpriu a palavra, e o pai consentiu que ele viesse para o Rio. Marramaque foi trabalhar numa farmácia; e, à noite, ia completando a sua instrução, conforme podia, nas instituições filantrópicas de instrução que existiam no tempo.

Logo, tratou de fazer versos; e, certa vez, foi surpreen-

115 Nome dado à figura do caixeiro-viajante.

dido por um dos *habitués*[116] da farmácia, compondo uma poesia. As farmácias, naquele tempo, eram o lugar de encontro de pessoas graves e sisudas da vizinhança, que, à tarde, após o jantar, iam a elas espairecer e conversar. Quem surpreendeu o jovem Marramaque, fazendo versos, foi o senhor José Brito Condeixa, segundo oficial da Secretaria de Estrangeiros, poeta também, mas, de uns tempos para cá, somente festivo e comemorativo. Além de publicar, nos dias de gala, sonetos e outras espécies de poesias alusivas à festa, não se esquecia nunca de comemorar as datas domésticas da família imperial, em versos de um lavor chinês. Esperava o hábito da Rosa;[117] mas só veio a ter no fim do Império, quando retirou da Imprensa Nacional o terceiro volume da *Sinopse da Legislação Nacional, na parte que se refere ao Ministério de Estrangeiros.*

Lendo os versos do adolescente, Brito Condeixa gostou e jurou que havia de proteger o caixeirozinho. Falou ao patrão, e ele foi se empregar numa papelaria-livraria, na rua da Quitanda.[118] Frequentada por poetas e literatos que ensaiavam os primeiros passos, nos últimos quinze anos do Império, com eles se relacionou e sempre era escolhido para secretário, gerente, tesoureiro, de suas efêmeras publicações. Deixou o emprego da papelaria, sem zanga; e atirou-se às refregas e às decepções da pequena imprensa, com ardor e entusiasmo, sangue republicano e abolicionista, sobretudo abolicionista.

116 No final do século XX, além das livrarias, cafés e confeitarias, também as farmácias eram lugares de encontro de escritores e intelectuais. Lima Barreto era frequentador assíduo desses espaços públicos, como o Café Papagaio, na rua Gonçalves Dias, no centro do Rio de Janeiro, e a livraria Schettino, propriedade do seu amigo e editor Francisco Schettino, localizada na rua Sachet, atual travessa do Ouvidor.

117 Condecoração concedida pelo Império brasileiro.

118 Uma das principais ruas do centro do Rio de Janeiro.

Esse jornalismo contrário e efêmero pouco ou quase nada lhe dava para a sua manutenção. Vivia uma vida de privações e necessidades prementes. Sem deixar os companheiros poetas, escritores, parodistas, artistas, ele se improvisou guarda-livros[119] ambulante, fazendo escritas aqui e ali, com o que ganhava para ter casa, comida, roupa e até, às vezes, socorrer os camaradas. Manteve-se sempre absolutamente solteiro.

Guardava, da sua vida de acólito[120] da boêmia literária, recordações muito vivas, que gostava de contar, ensopando-as de comovida saudade. Anedotas deste, casos com aquele, expedientes daquele outro, ele narrava com chiste e firmeza de lembrança; mas, ao que parece, a figura de seu tempo que mais impressionou foi a de um pequeno poeta, que nunca teve seu quarto de hora de celebridade e hoje está totalmente esquecido. A respeito dele, Marramaque se referia com o sentimento profundo de quem se lembra de um irmão muito amado:

— Ah! O Aquiles! Que alma! Que poeta! O senhor — dirigindo ao interlocutor ocasional — não o conheceu?

— Não; não me recordo.

— Nem de nome? Ele deixou obras.

O outro com quem conversava, por delicadeza, respondia:

— De nome, pois não, pois não!

— Que alma era esse Aquiles Varejão![121] Morreu há

119 Espécie de profissional autônomo ou empregado de estabelecimento comercial que é responsável pela escrituração mercantil.

120 O termo remete ao religioso que serve ao subdiácono durante a missa. Contudo, é aqui empregado para se referir a um cúmplice ou a quem ajuda ou acompanha alguém em determinada tarefa.

121 Aquiles Varejão (Rio de Janeiro, 1834 — 1900), escritor e advogado formado pela Faculdade de Direito de São Paulo, em 1856. Iniciou sua carreira como oficial-chefe da seção de Estatís-

pouco tempo, em 94 ou 95; e, se não me falha a memória, na Santa Casa.[122] Morreu na maior miséria; entretanto, tudo o que ganhava — ele era tipógrafo — estava sempre disposto a distribuir com os amigos. Não pude ir vê-lo... Tinha tido o primeiro ataque e estava em tratamento. Lembro-me, porém, do seu último soneto que a *Gazeta* publicou. Que lindeza! Aquilo era um poeta que não forçava, nem tinha compasso e régua. Ouça só!

E, com uma voz difícil, devido à semiparalisia da parte esquerda da boca, esbugalhando os olhos, devido ao esforço para pronunciar bem as palavras, recitava:

Prostrado nesta enxerga, sinto a vida
Ir, pouco e pouco, procurando o nada;

---

tica da Secretaria da Polícia, em 1857. Ocupou depois o cargo de 1º oficial na Secretaria de Estado dos Negócios da Justiça, onde se aposentou. Colaborou em vários jornais e revistas da Corte. Foi deputado à Assembleia Provincial do Rio de Janeiro, nas legislaturas de 1864 a 1869. No jornalismo, foi diretor e redator-chefe do Diário Oficial e colaborou em outras publicações. Em 1863, recebeu o título de Cavalheiro da Ordem da Rosa, pelo governo imperial. Destacou-se com peças teatrais, como *A época* e *A resignação*. Sendo reconhecida, junto com outros escritores, a sua contribuição para a dramaturgia realista no Brasil.

122 Fundada em meados do século XVI, a Santa Casa da Misericórdia do Rio de Janeiro ficava localizada no largo da Misericórdia, em frente à praia de Santa Luzia, atual rua Santa Luzia. Apesar da data incerta, acredita-se que sua data de criação foi no ano de 1582, como desdobramento das obras pias de assistência aos enfermos e desamparados que o padre José de Anchieta empreendia. A instituição teve origem em Portugal no final do século XV. A necessidade de internação de pacientes destituídos de recursos ou recém-chegados ao Brasil, sem família e moradia, acarretou, logo no século XVI, a criação das Santas Casas da Misericórdia, segundo os moldes daquela estabelecida em Lisboa.

Pra mim não há mais sol de madrugada,
Mas sim tremor da luz amortecida.

Prazeres onde estais? Longa avenida
De amores, que trilhei nesta jornada?
Tudo acabou. É justa esta pousada,
Antes que dobre o sino da partida.

Feliz quem tem família! Tem carinho
De mãe, de esposa, e, em derredor do leito,
Não sofre o horror de achar-se tão sozinho.

Porém ao meu destino estou sujeito;
Devo, batendo as asas, sem ter ninho,
Buscar, quem sabe? um mundo mais perfeito?

O Marramaque, quase sempre, acabava de recitar os versos do amigo com os olhos úmidos; e o ouvinte, não só pela dor demonstrada pelo declamador, mas também pelo tom elegíaco do soneto, comovia-se também e, antes de qualquer pergunta, comentava:

— É bonito! É mesmo lindo.

Marramaque, poeta *raté*,[123] tinha uma grande virtude, como tal: não denegrir os companheiros que subiram nem os que ganharam celebridade. A todos gabava, sem que, por isso, não lhes notasse as falhas de caráter.

Tendo vivido assim, em vários e diferentes meios, ganhando experiência e conhecimento dos homens e das coisas da vida, estava apto para julgar bem quem era Cassi Jones. Demais, devido à sua convivência com literatos, poetas e escritores, adquirira o hábito tirânico de ler diariamente todos os jornais que apanhava na repartição, e não fazia lá outra coisa, devido a seu estado de saúde.

123 Em francês, "falido", "malsucedido", "fracassado".

De quando em quando, ele encontrava notícias mais que escabrosas, às vezes sangrentas mesmo, em que estava envolvido o nome do famigerado violeiro. De uma delas, ele se lembrava perfeitamente, porque lhe havia causado, na sua alma retardada de idealista e sonhador, de poeta que quis ser amoroso e cavalheiresco, a maior revolta e um movimento de nojo irreprimível. Joaquim dos Anjos não estava a par dela, pois não tinha hábito de ler jornais e pouco tagarelava com as pessoas de suas bandas suburbanas. Marramaque apoiou-se em contador e por alto.

Num dos subúrbios, na proximidade da casa de Cassi, veio a residir um casal. A mulher era moça, fruída de carnes, alta, louçã, grandes olhos negros, um tipo do Sul, ao que parece do Rio Grande. O marido, que era oficial de Marinha, maquinista, era amorenado, tirando a mulato, baixo, sempre triste, curvado e pensativo. Apesar da diferença de gênios, que se percebia, e de idade, que estava à mostra, pareciam viver bem. Quase sempre saíam à tarde, iam a festas, a teatros; aos domingos, procuravam visitar os arrabaldes pitorescos e voltavam à noite. Tomavam comida fora e só tinham uma rapariguita preta, de uns dezesseis anos, para os serviços leves da casa. Não se sabe como, Cassi conseguiu conhecer a gaúcha e seduzi-la. Mal o marido saía, ele se metia em casa da moça, com violão e tudo. A vizinhança murmurava contra aquela pouca-vergonha. Fosse de que fonte fosse, o marido veio a saber e um dia, de revólver em punho, furioso, fora de si, louco, totalmente louco, penetrava na casa e alvejou a mulher com dois tiros de revólver, de cujos ferimentos veio a morrer horas depois. Após ter alvejado mortalmente a mulher, correu em perseguição de Cassi, que, descalço, de calças e em mangas de camisa, saltava cercas e muros, para se pôr fora do alcance do marido indignado.

Entregando-se à prisão, o oficial maquinista contou toda a sua desdita e o causador dela. O delegado mandou procurar Cassi e conseguiu pilhá-lo à noite. Os agentes deram uma batida nos matos, e o galã fugitivo foi preso e recolhido à enxovia.

Por ocasião dessa prisão foi que ele veio a conhecer Lafões. Tinha este sido detido e recolhido ao xadrez, por ter feito um distúrbio, num botequim, onde tomara uma carraspana,[124] em comemoração ao ter acertado uma centena no bicho. Quando Cassi foi recolhido, já Lafões estava no xadrez, havia quatro horas.

Cassi, que fugira do revólver do oficial, sem paletó e sem colete, em cujas algibeiras estava o seu dinheiro, não pudera comprar cigarros; mas Lafões os tinha. O profissional da sedução pediu-lhe um, que lhe foi dado. Disse, então, para Lafões:

— Vou te soltar, meu velho. Tu és uma bela alma.

— Por que vosmecê está preso, meu caro senhor?

Cassi respondeu com muita calma e indiferença, como se tratasse de um acontecimento vulgar:

— Por nada. Coisas de mulheres, meu velho. É o meu fraco.

Pela grade do xadrez, dirigiu-se a um soldado, a quem conhecia, e falou-lhe baixo qualquer coisa. Em breve, foi a praça substituída por outra. Vendo isso Cassi, disse para o velho Lafões:

— Estás aqui, estás na rua. Mandei o soldado falar ao meu chefe político: e ele vai interessar para seres solto.

— E vosmecê?

— Não te importes comigo. Tenho que depor...

Na verdade, Lafões foi solto; não houve, porém, qualquer intervenção do chefe político de Cassi. Libertou-o o próprio comissário que o prendera e o conhecia como homem morigerado[125] e qualificado.

124 Termo popular para designar uma bebedeira.
125 Moderado nos hábitos, alguém com bons procedimentos, sóbrio, bem-educado.

Entretanto, o guarda das obras públicas sempre supôs que a sua libertação tivesse sido obra de Cassi, por isso lhe era grato e o defendia com todo o ardor.

Lafões era um homem simplório, que só tinha agudeza de sentidos para o dinheiro que vencia. Vivendo sempre em círculos limitados, habituado a ver o valor dos homens nas roupas e no parentesco, ele não podia conceber que torvo indivíduo era o tal Cassi; que alma suja e má era a dele, para se interessar generosamente por alguém.

Muito diferente do guarda era Marramaque, cujo âmbito de vida sempre fora mais amplo e mais variado. Abraçava um maior horizonte de existência humana...

Quando aquele lembrou que se convidasse o celebrizado violeiro, o contínuo viu logo os perigos que a presença do profissional da desonra das famílias podia trazer à paz e ao sossego que reinavam na casa de Joaquim dos Anjos.

Além de compadre, Marramaque era profundamente amigo do carteiro, que o auxiliava nos seus transes de toda a ordem: um pouco, originados pelos hábitos boêmios que, de todo, não perdera; um pouco, pela exiguidade de seus vencimentos, com os quais sustentava uma irmã viúva e dois filhos dela, ainda menores, com os quais morava, nas proximidades de Joaquim.

Na sua vida, tão agitada e tão variada, ele sempre observou a atmosfera de corrupção que cerca as raparigas do nascimento e da cor de sua afilhada; e também o mau conceito em que se têm as suas virtudes de mulher.[126] *A*

126 Durante todo o romance Lima Barreto traça um painel absolutamente pessimista em relação à situação social das mulheres negras e mulatas. Alguns episódios dão conta desse seu posicionamento. Sua irmã, Evangelina, era motivo das suas preocupações. Como irmão mais velho, em 4 de janeiro de 1905, anotou: "Minha irmã, esquecida que, como mulata que se quer salvar, deve ter um certo recato, uma certa timidez, se atira ou

priori, estão condenadas; e tudo e todos pareciam condenar os seus esforços e os dos seus para elevar a sua condição moral e social.

Se assim acontecia com as honestas, como não pensaria sobre o mesmo tema um malandro, um valdevinos,[127] um inconsciente, um vagabundo cínico, como ele sabia ser o tal Cassi?

Durante o jantar, ainda se falou muito a respeito, mas com as reservas que a assistência de uma moça pedia fossem tomadas.

---

se quer atirar a toda a espécie de namoros, mais ou menos mal-intencionados, que lhe aparecem. Até bem pouco era na casa do tal Carvalho, onde se reuniam toda a espécie de libertinos vagabundos; cortei essas relações. Agora é na casa do idiota do Sardinha, casa de positivista, o que quer dizer fábrica de namoros. Se a minha irmã não fosse de cor, eu não me importaria, mas o sendo dá-me cuidados, pois que, de mim para mim, que conheço essa nossa sociedade, foge-me o pensamento ao atinar porque eles as requestam" (*Diário íntimo*). No primeiro número da revista *Floreal*, de 25 de outubro de 1907, Lima se insurge contra a "hediondez" de uma música — "Vem cá, mulata" — muito popular no carnaval de 1906. "Aquilo penetrou-me nos ouvidos como um insulto. Lembrei-me de minha mãe. O convite canalha parecia dirigido a ela", confessou o escritor a Antônio Noronha Santos, seu grande amigo, o motivo de sua implicância com a música de nome sugestivo (*A vida de Lima Barreto*, p. 435). A música "Vem cá, mulata" não possuía uma letra agressiva. Apenas reproduzia a imagem herdada do período colonial, realçando o desejo sexual despertado pela figura da mulata. A música, de origem anônima, teria aparecido no início do século XX, sendo adaptada, em 1906, como canção carnavalesca e número de teatro por Arquimedes de Oliveira e Bastos Tigre (este grande amigo de Lima Barreto). Nesse tempo estava em voga as apresentações de duetistas, em que a mulher quase sempre encarnava a figura da mulata (*A música popular no romance brasileiro*. Vol II: Século XX, 1ª parte. São Paulo: Editora 34, 2000, p. 37).

127 Malandro, vagabundo, vadio.

— Vamos experimentar, meu caro Marramaque. "Ele" sabe com quem se mete...

— Eu cá, por mim, nada tenho a dizer dele. Sempre me tratou muito bem e sou-lhe grato.

— É que você, Lafões, não lê os jornais.

— Qual jornais! Qual nada! Tudo que lá vem neles é mentira.

Clara ouvia esse diálogo com muita atenção e forte curiosidade. Num dado momento, não se conteve e perguntou:

— O que é que esse Cassi faz, padrinho?

A mãe acudiu ríspida, dizendo:

— Não é de tua conta, bisbilhoteira!

A única filha do carteiro, Clara, fora criada com o recato e os mimos que, na sua condição, talvez lhe fossem prejudiciais. Puxava a ambos os pais. O carteiro era pardo-claro, mas com cabelo ruim, como se diz; a mulher, porém, apesar de mais escura, tinha o cabelo liso.

Na tez, a filha tirava ao pai; e no cabelo, à mãe.

Joaquim era alto, bem alto, acima da média, ombros quadrados e rija musculatura; a mãe, não sendo muito baixa, escapava à média da altura de nossas mulheres em geral. Tinha ela uma fisionomia medida, de traços breves, mas regular; o que não acontecia com o marido, que era possuidor de um grosso nariz, quase chato, e malares salientes. A filha, a Clara, havia ficado em tudo entre os dois; média deles, dos seus pais, era bem exatamente a filha de ambos.

Habituada às musicatas do pai e dos amigos, crescera cheia de vapores de modinhas e enfumaçara a sua pequena alma de rapariga pobre e de cor com os dengues e o simplório sentimentalismo amoroso dos descantes[128] e cantarolas populares.

Raramente saía, a não ser para ir bem perto, à casa

128 Cantos populares, acompanhados de um instrumento.

de dona Margarida, aprender a bordar e a costurar, ou com esta ir ao cinema e a compras de fazendas e calçado. A casa dessa senhora ficava a quatro passos de distância da do carteiro. Apesar de ser uso, nos subúrbios, irem as senhoras e moças às vendas fazer compras, dona Engrácia, sua mãe, nunca consentiu que ela o fizesse, embora de sua casa se avistasse tudo o que se passava, no armazém do "seu" Nascimento, fornecedor da família.

Essa clausura mais alanceava sua alma para sonhos vagos, cuja expansão ela encontrava nas modinhas e em certas poesias populares.

Com esse estado de espírito, o seu anseio era que o pai consentisse na visita do famoso violeiro, cuja má fama ela não conhecia nem suspeitava, devido ao cerco desvelado que a mãe lhe punha à vida; entretanto, supunha que ele tirava do violão sons mágicos e cantava coisas celestiais.

Joaquim dos Anjos, afinal, tendo o assentimento da mulher e também curioso de conhecer as habilidades de Cassi, no violão e na trova popular, consentiu que Lafões o trouxesse em sua casa, no dia do aniversário de Clara. Viria aquela vez e não viria mais...

Lafões acolheu a resposta com viva alegria e tratou de entender-se com o tocador mal-afamado. Fez. Quando os seus companheiros de vagabundagem souberam, comentaram cinicamente o convite:

— Conheço bem esse carteiro. Ele não trabalha aqui; mas na cidade, na zona dos bancos. Deve ter dinheiro. Tem um pancadão de filha, meu Deus! Que torrão de açúcar!

— Então estás feito, hein, Cassi? — fez alvarmente[129] Zezé Mateus, àquela tendenciosa observação de Ataliba do Timbó.

Cassi, o mestre suburbano do violão, o dedo da modinha, fingiu-se aborrecido e retrucou com fingido desgosto:

129 De forma grosseira, tola.

— Vocês mesmo é que me desacreditam. Dizem coisas que não fiz e não faço, e todo o mundo me enche de desprezo, senão de ódio. Não sou essas coisas que dizem de mim.

Timbó teve vontade de rir à vontade, mas, embora mais forte do que Cassi, tinha este sobre ele um ascendente moral que não se explicava. Zezé Mateus, porém, com o seu peculiar meio-riso de imbecil, fez:

— Estou brincando, meu "nego". Sou teu amigo — tu sabes.

Eles conversavam sempre de pé, parados pelas esquinas. Raramente, sentavam-se a uma mesa de café. Aquela intempestiva observação do Ataliba, seguida do comentário de Zezé Mateus, arrefecera a palestra da sociedade. Despediram-se, e cada um foi para o seu lado.

Cassi, que fingira aborrecer-se com a tendenciosa notícia de Timbó e o comentário de Zezé, ficou, ao contrário, muito contente com ela. Tinha resolvido não ir à tal festa; mas, pelo que informara Ataliba, talvez não tivesse nada a perder. Experimentaria.

Mordeu os lábios e seguiu para o clube, com a consciência leve e o coração alegre...

IV

Veio o dia da festa; a pequena casa regurgitava;[130] e — coisa curiosa — havia mais convidados de idade meã que de moças e rapazes. Isto se explicava pela estreiteza de relações de Clara e dos seus pais, devido à vida que levavam. Entre as moças, havia duas ou três colegas de Clara, a filha de Lafões, uma sobrinha solteirona, Hermengarda, de dona Engrácia, e poucas mais. Entre os rapazes, havia dois jovens colegas de Joaquim, Sabino e Honório; um irmão de Hermengarda e um afilhado de Lafões, que era vigia do cais do porto. Em compensação, as senhoras, mães de família, eram inúmeras. Destacava-se muito dona Margarida Weber Pestana, pelo seu ar varonil, tendo sempre ao lado o filho único, de catorze anos, fardado com uma fardeta de colegial. Tinha, essa senhora, um temperamento de heroína doméstica. Viera muito cedo para o Brasil, com o pai, que era alemão; ela, porém, havia nascido em Riga, russa portanto, como sua mãe o era. Antes dos dezesseis anos, ficara órfã de mãe. Seu pai emigrara para o Brasil, contratado a trabalhar no acabamento das obras da Candelária. Era estucador, marmorista, um pouco escultor; enfim, um operário fino, para essas obras especiais de revestimento e decoração interna de edifícios suntuosos.

130 A caracterização da casa indica que não dava conta de abrigar todos os que se encontravam na festa.

Bem cedo, mostrou ela inclinação por um tipógrafo que comia na "pensão" que havia montado, na rua da Alfândega,[131] e dirigia ativamente. Casaram-se, e ele morreu dois anos depois, após o casamento, de tuberculose pulmonar, deixando-lhe o filho, o Ezequiel, que não a largava. Ano e meio depois, morreu-lhe o pai, de febre amarela. Continuou com a "pensão"; mas bem cedo vendeu-a e comprou uma casita nos subúrbios, aquela em que morava, quase junto de Joaquim. Costurava para fora, bordava, criava galinhas, patos e perus, e mantinha-se serenamente honesta. O senhor Ataliba do Timbó deu em certa ocasião em persegui-la com ditinhos de amor chulo. Certo dia, ela não teve dúvidas: meteu-lhe o guarda-chuva com vigor. À noite, no intuito de defender as suas galinhas da sanha dos ladrões, de quando em quando, abria um postigo,[132] que abrira na janela da cozinha, e fazia fogo de revólver. Era respeitada pela sua coragem, pela sua bondade e pelo rigor de sua viuvez. O Ezequiel, seu filho, puxara muito ao pai, Florêncio Pestana, que era mulato, mas tinha os olhos glaucos,[133] translúcidos, de sua mãe meio eslava, meio alemã, olhos tão estranhos — olhos tão estranhos a nós e, sobretudo, ao sangue dominante no pequeno.

Afora dona Margarida Pestana, notava-se dona Laurentina Jácome, uma velha, sempre metida com rezas e padres, pensionista do ex-Imperador[134] e empregada

131 Uma das principais ruas do centro do Rio de Janeiro. Historicamente, nela instalaram-se diversas casas comerciais.
132 Abertura feita em uma porta ou janela por meio da qual pode-se olhar, sem ser necessário abrir a peça maior.
133 Verde-azulados.
134 Durante todo seu reinado, o imperador concedeu inúmeras pensões para artistas, cientistas, compositores, professores e também antigos funcionários. Popularmente, tal atividade era conhecida como o "bolsinho do imperador". D. Margarida com certeza constava dessa lista.

numa capelinha da vizinhança, de cuja limpeza era encarregada, inclusive da lavagem das toalhas dos altares. Não podia conversar outra coisa que não fossem acontecimentos eclesiásticos e, quase sempre, os de sua igreja:

— A senhora não sabe, dona Engrácia, de uma coisa?

— O que é?

— O padre Santos, este mês, disse mais de vinte missas e só recebeu cinco. Pobre padre Santos! É mesmo um santo!

E contraía a fisionomia enrugada e, erguendo-a um pouco, apertava as mãos ao jeito de quem reza.

Além desta, havia uma digna de nota: era dona Vicência. Morava na vizinhança também e vivia de deitar cartas e cortar "coisas-feitas".[135] O seu procedimento era inatacável e exercia a sua profissão de cartomante[136] com toda a seriedade e convicção.

Havia outras sem nada de notável, como entre os cavalheiros só havia um que se destacava. Convém não esquecer que Lafões e Marramaque lá estavam a postos.

135 A personagem ganhava a vida fazendo previsões por meio de cartas e desfazia feitiços e malefícios. A descrição do escritor destaca como, além do sincretismo religioso, o misticismo ganhava espaço entre a população economicamente marginalizada. Não só Machado de Assis possuía um conto intitulado "A cartomante". Lima Barreto também escreveu conto homônimo, no qual a personagem vai em busca de uma consulta com a cartomante Dada (*Contos completos de Lima Barreto*, pp. 302-3).

136 "A figura da cartomante entrou definitivamente na vida nacional", afirmava Lima Barreto. Para ele, os anúncios nos jornais provavam a demanda que havia por essa personagem. Irônico, afirmava não possuir ojeriza por cartomantes, as quais na verdade seriam "bastante úteis, pois mantêm e sustentam no nosso espírito essa coisa que é mais necessária à nossa vida que o próprio pão: a ilusão" (*Correio da Noite*, 26 de dezembro de 1914).

O cavalheiro digno de nota era um preto baixo, um tanto corcunda, com o ombro direito levantado, uma enorme cabeça, uma testa proeminente e abaulada, a face estreitante até acabar num queixo formando, queixo e face, um V monstruoso, na parte anterior da cabeça; e, na posterior, no occipital desmedido, acaba o seu perfil monstruoso. Chamava-se Praxedes Maria dos Santos; mas gostava de ser tratado por doutor Praxedes.

A monstruosidade de sua cabeça o pusera a perder. Por tê-la assim, julgou-se uma inteligência, um grande advogado, e pôs a frequentar cartórios, servindo de testemunha, quando era preciso, indo comprar estampilhas etc. etc.

Com o tempo, tomou algumas luzes e atirou-se a tratar de papéis de casamento e organizou uma biblioteca particular de manuais jurídicos, de índices de legislação etc. etc. Vestia-se sempre de fraque, botinas de verniz ou gaspeadas, e não dispensava a pasta indicadora de homens de leis. Quando foi moda ser de rolo, ele a usou assim; quando veio a moda de ser em saco, como a trazem agora os advogados, ele comprou uma luxuosa de marroquim com fechos de prata.

Não falava senão em leis e decretos: "porque — dizia ele — a Lei 1857, de 14 de outubro de 1879, diz que a mulher casada, no regímen do casamento, não pode dispor dos seus bens, ter dinheiro em bancos, na Caixa Econômica; entretanto, o Decreto 4572, de 24 de julho de 1899, determina...".

Afora o seu amor a esse embrulho legislativo, gostava de versos; mas não de modinha.

Era este o cavalheiro mais notável que havia vindo ao baile de anos de Clara. É que até aquele momento, com grande desgosto para as moças, o trovador Cassi não havia ainda aparecido.

Clara não ocultava o seu desapontamento; e uma de suas colegas lhe dizia em confidência:

— Clara, toma cuidado. Este homem não presta.

A moça não respondia, encaminhava-se para a sala de jantar, a fim de disfarçar a emoção, simulando ir beber água.

Clara estava bem vestidinha. Era inteiramente de crepom o seu vestido, com guarnição de renda de indústria caseira, mas bonita e bem trabalhada; o pescoço saía-lhe nu e a gola do casaco terminava numa pala debruada de rendas. Calçava sapatos de verniz e meias. Nas orelhas tinha grandes africanas[137] e penteara-se de bandós,[138] rematando o penteado para trás, na altura do pescoço, um coque, fixado por um grande pente de tartaruga ou coisa parecida.

Quando ela foi beber água, seguiu-lhe a sua amiga Etelvina, uma crioulinha espevitada, sua antiga colega do colégio. Vestia-se esta com um mau gosto de aborrecer. Todo o vestido era azul-celeste, com rendas pretas; os sapatos amarelos e as meias cor de abóbora. Ao redor da cabeça, dividindo a testa ao meio, uma fita vermelha, de um vermelho muito berrante. Os gregos chamavam este adorno feminino de *stephané*; e, ao que parece, as portadoras não eram lá tidas como virtuosas.

Essa Etelvina era a primeira dançarina do baile, não tinha até ali perdido uma contradança.

A orquestra era composta de flauta, cavaquinho e violão — um "terno", como denominam os seresteiros.

O baile ia adiantado, quando a filha de Lafões veio correndo do portão do mimoseado jardim que enfrentava a casa, anunciando alegre:

— Ê vem aí, "seu" Cassi.

Entrou. Houve um estremecimento que percorreu os convivas, como um choque elétrico. Todas as moças, das

137 Denominação dada a brincos em forma de argola, semelhantes às que os africanos usavam nas orelhas.
138 Penteado feminino no qual o cabelo é repartido em duas partes iguais ao longo da cabeça.

mais diferentes cores, que, ali, a pobreza e a humildade de condição esbatiam e harmonizavam,[139] logo o admiraram na sua insignificância geral, tão poderosa é a fascinação da perversidade nas cabeças femininas. Nem César Bórgia,[140] entrando mascarado, num baile à fantasia, dado por seu pai, Alexandre VI,[141] no Vaticano, causaria tanta emoção. Se não disseram: "É César! É César!" — codilharam: "É ele! É ele!".

Os rapazes, porém, não ficaram contentes, pressentindo essa satisfação das damas; e, entre eles, puseram-se a contar a biografia escabrosa do modinheiro.

Apresentado, por Lafões, aos donos da casa, e à filha, ninguém lhe notou o olhar guloso de grosseiro sibarita[142] sexual que deitou para os seios empinados de Clara.

139 Típica observação de Lima Barreto, que sempre anotou como, no subúrbio, diferentes cores se "harmonizavam" diante da pobreza comum. Fazia questão de ressaltar a diferenciação cromática da pele, o que marcava uma série de determinações e hierarquias sociais.
140 César Bórgia (1475-1507), citado aqui ironicamente, foi o filho preferido de Alexandre VI e acusado do assassinato de seu irmão Giovanni, herdando dele o título de duque da Gandía. Empreendeu uma carreira política marcada pela hábil diplomacia e falta de escrúpulos, servindo de base para Maquiavel compor a obra O *príncipe*.
141 Rodrigo Bórgia (1431-1503), intitulado Alexandre VI, quando nomeado papa em 1492, destacou-se ativamente por participar nos assuntos políticos de sua época. Esse religioso de fama dissoluta participou das lutas políticas da Itália, assegurando com isso garantias materiais para seus três filhos, entre eles, César Bórgia. A sua bula *Intercoetera*, de 1493, estabeleceu a divisão das novas terras descobertas entre Portugal e Espanha.
142 Indivíduo dedicado aos prazeres físicos, à voluptuosidade e à indolência.

O baile continuou animado; Cassi, porém, não dançava e foi reforçar o terno de cavaquinho, flauta e violão, com o seu instrumento.

Dona Margarida, com o seu porte severo, olhava as damas, sentada ao sofá austríaco, tendo ao lado o filho. A polca[143] era a dança preferida, e todos quase a dançavam com requebros próprios de samba. Os convidados que não dançavam se haviam espalhado por várias partes da casa. Joaquim, Lafões e Marramaque ouviam o doutor Praxedes explicar o que era um *habeas corpus* preventivo.[144]

— Exemplifico — dizia o doutor Praxedes, erguendo a mão direita catedraticamente, com o indicador apontado para o teto. — É uma medida perfeitamente jurídica de profilática, porque...

Nisto acode o "doutor" Meneses, um velho hidrópico,[145] com a mania de saber todas as ciências, vivendo na maior miséria, apesar de exercer clandestinamente a profissão de dentista.

143 Estilo de música e de dança surgida na região da Boêmia, no início do século XIX, marcada por um compasso binário. Introduzida nos salões europeus da era pós-napoleônica, trazia o atrativo da aproximação física dos dançarinos, ao prever duas possibilidades de evolução do par enlaçado: rodeando ou com rápidos pulos nas pontas dos pés. A polca espalhou-se pelos salões brasileiros, alcançando grande êxito, a partir de 1845, no Rio de Janeiro. Além da malícia e da sensualidade, já presentes em algumas modinhas, o lundu se distinguia por expressar-se através do ritmo sincopado, originário da cultura africana, e pelo tom humorístico das letras.

144 O *habeas corpus* preventivo tem por fim a prevenção nos casos em que o indivíduo está prestes a sofrer violência ou coação.

145 Aquele que sofre de hidropisia, acumulação mórbida de serosidade em alguma parte do corpo, principalmente no abdômen.

— Doutor Praxedes — acudia o doutor Meneses — não julgo a comparação própria. Cada ciência tem seu campo próprio...

A discussão tomava vulto e Joaquim se levantou. Sempre que ele fazia isto, Meneses seguia com os olhos o carteiro, a ver se ele ia até a cozinha mandar pôr a ceia. O sábio dentista viera à última hora, na esperança que a houvesse. Não lograra dinheiro para tomar um caldo. Joaquim, porém, aborrecido com a discussão, fora simplesmente até à sala de visitas convidar:

— Quem quiser tomar alguma coisa, comer biscoitos, é só vir cá dentro. Não façam cerimônia.

Toda a vez que o anfitrião dizia isso, Meneses comia duas empadas e quatro *sandwiches* e bebia uma boa "talagada"[146] de parati.

O dono da casa convidava Cassi especialmente; mas este não bebia, não gostava. Não era esse o seu prazer...

De uma feita, indo à sala, Joaquim convidou-o:

— Por que não canta, "seu" Cassi?

Até ali, não se falara nisso, e, repinicando as cordas do violão, não deixava o famoso mestre violeiro de devorar sorrateiramente com o olhar lascivo os bamboleios de quadris de Clara, quando dançava.

Ninguém se atrevia a convidá-lo; todos esperavam que o dono da casa o fizesse. Feito o convite, ele respondeu cheio de uma cerimônia afetada:

— Estou sem voz: esfalfei-me[147] muito ontem, no baile do doutor Raposo e...

Vendo que seu pai o havia convidado, Clara animou-se:

— Por que não canta, "seu" Cassi? Dizem que o senhor canta tão bem...

Esse — "tão bem" — foi alongado maciamente. Cassi concertou, com apurada pelintragem e com ambas as

146 Gole de bebida alcóolica realizado de uma só vez.

147 Fatigar-se, dispender de muito esforço.

mãos, a pastinha oleosa; limpou, em seguida, os dedos no lenço e respondeu dengoso:

— Qual, minha senhora! São bondades dos camaradas...

Clara insistiu:

— Cante, "seu" Cassi! Vá!

Ele, então, torcendo a cabeça para o lado esquerdo, cuja mão espalmada abria para o alto, e fingindo constrangimento, respondeu:

— Já que a senhora manda, vou cantar.

Marramaque, que tinha ouvido tudo, ficou espantado com o desembaraço da afilhada. Diabo!, fez ele de si para si.

O violeiro, com todo o dengue, agarrou o violão, fez estalar as cordas e avisou:

— Vou cantar uma modinha velha, mas muito gentil e literária — "Na Roça".[148]

Muitos circunstantes ficaram desapontados, porque já a conheciam; mas outros gostavam muito da modinha e aprovaram a escolha.

Cassi começou:

148 A letra aproveitada na modinha foi retirada do poema "Canção", de Antônio Cândido Gonçalves Crespo (Rio de Janeiro, 1846 — Lisboa, 1883), poeta e mulato nascido no subúrbio carioca, que ainda jovem naturalizou-se português, sendo deputado nas cortes lusitanas. Crespo foi considerado pioneiro do parnasianismo em Portugal. Desposou a escritora Maria Amália Vaz de Carvalho. O poema de Gonçalves Crespo encontra-se na obra *Miniaturas*, de 1870, e consta de suas *Obras completas*, publicadas no Rio de Janeiro em 1897. Mas tratava-se de letra bastante conhecida, como sugere o texto; seria uma "modinha velha". Posteriormente, a letra passou a ser conhecida sob o título de "A mulata". Tal letra foi criteriosamente selecionada por Lima Barreto por tratar de jovem que foge com o mascate que, à noite, lhe fazia serenatas.

Mostraram-me um dia
Na roça dançando
Mestiça formosa
De olhar azougado...

Isto tudo era dito quase aos poucos, sem modulação alguma, enquanto o violão repinicava as mesmas notas, numa indigência musical, numa monotonia de sons, que dava sono. Quando chegava ao estribilho:

Sorria a mulata
Por quem o feitor
Diziam que andava
Perdido de amor.

Por aí ele empregava o seu *tic* invencível de tocador de violão e cantor de modinha. Cantando, revirava os olhos e como que os deixava morrer. O cardeal de Retz[149] diz, nas suas famosas *Memórias*, que Mme. de Montayon, ou uma outra qualquer duquesa, ficava mais bela quando os seus olhos morriam. Cassi talvez ficasse mais, se ele tivesse alguma beleza; entretanto, esse seu *tic* impressionava as damas.

Clara, que sempre a modinha a transfigurava, levando-a a regiões de perpétua felicidade, de amor, de satisfação, de alegria, a ponto de quase ela suspender, quando as ouvia, a vida de relação,[150] ficar num êxtase

149 Jean-François Paul de Gondi (Montmirail, 1613 — Paris, 1679), político e escritor que, após receber um canonicato em Notre-Dame de Paris, levou uma vida dedicada aos prazeres. Teve a vida política marcada por acordos com diversas facções e intrigas. Suas *Memórias* foram publicadas em 1717.

150 O mesmo que perder o sentido da realidade. Lima demonstra o efeito embriagador que a modinha poderia exercer sobre a inocência de uma jovem como Clara, atribuindo ao violão dos seresteiros o poder de raptá-las por instantes de sua realidade.

místico, absorvida totalmente nas palavras sonoras da trova, impressionou-se profundamente com aquele jogo de olhar, com que Cassi comentava os versos da modinha. Ele sofria, por força, senão não punha tanta expressão de mágoa, quando cantava — pensava ela.

Tão embevecida estava, tão longe pairava o seu pensamento que, quando Cassi acabou, esqueceu-se de aplaudir o troveiro que, para o seu rudimentar gosto, lhe tinha proporcionado tão forte prazer artístico.

Comentava-se ainda a execução do maestro Cassi; e ele ao lado percebia os gabos e críticas. Por esse tempo, como uma aparição em alçapão de mágica, surgiu repentinamente, no centro da sala, o "doutor" Praxedes, célebre advogado nos auditórios suburbanos. Iniciou:

— Minhas senhoras e meus senhores. Peço-lhes a devida vênia, para recitar uma mimosa poesia de um nosso patrício. É uma obra-prima de chiquismo e de moralidade. O seu autor é o major Urbano Duarte,[151] que morreu, se não me falha a memória, general de brigada. Vou recitá-la, se me permitem. Chama-se "A lágrima".

Dizendo isto, o seu todo grotesco ainda mais grotesco ficava, com a gesticulação desordenada dos braços, que rodavam, duros e hirtos, em torno dos ombros, de cima para baixo. Pareciam asas de um antigo moinho

151 Urbano Duarte de Oliveira (Lençóis, Bahia, 1855 — Rio de Janeiro, 1902), jornalista, cronista, humorista e teatrólogo que veio da Bahia para o Rio de Janeiro, onde assentou praça em 1874. Completou o curso de artilharia na Escola Militar, chegando ao posto de major em 1893. Foi preparador do gabinete de química da Escola Superior de Guerra. Cultivou desde cedo as letras e a vida literária, participando do grupo boêmio de Olavo Bilac. Durante mais de vinte anos colaborou em diversos órgãos da imprensa. Foi um dos fundadores da Academia Brasileira de Letras.

de vento. Começou gritando a primeira estrofe e já se babando pelos cantos dos seus lábios violáceos:

Cismava à beira-mar, a linda Marieta,
Seguindo tristemente o sulco do vapor,
O qual, fugindo além, sumiu-se no horizonte,
Levando a longe terra o seu primeiro amor.

O seu gritar, o seu babujar, o seu gesticular foram crescendo. Quando chegou ao primeiro terceto do soneto, quase não tinha mais voz. Da assistência, apossara-se uma louca vontade de rir; muitos se contiveram; outros, porém, se retiraram para gargalhar longe. O doutor Praxedes nada via e continuava impertérrito;[152] afinal acabou:

Depois, quando o luar banhando a natureza
Em pálidos clarões de luz misteriosa,
Eu vi no arrebentar do mar embravecido
A lágrima a boiar na pétala de rosa.

Ao terminar, recebeu palmas, e, sentando-se, cansado de tão estúrdio[153] esforço muscular, ainda disse:

— Essa lágrima é a da Marieta de que "o verso" fala no começo. É preciso que os senhores e as senhoras não se esqueçam desse pormenor.

Marramaque, que até ali, sem ser notado, seguira a insistência com que o trovador Cassi olhava Clara, resolveu pregar-lhe uma peça. Apoiado na sua bengala amiga, com a perna esquerda encolhida, devido aos ataques, e o respectivo braço fixado em ângulo reto, consequência também dos ataques — encaminhou-se para o centro da sala, capengando, a fim de recitar, por sua

152 Audaz, destemido, impávido.
153 Extravagante, incomum.

vez. A parte esquerda da boca era defeituosa também, e isso provocava-lhe muito esforço para pronunciar bem as palavras.

Não atendeu a nenhuma consideração e pôs-se em pé para recitar.

Assim é que ia fazer; deu o título da poesia — "Persistência" — e começou naturalmente, como quem já soubera recitar com relativa perfeição, quando estava são. Recitando, olhava sempre para Cassi, que, calado, numa reserva de moço bem-comportado, ficara de pé, encostado ao vão da janela de frente.

Marramaque atacou os versos, saltitando na sala:

Se às vezes contigo esbarro
e grito, esperneio e berro,
que me traz de há muito zarro
a paixão que aqui encerro,

Tu foges. E a ti me agarro,
cismando: (e nisto não erro)
Se eu tenho uma alma de barro,
tu mostras que a tens de ferro.

E se nada mais espirro
é porque, então, se não corro,
a coisa já cheira a esturro.

Que queres? Eu próprio embirro
com este amor por que morro,
mas é que sou muito burro.

O final causou uma franca hilaridade na assistência, e até Clara riu-se a perder; mas ninguém perguntou quem era o autor; e, se lhe perguntassem, Marramaque não lhe sabia o nome. Era a poesia sem assinatura, num jornal antigo, gostara dela e a decorara.

O povo é avesso a guardar os nomes dos autores, mesmo os dos romances, folhetins que custam dias e dias de leitura. A obra é tudo, para o pequeno povo; o autor, nada.[154]

Cassi, que, logo, antipatizara com Marramaque, percebeu que a coisa era com ele. Perceberia outro mais burro do que o gabado artista da modinha, tanto era a teimosia com que o velho aleijado o olhava. Cassi pensou, de si para si: "Este pobre-diabo me paga".

O que espantava, na ação de Marramaque, era a sua coragem. Ele, semialeijado, velho, pobre, lançava um solene desafio àquele valdevinos forte, são, habituado a rolos e rixas.

154 Lima Barreto ressente-se aqui do notório descrédito que o ofício de escritor ainda recebia, o que fica patente na publicação de folhetins, que não garantiam ao escritor alcançar um grande público, devido à publicação fragmentada. Bastava perder um capítulo para que o leitor se desinteressasse da própria trama. Lima Barreto publicou o *Triste fim de Policarpo Quaresma* primeiro sob formato folhetinesco, na edição da tarde do *Jornal do Commercio*. De 19 de agosto a 19 de outubro de 1911 foram publicados 52 folhetins. Em 1915 a mesma história foi publicada como livro pela Revista dos Tribunais. Também *Numa e a ninfa* foi publicado primeiro como conto, em 1911, no jornal *A Gazeta da Tarde*, depois como folhetim, em 1915, sob encomenda do jornal *A Noite*, e publicado como livro em 1917. Sobre a efemeridade do gênero folhetim, escreveu: "Não sei o que tem o tal gênero folhetim de tão estritamente atual, do momento, do minuto em que é escrito que, passado esse fugaz instante, rançam logo e perdem todo o sabor. Considerem que eu já fiz, faço e farei folhetins... Mas... É gênero que procura sempre o fato ou o acontecimento mais em voga, aquele que mais interessa à futilidade de todos e deve ser cheio de alusões às pessoas e coisas efêmeras, para que o sucesso o bafeje. Não podem os rodapés prescindir do vulgar dia a dia, não se podem alçar para mais adiante, nem para mais atrás" ("Velhos 'apelidos' e velhos anúncios", in: *Brás Cubas*, 22 de agosto de 1918).

Cassi não se demorou mais por muito tempo. Pediu o chapéu, despediu-se dos donos da casa e da filha destes, fez um cumprimento em roda e, quando deu com o rosto de Marramaque, com os olhos estranhamente fixos nele, a boca semiaberta, o braço esquerdo fixado em ângulo reto, pela moléstia, arrastou-se. Parecia uma aparição... Deixara de ser o contínuo aleijado que ele antes tinha visto; era outra coisa, mais do que o simples Marramaque, que o espantava e o fazia tremer.

Com a atitude desassombrada daquele velho aleijado em face dele e que havia adivinhado, não sabia ele como, os seus maus propósitos em relação à Clara, Cassi sentiu, apesar do seu quase congênito embotamento moral, que havia na vida, ou, por outra, nas relações entre os homens, um guia silencioso e secreto, que pesava os nossos atos e pedia, para dar-lhes apoio e encaminhar-nos para uma paz interior e um contentamento conosco mesmos, o emprego, em todas as nossas ações, do Justo, do Leal, do Verdadeiro e do Generoso; e esse guia — ele via agora com o caso de Marramaque — dava forças aos fracos, coragem aos tímidos e uma seráfica e íntima satisfação, quando cumpríamos o nosso dever com honra e dignidade. Esse guia era a Consciência.

Confusamente, ele pensou isso; mas, ao passar o terror, o pavor, que lhe causara o olhar fixo, vitrificado, sobrenatural do velho Marramaque; olhar que o fizera um instante voltar-se para dentro de si mesmo e examinar-se — tornou com pressa ao que era e, fazendo um desdenhoso — ora! —, repetiu de si para si a ameaça que já fizera: "Aquele boneco de engonço[155] me paga".

Depois da saída de Cassi, ainda se bailou até os primeiros albores da aurora. Meneses, que tinha cochilado bastante, pôde, afinal, pela madrugada, comer um pouco

155 Espécie de boneco formado pelo encaixe de peças de artefato capazes de permitir a sua articulação.

de galinha assada e porco, que havia sobrado do jantar; mas não encetou discussão mais alguma com o doutor Praxedes; mesmo porque este já se havia despedido, por ter de comparecer muito cedo à audiência de um pretor, a fim de inquirir testemunhas num feito importante em que funcionava como advogado.

Quando todos se foram e Clara recolheu-se a seu quarto, que dava para a sala de jantar, Joaquim e a mulher ficaram nela, comendo ainda alguma coisa que sobrara. Foi então que Engrácia disse para o marido:

— Tudo foi muito bem. Todos se portaram decentemente, com respeito; mas uma coisa não quero mais.

— O que é?

— É que esse Cassi venha mais aqui. Dona Margarida me disse que ele é, é um devasso. Você não vê como ele canta indecentemente, revirando os olhos... Não o quero mais aqui; se ele vier...

— Não é preciso você se zangar, Engrácia; não gostei também dele e não porá mais os pés na minha casa.

Clara, que, deitada, no quarto, havia ouvido toda a conversa, pôs-se, em silêncio, a chorar.

V

Quem conhecesse intimamente Engrácia, havia de ficar espantado com a atitude decisiva que tomou em relação à visita de Cassi. O seu temperamento era completamente inerte, passivo. Muito boa, muito honesta, ativa no desempenho dos trabalhos domésticos; entretanto, era incapaz de tomar uma iniciativa em qualquer emergência. Entregava tudo ao marido, que, a bem dizer, era quem dirigia a casa. Rol de compras a fazer na venda do "seu" Nascimento, diariamente, e também o de legumes e verduras, quem os organizava era o marido, especificando tudo por escrito e deixando o dinheiro para o quitandeiro, todas as manhãs, quando ia para o trabalho. De caminho, deixava a lista de gêneros no "seu" Nascimento, onde pagava tudo por mês.

Qualquer acontecimento inesperado que lhe surgisse no lar punha-a tonta e desvairada. Quando ainda tinham a velha preta Babá, que a criara na casa dos seus protetores e antigos senhores de sua avó, talvez um deles, pai dela,[156] ficou Engrácia quase doida, ao ser a ve-

156 Não só a história da jovem Clara, mas de outras mulheres mulatas e negras descritas neste romance, servem como exemplos para Lima Barreto endurecer sua crítica ao desrespeito e abuso sexual por parte de homens brancos e oriundos de camadas socioeconômicas mais elevadas.

lha Babá acometida de um ataque súbito. Não sabia o que fazer. Foi preciso que dona Margarida interviesse, mandasse chamar o médico, fizesse aviar a receita, tomasse, enfim, as providências que o caso exigia. A velha morreu daí a pouco, de embolia cerebral. Muito Engrácia sofreu com essa morte, pois, não tendo conhecido sua mãe, que lhe morrera aos sete anos, fora Babá que a criara. Os seus protetores tinham sido abastados; eram descendentes de um alferes de milícias, que tinha terras, para as bandas de São Gonçalo, em Cubandê.[157] Pouco

157 O escritor, sem dúvida, refere-se ao bairro de Colubandê, e não Cubandê, constituinte do município de São Gonçalo, limítrofe ao de Niterói, no estado do Rio de Janeiro. Vindo da África, a bisavó de Lima Barreto, Maria da Conceição, residiu em São Gonçalo como escrava da ilustre família dos Pereira de Carvalho. Sua filha, a avó de Lima Barreto, Geraldina Leocádia da Conceição, foi alforriada após a morte do patriarca da família, quando seus filhos deslocaram-se para a Corte, como era chamado o Rio de Janeiro. Após uma ida a São Gonçalo para visitar um amigo, o escritor reflete, em anotação de 10 de fevereiro de 1908: "Eu, olhando aquelas casas e aqueles caminhos, lembrei-me da minha vida, dos meus avós escravos e, não sei como, lembrei-me de algumas frases ouvidas no meu âmbito familiar, que me davam vagas notícias das origens da minha avó materna, Geraldina. Era de São Gonçalo, de Cubandê, onde eram lavradores os Pereira de Carvalho, de quem era ela cria. Lembrando-me disso, eu olhei as árvores da estrada com mais simpatia. Eram muito novas; nenhuma delas teria visto minha avó passar, caminho da Corte, quando os seus senhores vieram estabelecer-se na cidade. Isso devia ter sido por 1840, ou antes, e nenhuma delas tinha a venerável idade de setenta anos. Entretanto, eu não pude deixar de procurar nos traços de um molequinho que me cortou o caminho, algumas vagas semelhanças com os meus. Quem sabe se eu não tinha parentes, quem sabe se não havia gente do meu sangue naqueles párias que passavam cheios de melancolia, passivos e indiferentes, como fragmentos de uma

depois da Maioridade, com a morte do chefe da casa, filhos e filhas se transportaram para a Corte, procurando aqueles que empregaram-se nas repartições do governo. Um dos irmãos já habitava a capital do Império e era cirurgião do Exército,[158] tendo chegado a cirurgião-mor, gozando de grande fama. Para a cidade não trouxeram nenhum escravo. Venderam a maioria e os de estimação libertaram. Com eles, só vieram os libertos que eram como da família.[159] Pelo tempo do nascimento de Engrácia, havia poucos deles e delas em casa. Só a Babá, sua mãe e um preto ainda estavam sob o teto patriarcal dos Teles de Carvalho.

Engrácia foi criada com mimo de filha, como os outros rapazes e raparigas, filhos de antigos escravos, nascidos em casa dos Teles.

Por isso, corria, de boca em boca, serem filhos dos varões da casa. O cochicho não era destituído de fundamento, naquela família, composta de irmãs e irmãos, ainda abastada, que se comprazia, tanto uns como as outras, em tratar filialmente aquela espécie de ingênuos, que viam a

---

poderosa nau que as grandes forças da natureza desfizeram e cujos pedaços vão pelo oceano afora, sem consciência do seu destino e de sua força interior" (*Diário íntimo*).

158 Referência a Manuel Feliciano Pereira de Carvalho.

159 Alusão feita à trajetória de sua própria avó, Geraldina Leocádia Pereira de Carvalho. Com a transferência da família Pereira de Carvalho, do município de São Gonçalo para o Rio de Janeiro, seus escravos foram alforriados. Alguns mais próximos da família acompanharam-na na transferência. Entre eles, a avó de Lima Barreto. O que, provavelmente, aumentava as suspeitas sobre a paternidade dos filhos da ex-escrava. O episódio também remete à experiência de permanência, após a alforria ou depois da Abolição, em 1888 de ex-escravos junto a família de seus antigos senhores, de forma amigável, mas subserviente.

luz do dia, pela primeira vez, em sua casa.[160] As senhoras, então, eram de uma meiguice de verdadeiras mães.

Engrácia recebeu boa instrução, para a sua condição e sexo; mas, logo que se casou — como em geral acontece com as nossas moças —, tratou de esquecer o que tinha estudado. O seu consórcio com Joaquim, ela o efetuara na idade de dezoito anos.

Fosse a educação mimosa que recebera, fosse uma fatalidade de sua compleição individual, o certo é que, a não ser para os serviços domésticos, Engrácia evitava todo o esforço de qualquer natureza.

Não saía quase. Era regra que só o fizesse duas vezes por ano: no dia 15 de agosto, em que subia o outeiro da Glória,[161] a fim de deixar uma espórtula[162] à Nossa Senhora de sua íntima devoção; e, no dia de Nossa Senhora da Conceição,[163] em que se confessava. Levava sempre a

160 Sem dúvida, Lima Barreto alude nessa passagem à suspeita que era levantada de boca em boca sobre a paternidade de Amália Augusta e seus irmãos. Aventava-se que o cirurgião-mor Manuel Feliciano Pereira de Carvalho seria o pai dos filhos da ex-escrava de sua família, Geraldina Leocádia da Conceição. Em sua biografia de Lima Barreto, Francisco de Assis Barbosa sugere que a proteção concedida aos "ingênuos" agregados por Manuel Feliciano e, depois de sua morte, pelo restante dos Pereira de Carvalho constituir-se-ia em prova possível desse fato. Sugere ainda o autor, como prova adicional, certa semelhança física entre Lima Barreto e seu possível avô.

161 Referência à igreja de Nossa Senhora da Penha do Outeiro, instalada no alto do outeiro, no bairro da Glória, no Rio de Janeiro. Apesar de inaugurada em 1739, o culto no local só veio a ter início em meados do século XVII.

162 Esmola, gorjeta, gratificação em dinheiro.

163 Lima Barreto nutria especial afeição pela santa e pelo outeiro da Glória, no bairro de mesmo nome, no Rio de Janeiro. Em 13 de outubro de 1881, foi aí batizado o "inocente Afonso", tendo como padrinho Afonso Celso de Assis Figueiredo,

filha e não a largava de a vigiar. Tinha um enorme temor que sua filha errasse, se perdesse... A não ser com ela, Clara, muito a contragosto da mãe, saía de casa para ir ao cinema, no Méier[164] e Engenho de Dentro, e outras vezes — poucas — para fazer compras nas lojas de fazendas, de sapatos e outras congêneres, acreditadas nos subúrbios.

---

o Visconde de Ouro Preto, e como madrinha a própria Nossa Senhora da Glória (*A vida de Lima Barreto*, p. 58). Anos depois reiterava: "mas vou ali, a 15 de agosto, no outeiro da Glória, pedir à minha madrinha por mim" ("Meia página de Renan", In: *Revista Contemporânea*, 3 de julho de 1919). Esse apreço pela santa e sua escolha para madrinha veio do seu pai, que desde menino subia o outeiro da Glória no 15 de agosto. Na noite de preparativos para seguir até o outeiro do bairro da Glória, em 1902, João Henriques, que residia com a família na Ilha do Governador, apresentou sua primeira crise de delírio.

164 Um dos bairros mais tradicionais do subúrbio carioca, chegando mesmo a ser intitulado de "a capital de subúrbios", desenvolveu-se a partir da década de 1890, tendo se formado ali um dos principais subcentros comerciais e de serviços da cidade no século XX. Sua estação de trem foi inaugurada em maio de 1889. O crescimento e urbanização experimentados pelo bairro demonstram a histórica desigualdade que marcava o subúrbio carioca e a equivocada ideia de um subúrbio socialmente homogêneo. O Méier contava com forte comércio e loteamento sistematizado. Lima Barreto registrou a importância que o bairro possuía: "É o Méier o orgulho dos subúrbios e dos suburbanos. Tem confeitarias decentes, botequins frequentados; tem padarias que fabricam pães, estimados e procurados; tem dois cinemas, um dos quais funciona em casa edificada adrede; tem um circo-teatro, tosco, mas tem; tem casas de jogo patenteadas e garantidas pela virtude, nunca posta em dúvida, do Estado, e tem boêmios, um tanto de segunda mão; e outras perfeições urbanas, quer honestas, quer desonestas. As casas de moda, pois as há também, e de algum aparato, possuem nomes *chics*, ao gosto da rua do Ouvidor" ("A estação", In: *Gazeta de Notícias*, 6 de outubro de 1921).

Essa reclusão e, mais do que isso, a constante vigilância com que sua mãe seguia os seus passos, longe de fazê-la fugir aos perigos a que estava exposta a sua honestidade de donzela, já pela sua condição, já pela sua cor,[165] fustigava-lhe a curiosidade em descobrir a razão do procedimento de sua mãe.

Clara via todas as moças saírem com seus pais, com suas mães, com suas amigas, passearem e divertirem-se, por que seria então que ela não o podia fazer?

A pergunta ficava sempre sem resposta, porque não havia meio, naquele isolamento em que vivia, de tudo e de todos, de encontrar a que cabia.

Engrácia, cujos cuidados maternos eram louváveis e meritórios, era incapaz do que é verdadeiramente educação. Ela não sabia apontar, comentar exemplos e fatos, que iluminassem a consciência da filha e reforçassem-lhe o caráter, de forma que ela mesma pudesse resistir aos perigos que corria.

A mulher de Joaquim dos Anjos tinha a superstição dos processos mecânicos, daí o seu proceder monástico em relação à Clara.

Enganava-se com a eficiência dela; porque, reclusa, sem convivência, sem relações, a filha não podia adquirir uma pequena experiência da vida e notícia das abjeções de que está cheia, como também a sua pequenina alma de mulher, por demais comprimida, havia de se extravasar em sonhos, em sonhos de amor, de um amor extrarreal, com estranhas reações físicas e psíquicas.

Acresce, ainda, que era geral em sua casa o gosto de modinhas. Sua mãe gostava, seu pai e seu padrinho também. Quase sempre havia sessões de modinhas e violão na sua

165 De um realismo pessimista, Lima Barreto apontava que a cor de Clara dos Anjos, aliada à sua condição social, e apesar da sua "honestidade de donzela", apresentavam um horizonte potencialmente marcado por desventuras.

residência.[166] Esse gosto é contagioso e encontrava, no estado sentimental e moral de Clara, terreno propício para propagar-se. As modinhas falam muito de amor, algumas delas são lúbricas até; e ela, aos poucos, foi organizando uma teoria do amor, com os descantes do pai e de seus amigos. O amor tudo pode, para ele não há obstáculos de raça, de fortuna, de condição; ele vence, com ou sem pretor, zomba da Igreja e da Fortuna, e o estado amoroso é a maior delícia da nossa existência, que se deve procurar gozá-lo e sofrê-lo, seja como for. O martírio até dá-lhe mais requinte...

As emolientes[167] modinhas e as suas adequadas reações mentais ao áspero proceder da mãe tiraram-lhe muito da firmeza de caráter e de vontade que podia ter, tornando-a uma alma amolecida, capaz de render-se às lábias de um qualquer perverso, mais ou menos ousado, farsante e ignorante, que tivesse a animá-lo o conceito que os bordelengos fazem das raparigas de sua cor.

Cassi era dessa laia: entretanto, Clara, na sua justificável ignorância do mecanismo da nossa vida social, julgava que seus pais eram com ele injustos e grosseiros.

Depois do baile de seu aniversário, quinze ou vinte dias depois, num domingo, Cassi bateu à porta da casa de seus pais. Engrácia estava justamente arrumando a sala de visitas; recebeu-o com visível desgosto e gritou para a cozinha, onde estava Clara:

166 A modinha destacou-se como gênero musical executado nas ruas por indivíduos humildes. Com o tempo foi ganhando os salões e casas da aristocracia suburbana. Eram comuns os bailes nas casas das famílias "aristocráticas" do subúrbio e também nas residências mais humildes, como na de Joaquim dos Anjos. Lima Barreto faz rica descrição dos bailes suburbanos na crônica "Bailes e divertimentos suburbanos" (*Gazeta de Notícias*, 7 de fevereiro de 1922).

167 Qualidade da modinha que conseguia relaxar, abrandar, suavizar.

— Chama teu pai, que está aí "seu" Cassi.

A moça ia se aproximar para falar ao modinheiro, quando a mãe lhe disse rapidamente:

— Vá chamar seu pai! Ande!

Joaquim não custou a vir; e, após os cumprimentos, dirigiu-se ao rapaz:

— Que é que manda nesta casa, meu caro senhor?

— Nada. Fui visitar um amigo e, passando pela sua porta, resolvi cumprimentá-lo.

— Muito obrigado. A partida de solo está fervendo e eu não me posso demorar.

Cassi olhou um instante, com seu olhar mau, o velho mulato; mas a nada se atreveu. Estiveram calados dois ou três minutos um diante do outro, até que o famoso violeiro tomou o alvitre de despedir-se. Clara veio saber da cena, pela narração que seu pai fez à sua mãe, e ficou aborrecida, cheia de desgostos com eles e com a situação em que estava, imposta por eles, para o seu sofrimento.

Avaliou em algum ressaibo de revolta o procedimento dos pais. O que queriam fazer dela? Deixá-la ficar para "tia" ou fazê-la freira? E ela precisava casar-se? Era evidente; sua mãe e seu pai tinham, pela força das coisas, que morrer antes dela; e, então, ela ficaria pelo mundo desamparada? Cochichavam que Cassi era isto e era aquilo. Dona Margarida e o padrinho eram os que mais mal falavam dele: que era um devasso, um malvado, um desencaminhador de donzelas e senhoras casadas. Como ele poderia ser tanta coisa ruim, se frequentava casas de doutores, de coronéis, de políticos? Naturalmente havia nisso muita inveja dos méritos do rapaz, em que ela não via senão delicadeza e modéstia e, também, os suspiros e os dengues de violeiro consumado.

Uma dúvida lhe veio; ele era branco; e ela, mulata. Mas que tinha isso? Havia tantos casos... Lembra-se de alguns... E ela estava tão convencida de haver uma paixão sincera no valdevinos, que, ao fazer esse inquérito, já recolhida, ofegava, suspirava, chorava; e os seus seios duros quase estouravam de virgindade e ansiedade de amar.

De resto, era preciso libertar-se, passear, conhecer a cidade, teatros, cinemas... Ela não conhecia nada disso. Até ir de um pulo à venda do "seu" Nascimento não tinha licença. Um dia, por inadvertência, faltou sal para preparar o jantar; pois, nem mesmo assim, teve licença de ir à venda, e sua mãe não foi, para não deixá-la só. Tiveram que esperar uma hora, até que o caixeiro passasse. Entretanto, o armazém do "seu" Nascimento não era mal frequentado, e todos que lá paravam eram pessoas de certa consideração e sem pecha alguma. Esta última observação de Clara era inteiramente verdadeira.

Mesmo a Rosalina, mais conhecida pelo apelido pejorativo de Mme. Bacamarte,[168] apesar da vida má e desgraçada que levava, no armazém se portava com todo o rigor. Era verdadeiramente infeliz, essa rapariga. Seduzida em tenra idade, a polícia obrigou o sedutor a casar-se com ela.[169] Nos três primeiros anos, as coisas correram mais ou menos naturalmente. Ao fim deles, devido a reveses, o marido começou a embirrar com ela, a atribuir-lhe toda a sua desgraça, a espancá-la, mas dando alguma coisa com que ela se sustentasse e aos filhos. Já bebia, o marido dela; e, por esse tempo, fazia-o sem método nem medida. Bebia a mais não poder, em casa,

168 A alcunha pejorativa de "Mme. Bacamarte" mostra como a personagem incorreu em forte experiência negativa. De maneira figurada, "bacamarte" remete a indivíduo inútil e imprestável.

169 Nesse caso, o indivíduo que cometeu o defloramento não incorreu na pena de prisão ao se casar com a jovem. Contudo, Lima Barreto procura demonstrar como a solução matrimonial não era garantia de vida conjugal estável. O caso descrito aponta como as mulheres negras e mulatas incorriam em uma série de sofrimentos.

nos botequins, em toda a parte. Faltava à oficina para beber. Rosalina "pegou" o vício do marido e, do pouco dinheiro que ele lhe dava ou com o seu trabalho obtinha, comprava parati. O marido devia seis meses de casa — um modesto barracão de madeira, com uma sala, um quarto e um pequeno adendo para a cozinha. O senhorio perseguia-o; ele fugia e deixava com a mulher o encargo de explicar os atrasos. Um belo dia, ela vê entrar o proprietário com dois homens. Nada dizem. Encostam sua escada no telhado e destelham a choupana. Deixou tudo que tinha na mão dos desalmados. Pede a uma vizinha que fique com um filho; e uma outra, que fique com o mais moço, e correu a atirar-se debaixo do primeiro trem que passou. Sofreu escoriações e fraturas em um braço e uma perna; mas os médicos da Santa Casa conseguiram salvá-la. Saiu renovada, e o seu rostinho de mulatinha sapeca tinha recuperado um pouco o viço e a petulância que devia ter pela puberdade.

Os filhos, a mãe — uma pobre lavadeira — os tinha recolhido; e o marido nunca mais o vira. Em começo, portou-se bem; mas bem depressa foi correndo de mão em mão, até que as moléstias venéreas[170] a tomaram de todo, obrigando-a a visitas constantes à Santa Casa, para levar injeções e sofrer operações. Proibida de beber, não obedecia à prescrição médica. Quando não tinha dinheiro, obtido de que maneira fosse, esperava pacientemente que as suas galinhas ou as de sua mãe, com quem

170 Também Lima, na ocasião de suas internações no Hospital Nacional de Alienados, confessou sofrer de doença venérea. No prontuário de observação de sua primeira internação, em agosto de 1918, consta: "Já teve sarampo, catapora, blenorragia, que ainda sofre e cancros venéreos" (*A vida de Lima Barreto*, p. 366). Na segunda internação psiquiátrica, em dezembro de 1919, é confessado novamente: "Teve blenorragia e cancro mole, icterícia e febres palustres" (*Ibidem*, p. 370).

morava, "pusessem", e logo corria à venda a trocá-los, por duzentos ou trezentos réis de parati.

Ela, porém, não fazia "ponto" no armazém do "seu" Nascimento. Educado e criado na roça, tendo negociado no interior do estado do Rio, onde ainda tinha fazenda, ele gostava que pessoas de certa ordem fossem ao seu negócio ler os jornais e conversar — hábito do interior, como todos sabemos. A sua venda tinha até aqueles tradicionais tamboretes de abrir e fechar das antigas vendas e que ainda são conservados nos armazéns roceiros. Demais, a sua casa de negócio ficava num lugar pitoresco, calmo, pouco transitado, diante das velhas árvores da chácara de mr. Quick Shays e olhando para uns cumes caprichosos de montanhas distantes. Compravam muitas pessoas, para as quais tinha freguesia certa.

Um deles era o Alípio, um tipo curioso de rapaz que, conquanto pobre e ter amor à cachaça, não deixava de ser delicado e conveniente de maneiras, gestos e palavras. Tinha um aspecto de galo de briga; entretanto, estava longe de possuir a ferocidade repugnante desses galos malaios de rinhadeiro, não possuindo — convém saber-se — nenhuma. Sem ser instruído, não era ignorante; mas era inteligente e curioso de invenções e aperfeiçoamentos mecânicos.

O velho Valentim era um outro frequentador da venda, muito curioso e pitoresco. Português, com muito mais de sessenta anos, não deixava de trabalhar, chovesse ou fizesse sol. Era chacareiro e, devido talvez ao ofício, que ele o devia exercer há bem perto de quarenta anos, tinha o corpo curvado de modo interessante. Não se sabia se era para trás ou para diante; fazia uma espécie de S, em que faltassem as extremidades.

Contava longos "casos" que não se acabam mais, especialmente o João de Calais — como ele pronunciava — pontilhando a sua longa e enfadonha narração, com rifões portugueses de uma graça saborosa e uma filosofia saloia. Era o que se aproveitava da sua conversa.

Aparecia, também, em certas ocasiões, o Leonardo Flores,[171] poeta, um verdadeiro poeta, que tivera o seu momento de celebridade no Brasil inteiro e cuja influência havia sido grande na geração de poetas que se lhe seguiram. Naquela época, porém, devido ao álcool e desgostos íntimos, nos quais predominava a loucura irremediável de um irmão, não era mais que uma triste ruína de homem, amnésico, semi-imbecilizado, a ponto de não poder seguir o fio da mais simples conversa. Havia publicado cerca de dez volumes, dez sucessos, com os quais todos ganharam dinheiro, menos ele, tanto assim que, muito pobremente, ele, mulher e filhos agora viviam com o produto de uma mesquinha aposentadoria sua, do governo federal.

Raro era sair, porque a mulher punha todo o esforço em que ele o não fizesse. Mandava buscar parati, comprava-lhe os jornais de sua estimação, a fim de que ele permanecesse em casa. Às mais das vezes, ele obedecia; mas, em algumas raras, recalcitrava, saía, com quinhentos réis em cobre, na algibeira, bebia aqui, ali, dormia debaixo das árvores das estradas e ruas pouco frequentadas, e, mesmo, quando o delírio alcoólico o tornava forte, despia-se todo e gritava heroicamente numa doentia e vaidosa manifestação de personalidade:

— Eu sou Leonardo Flores.

O povo sabia vagamente que ele tinha celebridade. Chamava-o — o poeta. No começo, caçoava com ele, mas ao saber de sua reputação, deram em cercá-lo de uma piedosa curiosidade.

— Um homem desses acabar assim — que castigo! — dizia um.

— É "cosa" feita! Foi inveja da "inteligença" dele! —

171 A descrição da personagem Leonardo Flores aproxima-se bastante da biografia do próprio Lima Barreto, como fica nítido em capítulos posteriores.

dizia uma preta velha. — Gentes da nossa "cô" não pode "tê inteligença"! Chega logo os "marvado" e lá vai reza e "fêtiço", "pa perdê" o homem — rematava a preta velha.[172]

Aparecia um circunstante mais prático na sua piedade, vestia novamente o poeta e levava-o para a casa.

Era justamente a ele, Leonardo Flores, que o doutor Meneses procurava, quando, naquela manhã de dia santo e não feriado, entrou na venda de "seu" Nascimento, mancando, devido à inchação das pernas, e com as suas barbas brancas, abundantes, mas não cerradas, aparadas e tratadas à imitação do nosso último Imperador.

O doutor Meneses galgou a soleira da porta com esforço; parou um instante, logo que se viu no interior da venda, pôs as mãos nas cadeiras e respirou com força.

Após os cumprimentos, perguntou:

— O Flores não tem aparecido?

— Há muito tempo que não vem aqui — fez o "seu" Nascimento do interior do balcão.

172 Sinal da ambivalência que Lima sentia em relação ao que considerava ser a falta de educação e refinamento dos habitantes mais humildes dos subúrbios. Em muitas vezes, em contos, crônicas e outros romances, demonstra curiosidade pela vida dessas pessoas, chegando a narrar fatos vivenciados em suas andanças pelas ruas, frequentando botequins ou nas estações de trem. Outras vezes demonstra certo desconforto nessa convivência, reproduzindo em seus textos a fala "incorreta" dessas populações. Ora demonstra afastamento, ora curiosa admiração. Seus escritos íntimos dão mostras dessa curiosa relação. Em janeiro de 1905 cuidou de anotar: "Eu tenho muita simpatia pela gente pobre do Brasil, especialmente pelos de cor, mas não me é possível transformar essa simpatia literária, artística, por assim dizer, em vida comum com eles, pelo menos com os que vivo, que, sem reconhecerem a minha superioridade, absolutamente não têm por mim nenhum respeito e nenhum amor que lhes fizesse obedecer cegamente" (*Diário íntimo*).

— Fui à casa dele, e disse-me a mulher que havia saído... Preciso tanto dele...

Ao dizer isto, sentava-se no tamborete que o caixeiro lhe abrira e o pusera onde ele estava, o dentista.

Descansou mais um pouco, sorveu mais uma forte dose de ar e, dirigindo-se ao Alípio, perguntou:

— Como vai você, Alípio?

Só estavam na venda Alípio e o velho Valentim, este em pé, encostado ao umbral de uma porta lateral; e aquele, sentado, lendo um jornal.

Alípio respondeu:

— Vou bem; não tão bem como o senhor, que anda agora em companhia de "almofadinhas" artistas.

— Como? — fez espantado o dentista particular.

— É o que dizem. Corre aqui que o senhor está toda a noite com o mestre-violeiro Cassi e vários companheiros, num botequim do Engenho Novo.[173]

— É verdade. São todos rapazes decentes, que...

— Então, o Cassi, este é de colete?[174]

— Dizem — interveio "seu" Nascimento — que esse rapaz...

— É um bandido — acudiu Alípio. — Ele merecia mais do que cadeia; merecia ser queimado vivo. Tem desgraçado mais de dez moças e não sei quantas senhoras casadas.

— Isto é calúnia! — protestou Meneses. — Fala-se muito por aí...

173 Bairro do subúrbio, próximo dos do Méier e de Todos os Santos. Corresponde à área da antiga freguesia do Engenho Novo, criada em fins do século XVIII. Possui uma estação de trem, inaugurada em 1858. Lima Barreto e sua família, mudando-se da Ilha do Governador, residiram no Engenho Novo durante dez anos, de 1903 a 1913, quando passaram a residir no bairro vizinho de Todos os Santos.

174 Com esse questionamento a personagem indaga se Cassi era indivíduo decente, confiável, de boa índole.

— Que o quê! Os processos têm corrido, os jornais têm publicado, e ele arranja meios e modos para livrar-se das penalidades e lançar na desgraça moças e senhoras — confirmou Alípio.

— Como ele consegue isso? — indagou "seu" Nascimento.

— No começo, com a proteção do pai. Ao fim do segundo ou terceiro caso que veio a público, o pai não lhe falou mais e nunca mais se interessou pela sua liberdade. Sucederam-se outros, e, graças à intervenção da mãe junto a um irmão, médico do Exército, ele pôde arranjar rábulas sem escrúpulos, que, pelos meios mais nojentos, conseguiram retirá-lo das grades da detenção. Caluniava as vítimas com justificações em que eram testemunhas Timbó, Arnaldo e outros tais. Contou-me a Vicência — o senhor não a conhece, "seu" Nascimento? — perguntou Alípio.

— Quem é? — perguntou por sua vez o taberneiro.

— É aquela crioula velha que vem aqui, às vezes, fazer compras, para a casa do major Carvalho. Ela foi empregada na casa do pai de Cassi muito tempo. Um dia — ela não sabe bem por quê — o pai expulsou-o de casa. A mãe mandou-o para a casa do irmão em Guaratiba. Lá, ele fez ou pretendeu fazer uma das suas, mas o tio não esteve pelos autos; despachou-o para a irmã. A muito custo, a mãe conseguiu que ficasse num porão dos fundos, que mal tem a altura dele. Nesse "socavão"[175] é que ele mora e come. Nunca sobe nas dependências superiores da casa, com medo do pai. Se, por acaso, este tiver notícia dessa sua ousadia, põe-no definitivamente na rua.

— Que diz a isso, doutor Meneses? — chasqueou[176] Nascimento.

175 Termo para se referir, de forma figurada, a esconderijo, lugar ermo. No caso, o abrigo concedido a Cassi por sua mãe no sótão da casa de sua família.

176 Ridicularizou, escarneceu, zombou.

— Não sei, porque pouco me preocupo com a vida dos outros — tergiversou Meneses.

— Não é da vida dos outros — fez impetuosamente Alípio; — é com a vida de um pirata como Cassi, que não respeita família, nem amizades, nem a miséria, nem a pobreza, para fazer das suas porcarias. É por isso que eu...

"Seu" Nascimento interveio suasoriamente[177] e pediu calma. Era um homem alto, claro, um tanto obeso, tipo do antigo agricultor patriarcal, das nossas velhas fazendas. Ele assim disse:

— Não é necessário indignar-se, Alípio, fique calmo. O monstro não tem mais protetores, como você já disse.

— Tem, "seu" Nascimento — afirmou Alípio. — Ele é esperto, "é manata escovado".[178]

— Quem é, Alípio? — perguntou Nascimento, indo servir de açúcar a um pequeno.

Os fregueses continuavam a chegar; em geral, eram crianças e mulheres. As suas compras eram pobres: dois tostões disso, quatrocentos réis daquilo — compras de gente pobre, em que raramente se via nelas incluído meio quilo de carne-seca ou um de feijão. Tudo não excedia a tostões. Mesmo atendendo aos fregueses, sozinho, pois os caixeiros tinham ido correr a clientela fixa do armazém, "seu" Nascimento não perdia o fio da conversa, e ela continuava naturalmente.

Alípio, habituado a isso, não suspendeu a narração e deu a resposta pedida.

— O protetor dele, agora, é um tal capitão Barcelos, chefe político na estação de ***. Tem influência e foi por saber disso que Cassi aderiu a ele. Já nessa última eleição para uma vaga de intendente, ele funcionou com o seu rancho ao lado de Barcelos. Não houve desordens, por-

177 De maneira persuasiva.

178 A expressão designa indivíduo safo, vivo, capaz de se livrar de empecilhos.

que não apareceu outro candidato; mas ele queria fazer uma para ganhar prestígio. Assim e aos poucos, vai ganhando a confiança de Barcelos, a ponto do Freitas, que é o subcabo deste, sentir-se magoado e preterido.

— Quem é esse Barcelos? — fez Nascimento.

— É um português, já com os seus cinquenta anos, bom, bom mesmo; mas, tendo ido para a detenção, pronunciado que estava devido a uns tiros que dera em um sujeito, por lhe ter insultado a mulher, produzindo no meliante ferimentos graves, isto há vinte anos, ganhou lá o gosto pela política e lá aprendeu as primeiras noções dessa difícil ciência. Foi na detenção que...

— Ué! — exclamou Nascimento.

— Também você, Alípio... — fez duvidoso Meneses.

Alípio continuou:

— Lá, ele encontrou um político daqui da Capital, que estava na chácara, a responder processo, como mandante de um assassínio. O homem aproximou-se de Barcelos, e puseram-se a conversar. Não estavam no cubículo; estavam na enfermaria, ou na sala livre, ou em outro compartimento especial. Barcelos narrou sua vida, que, apesar daquele transtorno, não corria mal. Tinha uma venda em ***; vendia a dinheiro e a crédito, para o operariado das fábricas lá existentes; mas era feliz, pois, apesar de fazer muitos fiados, quase não os perdia. Era até estimado, pelo seu gênio folgazão e prestativo. O político, que tinha um chefete adversário, naquela estação, viu bem como, para desbancá-lo, podia aproveitar os serviços de Barcelos. "Você por que não se mete na política?", disse ele um dia. O vendeiro de *** respondeu: "Mas não sou brasileiro, doutor". O seu alto companheiro de cárcere retrucou-lhe: "Eu faço você brasileiro naturalizado, capitão da Guarda Nacional,[179] e você,

179 A Guarda Nacional foi instituição imperial criada em agosto de 1831, durante o período regencial, para agir enquan-

nas eleições, trabalha para mim e os meus. Trate logo de alistar o maior número de fregueses que você puder". Barcelos assentiu, trabalhou sempre para o tal político, por intermédio do qual arranjou melhoramentos para o lugarejo, valorizando as suas terras e prédios.

— Valeu a pena ir para a detenção!

— É verdade, "seu" Nascimento. Daí, data a pouca prosperidade de Barcelos, que possui perto de duzentos contos, em casas, terrenos e apólices, afora o giro do negócio.

— Você, Alípio, se diz anarquista;[180] mas o que você é, é romancista. Isto é um romance — comentou Meneses.

— Qual, doutor! O senhor é que não sabe como as coisas se fazem. Eu sei. O senhor, por exemplo, não sabe que Timbó levou uma surra de uma senhora que mora aqui perto?

— Não sei — respondeu Meneses.

Quase ao mesmo tempo, Nascimento perguntava:

— Quem é Timbó?

— É um mulatinho faceiro, jogador de *football* e companheiro de Cassi, testemunha sempre escolhida

---

to força paramilitar, atuando como "sentinela da constituição jurada". Sua organização foi estabelecida pelas elites políticas locais. Indivíduos que gozavam de direitos políticos plenos, ou seja, os que contassem com uma renda mínima de 200 mil-réis, eram por excelência capacitados para participarem dessa instituição.

180 Lima Barreto tinha claras e manifestas simpatias pelo anarquismo. Seu posicionamento favorável tornou-se público na única crônica de sua autoria publicada no ano de 1913. O jornal *A Voz do Trabalhador*, periódico da Confederação Operária Brasileira, em 15 de maio, trazia a crônica "Palavras de um *snob* anarquista". Por ocasião do dia 1º de maio, Lima aproveitou para dissertar sobre as condições de vida dos trabalhadores do Brasil, usando o pseudônimo "Isaías Caminha".

para depor em seu favor, caluniando as vítimas, nos seus imundos processos.[181]

— Foi ele quem levou a surra? — indagou Nascimento.

— Sim; ele, na estação de Todos os Santos,[182] após uma perseguição ignóbil a dona Margarida...

— Que dona Margarida? A do 74? — falou com surpresa Nascimento.

— Essa mesma. Deu-lhe de rijo com o guarda-chuva; e, quando ele a quis desarmar, apareceu um cabra morrudo, que o pôs, pelas orelhas, para fora da plataforma, donde saiu debaixo de vaia. Dos companheiros de Cassi, o único perdoável é o Zezé Mateus. Este não mexe com

181 Mais uma vez a associação entre praticantes de futebol e caluniadores ou malandros. Realmente, a prática esportiva não contava com qualquer simpatia do escritor.

182 Bairro do subúrbio no qual Lima Barreto e sua família residiram a partir de 1903. Próximo dos bairros do Méier, Engenho de Dentro e Engenho Novo, era cortado pela linha férrea da Central. A estação de Todos os Santos foi inaugurada em dezembro de 1868 e desativada nos anos 1960. Quando o escritor e sua família saíram da Ilha do Governador, devido ao início dos surtos de loucura do pai, a família mudou-se para o bairro do Engenho Novo. Anos depois se transferiram para a rua Boa Vista, 76, no bairro de Todos os Santos. Em 14 de setembro de 1913, anotava: "Mudei-me ontem, 13-9-13, da casa em que vivi quase dez anos, à rua Boa Vista, 76, Todos os Santos. Lá entrei com uma nomeação no bolso e com muito pouco dinheiro. Nesta entrei sem um vintém na algibeira, tendo recebido antes seiscentos mil-réis. Já é progresso. Major Mascarenhas, 42". Em 1918 a família Barreto transferiu-se para o número 26 da mesma rua, onde Lima Barreto residiu até a sua morte. Esta última residência foi alcunhada pelo próprio Lima Barreto de "Vila Quilombo", assim denominada para "enfezar Copacabana", famoso bairro da zona sul carioca ("Bailes e divertimentos suburbanos", In: *Gazeta de Notícias*, 7 de fevereiro de 1922).

moça alguma, com família de ninguém, não joga, não faz desordem. Quer beber e bebe à sua custa, porque, quando quer trabalhar, abandona a tudo e salda as suas dívidas. Os mais são uns piratas!

Alípio calou-se, e os seus interlocutores não aventaram nenhuma observação, a não ser o velho Valentim, que havia ouvido toda a conversa, encostado ao portal de pedra, fumando displicentemente o seu cigarro São Lourenço. Ele perguntou, cheio da ingenuidade do campônio que fica sempre na primeira aventura, das preferidas por Cassi:

— Mas, "seu" Alípio, o senhor acredita que haja gente tão malvada, como esse Cassi?

— Há, e não pouca. Sei de tudo que contei de fonte limpa. É a pura verdade.

O doutor Meneses tinha ficado aborrecido com o tom da conversa. Tinha ido à venda, procurar Leonardo Flores, para um negócio particular; e encontrara o Alípio a par das suas relações com Cassi e inteirado da vida deste. Diabo! Estaria se comprometendo? Havia já tomado quatro copitos de parati; mas, quando se despediu, tomou um grande. Caminhando pôs-se a pensar:

— Que devia fazer?

Pegou diversas hipóteses e concluiu: — Ir até ao fim.

A coisa não oferecia nenhum perigo para ele...

Isso não o contentou de todo. Procurou distrair-se.

VI

A recepção que tivera Cassi, na sua segunda visita, seca, hostil, quase sendo despedido à soleira da porta, ao contrário da primeira vez que fora à casa de Joaquim dos Anjos, fizera-o meditar e açulara-lhe[183] o desejo de remover todos os obstáculos que se opunham à sua aproximação de Clara. Por exclusão, ele só viu duas pessoas capazes de lhe estarem atrasando seu "trabalho", começado com tanta rapidez e sem esforço. Quem eram? Só podiam ser dona Margarida, por causa do "negócio" do Timbó; e o tal aleijado, que lhe lançara a indireta, em verso, de chamá-lo de burro.

Se na sedução, propriamente, ele não empregava absolutamente força, no que era o contrário dos conquistadores suburbanos, a ponto dos jornais noticiarem, de quando em quando, o desespero das vítimas que se fazem assassinas, para se defenderem de tão torpes sujeitos; Cassi, entretanto, quando no decorrer de suas conquistas, encontrava obstáculos, fosse mesmo da parte do próprio irmão da vítima em alvo, logo procurava empregar violência, para arredá-lo.

É bem de ver que ele sabia com quem se metia; mas, no caso, tratando-se de um quase inválido, a força a empregar seria a mínima; e, no que toca a dona Margarida, ele saberia enganá-la e embaí-la.[184]

183 Provocar-lhe, excitar-lhe.
184 Seduzi-la para induzi-la a erro.

A sua força de valente e navalhista[185] era mais fama do que realidade; mas tinha fama, e muitos se intimidavam. Dava-lhe isso um ascendente sobre os que, de boa-fé e honestamente, podiam prevenir as moças que ele cobiçava, não as prevenindo, não as avisando, não o desmascarando totalmente. Cheios de temor, deixavam o caminho franco ao modinheiro.

A tal respeito, com o seu cinismo de sedutor de quinta ordem, tinha uma oportuna teoria, condensada numa sentença: "Não se pode contrariar dois corações que se amam com sincera paixão".[186]

185 A imagem do malandro, na primeira metade do século XX, não era construída apenas com elementos como a sedução, o violão, serenatas e a vida de capadócio. Era também muitas vezes visto como um tipo social violento, que ia além dos jogos de bicho, rinhas de galos e defloramentos. Assim, o porte da navalha garantia um clima de brutalidade. No caso de Cassi, a navalha era apenas um elemento constituinte de sua "fama", já que, pela maneira como é descrito, não se trataria de um exímio no manejo do instrumento.

186 Em um de seus diários, em 1911, Lima Barreto anotou o caso de um conquistador que, segundo os jornais, "deflorou onze moças e seduziu uma porção de senhoras". Mais ainda, o escritor apresenta três cartas deixadas pelo casanova local, e que foram publicadas em um jornal, que assinava as cartas como "Assis". Com certeza, nos vários exemplos aos quais teve acesso pelos jornais encontrou elementos para compor o perfil de Cassi. A primeira carta de "Assis" registrava: "Querida Doquinha. Recebi a tua amável cartinha na qual me pedis que eu não me dedique a outra mulher e que não me esqueça de ti, com certeza estais convencida que a amizade que eu tenho-te é igual a que me tens, por isso é que tens desconfiança em mim; enfim eu perdoo porque quem ama deve ter [?] e desconfiança. Doquinha eu juro-te por mais uma vez que sou teu enquanto quiseres, por tua causa eu sofro tudo que for possível, e ao mesmo tempo peço-te que tudo quanto souberes a nosso respeito escreve para meu governo, e quando quiseres falar-me

Colocando ao lado dessa teoria, bem sua, a consideração de que não empregava violência nem ato de força de qualquer natureza, ele, na sua singular moral de amoroso-modinheiro, não se sentia absolutamente criminoso, por ter até ali seduzido cerca de dez donzelas e

---

pessoalmente escreve que cumprirei como se fosse uma ordem. Estimo as tuas melhoras. Teu do coração, Assis".
A segunda carta: "Queridinha confesso-te que ontem quando recebi a tua carta fiquei tão louco que confessei a mamãe que lhe amava loucamente e fazia por você as maiores violências. Ficaram todos contra mim, e a razão porque previno-te que não ligues ao que lhe disserem, por isso peço-te que pese bem o meu sofrimento e escreva-me dizendo o que passou-se durante as últimas vinte e quatro horas, e peço-te perdão de não ter respondido a mais tempo e divido a falta de tempo. Pense bem e veja se estais revolvida a fazer o que me disseste na tua amável cartinha, responde-me com a maior urgência sim. Saudades e mais saudades deste infeliz que tanto lhe adora e não é correspondido. Assis. 17-6-911. Quando acabar de ler faz o que eu fiz com a sua, rasga e queima. Adeus. — Assis".

A última carta: "Idolatrada Doquinha. Saudades. Tive imensa satisfação quando a vi hoje pela manhã quando passei no trem, estavas sentada na mesa, e agora as 7 horas da noite a ver-te perto da sala de jantar, por isso peço a minha ingrata que faça o possível de falar comigo hoje, não é preciso pular a janela, é bastante abri-la que eu vou falar com você, espera-me a hora do costume, isto é, se você não estiver com raiva de mim, podes ficar crente que tão de pressa soube que estavas de cama fui ao Dr. Roma Santos saber o que você tinha ele disse-me que você tinha feito a loucura de molhar os pés na água fria, pois que você estava com irregularidade no incômodo, foi para mim uma grande tristeza em saber que o Dr. Roma Santos sabe de teus particulares moral; enfim que eu devo fazer se você não quer ser minha inteiramente minha como eu sou teu. Doquinha faz o possível de não faltar porque eu tenho grande novidade a contar-te. Teu teu do coração. A [...] de Assis" (*Diário íntimo*).

muito maior número de senhoras casadas. Os suicídios, os assassínios, o povoamento de bordéis de todo o gênero, que os seus torpes atos provocaram, no seu parecer, eram acontecimentos estranhos à sua ação e se haviam de dar de qualquer forma. Disso, ele não tinha culpa.

Para certificar-se quem era que, na casa do "carteiro", fermentava o seu descrédito, Cassi resolveu ir sondar Lafões, em sua casa.

Lafões morava bem próximo do reservatório do Engenho de Dentro.[187] Uma tarde, Cassi tomou o bonde de Piedade, que, para ir a essa estação, logo após o Méier, interna-se para os lados da serra, toma ruas despovoadas e, por fim, a do Engenho de Dentro.[188] O caminho era então pitoresco, não só pelos restos de capoeira grossa[189] que ainda havia, mas também pelas casas roceiras de varanda e pequenas janelas de outros tempos. Caminho de "tropa", talvez, os engenheiros da Light só se deram ao trabalho de fazer sumários nivelamentos.[190]

187 Referência ao reservatório Monteiro de Barros, localizado no bairro do Engenho de Dentro, na atual rua Mario Calderaro. O reservatório de água, construído em 1908, foi projeto do engenheiro Henrique de Novaes e fornecia água para bairros vizinhos, como Méier e Engenho Novo. Localiza-se no alto do morro Dona Delfina, também conhecido como Morro do Smith, na estação do Engenho de Dentro. Fornecia água para bairros vizinhos, como Méier e Engenho Novo.

188 Bairros da zona norte do Rio de Janeiro, bastante próximos um do outro.

189 Vegetação rala que cresce no local em que foi derrubada mata virgem.

190 Referência ao caminho aberto pela empresa Light para a instalação de bondes elétricos sobre trilhos de ferro. A descrição feita por Lima Barreto denota que principalmente as ruas dos subúrbios permaneciam estreitas, sinuosas e esburacadas, a maioria sem pavimentação. A empresa The Rio de Janeiro Tramway, Light and Power Co. Ltd, criada no Canadá em

Os altos e baixos, os atoleiros e atascadeiros,[191] consolidados com gravetos e varreduras de capinas, transformaram o caminho do bonde, naquele trecho, numa montanha-russa, com a lembrança, de um lado e outro, do espetáculo do que seriam ou do que são os caminhos do nosso interior, pelos quais nos chegam os cereais e a carne que comemos.

Às vezes, o bonde cruzava com uma tropa de carvoeiros de Jacarepaguá,[192] da Serra do Mateus[193] e outras localidades ainda com florestas aproveitáveis; e tínhamos uma imagem mais viva. Os tropeiros eram gente de sangue muito mesclado, ossudos, jarretes nervosos e finos,[194] pés espalmados, às vezes de feições regulares, mas sempre cobertos de barbas maltratadas e de uma insondável tristeza. Não eram só homens feitos; havia crianças também, a guiar os burros em fila.

Quando o bonde apontava a chocalejar as suas ferragens, estourando que nem um besouro, avisando-os da sua presença próxima com o zunido contínuo do tímpano, ou, senão, com um apito, ao grito de locomotiva, aqueles ho-

---

1904, foi autorizada a funcionar no Rio de Janeiro no ano seguinte. A sua expansão foi feita através da aquisição e incorporação das pequenas empresas independentes, que atuavam nos arrabaldes e subúrbios do Rio, e sua interligação com a rede já sob o seu controle, de modo a formar um sistema integrado completo.

191 Atoleiro e atascadeiro referem-se a lugar lamacento.

192 Bairro da zona norte do Rio de Janeiro que, devido à sua grande extensão, sofreu historicamente um processo de desmembramento. Diversas áreas alcançaram autonomia, tornando-se bairros independentes que compõem hoje a região administrativa.

193 Serra que faz parte do conjunto da serra dos Três Rios, no interior de Jacarepaguá.

194 Jarrete é a parte posterior do joelho, situada atrás da sua articulação.

mens, vivendo tão perto da terra e da natureza espontânea, não deixavam de se assustar e tomar precauções, para sua segurança e dos seus pacientes animalejos. Encostavam bem a tropa a uma ribanceira lateral da rua, quando na encosta; ou afastavam-se para o lado, se havia terreno baldio e sem cerca, quando ela era planície; e ficavam pasmos, diante daquele monstro zunidor que se movia por intermédio de um grosso fio de arame. Os burros, quer num, quer noutro caso, permaneciam indiferentes e punham-se a roer a erva escassa do campo ou a pastar a folhagem que lhes dava sombra e crescia no alto da chanfradura do corte.

Chegou Cassi Jones à casa de Lafões quase à noite. Era uma pequena casa, mas bem tratada e limpa. O pequeno jardim na frente merecia cuidados e, no quintal, aos fundos, cresciam couves e repolhos, a dar saudades de um bom caldo à portuguesa.

Lafões, por aquelas horas, após o jantar, tinha por hábito pôr-se em camisa de meia, tamancos e calça, e completar a leitura do jornal que iniciara pela manhã. Sentava-se a uma cadeira de balanço, austríaca, que a punha bem junto à janela, tendo, à esquerda, uma cadeira, em que repousavam o isqueiro (não usava fósforos) e os cigarros "Fuzileiros".

Estava assim, naquela postura, e enrolava melhor um cigarro pacientemente, quando lhe bateram no portão de ripas de madeira. Ergueu um tanto o busto e, pondo um pouco da cabeça à mostra, quase rente ao peitoril da janela, perguntou:

— Quem é?

Reconheceu logo:

— É o senhor Cassi.

Ergueu-se e foi ao encontro dele, abrindo a porta de entrada. Tomou-lhe o chapéu pelintra,[195] a bengala ultra-aperfeiçoada e foi dizendo prazenteiramente:

195 Pobre, mal-acabado.

— Por aqui? Sente-se, ora esta! Seja bem-vindo!

O rapaz sentou-se, respondendo:

— Muito obrigado, meu caro "seu" Lafões.

— Por que não aparece mais vezes, senhor Cassi? — continuou Lafões com amizade.

— Não tenho tido tempo. Nos dias da semana, são os negócios; nos domingos, não dou para os convites. Eu vinha aqui...

— Para quê, senhor Cassi?

— Pedir-lhe uma informação.

— Qual é, senhor Cassi?

— Disseram-me que, no seu escritório, o inspetor está admitindo escreventes, para não sei que serviço extraordinário. O senhor não podia saber se isto é verdade?

— Pois não. Indago ao Braga, que é contínuo, vivo que nem azougue, e sabe de tudo que lá se passa — explicou Lafões.

— Quando posso vir buscar a resposta?

— Olhe, senhor Cassi: amanhã, à tarde, não, porque tenho que ir à sessão da minha sociedade; mas, se tem pressa, pode vir depois de amanhã, logo pelas sete ou oito horas.

— Bem — fez Cassi, simulando contentamento. — Desde já agradecido. Como vão sua senhora e seus filhos?

— Bem. A mulher saiu mais o mais moço; foram a não sei que ladainha por aí. É um inferno! Estes padres têm invadido estes subúrbios com mais rapidez que os "turcos" de prestações.[196] É dinheiro para esse santo,

196 Referência à figura popular dos comerciantes de origem árabe que percorriam grandes extensões vendendo a crédito a mais variada gama de mercadorias. Esse tipo de aquisição gerava um endividamento contínuo dos habitantes dos subúrbios, a ponto de Lima Barreto comparar tal situação com a verdadeira "extorsão" empreendida pelos religiosos nos subúrbios, na cobrança de dízimos e outros valores. No

é dinheiro para as obras da igreja... Não posso mais! Edmeia, porém, está lá no fundo do quintal. Quer tomar café, senhor Cassi?

— É incômodo... Se a sua senhora estivesse, sim; mas...

— Não há incômodo algum. Edmeia o aquece no espírito...[197] Só se o senhor Cassi não gosta aquecido?

— Gosto.

— Pois bem, vamos a ele — e gritou pela filha, com possante voz de homem são — Edmeia! Edmeia!

Não tardou em aparecer a filha. Era uma gentil menina de doze anos, risonha, com uma fisionomia redonda de traços firmes e finos, cabelos tirando para o louro, cortados à inglesa. Entrando, exclamou logo:

— Oh! Estava aqui "seu" Cassi. Que surpresa! Não sabia...

Falou ao rapaz e este lhe disse a esmo:

— Há muito que não a via.

— É verdade, desde o dia de anos de Clarinha... Tem ido lá?

— Não tenho podido.

— Por quê? Parece que lá não gostam do senhor... Principalmente aquele "pé-pé"...[198]

— Menina — ralhou-lhe o pai. — Não te metas a intrigar os outros... Vá aquecer o café e traze-nos duas xícaras. Vá.

---

conto "O tal negócio de 'prestações'" (*Contos completos de Lima Barreto*, pp. 507-9), Lima Barreto recriou uma trama que mostra como as técnicas de endividamento dos vendedores ambulantes se tornaram verdadeiros problemas domésticos.

197 Aquecimento do café não no forno, mas em fogareiro a álcool, uma vez que o forno demoraria para ser aceso e a aquecer a bebida.

198 Referência depreciativa feita ao andar de Marramaque, descrito como aleijado.

Saindo a menina, Cassi julgou de bom alvitre, para preencher o fim verdadeiro de sua visita, dizer:

— Podem não gostar de mim. Mas a implicância é sem motivo. Nunca...

— Ora, senhor Cassi, o senhor vai dar ouvido a crianças. Elas não sabem o que dizem.

— Agora, meu caro "seu" Lafões, eu notei no dia da festa que o compadre do senhor Joaquim dos Anjos não me tragava — disse Cassi.

— Isto se explica. Ele foi ou é poeta e tem em conta de coisa nenhuma os cantadores de modinhas. Lá na minha terra, os poetas dos fidalgos e das fidalgas não tragam os fadistas do campo, aos quais chamam de rústicos e outras coisas piores. Em cada ofício, há sempre disso. O senhor não vê como os cocheiros desprezam os barbeiros? Cocheiro que não presta é barbeiro. Marramaque, velho, doente, não sabe disfarçar o seu mau juízo pelos que apreciam o violão e o tocam, cantando modinhas.

— Mas... o "seu" Joaquim?

— É que eles são compadres e amigos, meu caro senhor Cassi. Está explicado.

Vieram as xícaras de café e a conversa tomou outro rumo. Falaram sobre as festas próximas do centenário da Independência, sobre a crise financeira, mas Cassi em nada disso pensava. Pensava em Marramaque, o audacioso aleijado, que queria se intrometer no seu amor por Clara. Pagaria bem caro. Despediu-se em breve e, lentamente, deixou-se ir a pé subúrbios abaixo. Eram estranhos aquele ódio e aquela obstinação. Cassi não era absolutamente, nem mesmo de forma elementar, um amoroso. A atração por uma qualquer mulher não lhe desdobrava em sentimentos outros, às vezes contraditórios, em sonhos, em anseios e depressões desta ou daquela natureza. O seu sentimento ficava reduzido ao mais simples elemento do Amor — a posse. Obtida esta, bem cedo se enfarava, desprezava a vítima, com a qual não sentia ter mais nenhuma ligação especial; e procurava outra.

A sua instrução era mais que rudimentar; mas, assim mesmo, talvez devido a uma necessidade íntima de desculpar-se, gostava de ler versos líricos, principalmente os de amor. Não lia jornais, nem coisa alguma; mas, num retalho apanhado aqui, num almanaque acolá, num livro que lhe ia ter às mãos, sem saber como, conseguia ler alguns e os entender pela metade. Deles, desses sonetos e mais poesias que, por acaso, iam parar em seu poder, ele concluía, com a sua estupidez congênita, com a sua perversidade inata, que tinha o direito de fazer o que fazia, porque os poetas proclamam o dever de amar e dão ao Amor todos os direitos, e estava acima de tudo a Paixão. Vê-se bem que ele não sentia nada do que, poetas medíocres que o guiavam nas suas torpezas, falavam; e, sem querer apelar para grandes ou pequenos poetas, percebia-se perfeitamente que nele não havia Amor de nenhuma natureza e em nenhum grau. Era concupiscência aliada à sórdida economia, com uma falta de senso moral digna de um criminoso nato — o que havia nele.

O verdadeiro estado amoroso supõe um estado de semiloucura correspondente, de obsessão, determinando uma desordem emocional que vai da mais intensa alegria até à mais cruciante dor, que dá entusiasmo e abatimento, que encoraja e entibia;[199] que faz esperar e desesperar, isto tudo, quase a um tempo, sem que a causa mude de qualquer forma.[200]

199 Que consegue tornar morno.
200 Destaca-se essa descrição detalhada sobre as reações do "estado de paixão", feita justamente por Lima Barreto, sobre quem nunca se revelou qualquer relacionamento amoroso. Pelo contrário, Lima dizia-se publicamente avesso à possibilidade de envolvimento amoroso e muito menos a qualquer

Em Cassi, nunca se dava disso. Escolhida a vítima de sua concupiscência, se, de antemão, já não as sabia, procurava inteirar-se da situação dos pais, das suas posses e das suas relações. Em seguida, tratava de encontrar-se com ela num baile ou uma sala de festas e impressioná-la com os seus dengues no violão. Se percebia que tinha obtido algum sucesso, esforçava-se em reiterar os encontros nos cinemas, nos bondes, nas estações, e, na ocasião propícia, pespegava-lhe a carta fatal. Isto tudo era feito com muita calma e discernimento, pacientemente, sem ser perturbado em nenhum movimento de impaciência ou arrebatamento. Se a moça ou a senhora aceitava-lhe os galanteios e as cartas, ele tinha o final como certo; se não, ele não perdia tempo, abandonava os esforços preliminares e esperava que outra mais suasória[201] aparecesse.

No caso de Clara, ele não estava disposto a acreditar que se houvesse dado a primeira hipótese, porquanto lhe davam certeza disso o embevecimento com que o ouvira cantar, na noite da festa dos anos dela, e a insistência

---

casamento. Irônico, declarou que casar-se seria a solução para o seu "problema de letra". Dispor de uma esposa que cuidasse de dar forma, com uma letra irrepreensível, aos seus textos, lhe furtaria das dores de cabeça que a sua letra intricada lhe causava quando eram publicados com muitos erros nos jornais. Sobre uma moça que admirou durante uma viagem de trem, admitiu: "não sei namorar, não só porque não sei, como também porque tenho consciência da minha fealdade. Fui, pois, tão canhestro, tão tolo, tão inábil, que ela nem percebeu. Um namoro de... caboclo" (*Gazeta da Tarde*, 28 de junho de 1911). Se do escritor não se tem notícia de "um estado de semiloucura" provocada pela paixão, seus diários revelam uma ocorrência curiosa, em 1918: "Eu beijei por uma ou duas vezes... Isto foi lá há dias e eu estava espantado. Se aquela ocasião fosse propícia, talvez consumássemos o ato" (Mss. 1-6, 33, 880).

201 Persuasiva.

que mostrara em vir falar com ele, quando lhe foi à casa do pai pela segunda e última vez. O que lhe parecia, por indícios aqui e ali, é que alguém se havia interposto entre ele e ela, "entre dois corações que se amam", denunciando aos pais dela os seus maus precedentes de conquistador contumaz, de forma a trancarem-lhe aqueles as portas de sua casa, a ele, Cassi.

Agora mesmo, tivera a confirmação dessa suspeita com a ingênua denúncia de Edmeia, a filha de Lafões, de que Marramaque, padrinho de Clara, não gostava dele. Era, portanto, prevenir-se contra as "intrigas" do aleijado e arredá-lo de vez. Cassi sabia que, quase sempre, Marramaque parava na venda do "seu" Nascimento, quando vinha do trabalho. Lá ficava bebericando com outros, até que o negócio se fechasse. A ele, Cassi, não convinha ir por todos os motivos; Timbó não podia também, por ser muito conhecido na localidade, devido à surra que levara; Zezé Mateus era um idiota. Quem iria, então, sondar aquele terreno? O Arnaldo, que não era conhecido no local, nem sabidas eram as suas relações com ele. Muito a contragosto, dirigiu-se para a casa dos pais. Não tinha dinheiro que prestasse, para "escorvar"[202] o jogo.

O seu "socavão"[203] doméstico ficava bem debaixo da sala de jantar da casa, que aí acabava o seu corpo principal. As dependências restantes ocupavam um puxado longo. Quando ele entrou, percebeu que na sala de jantar, além do pai, mãe e irmãs, havia alguém que não era de hábito e dissera, ouvindo-lhe os passos:

— Há alguém aí?

— É Cassi — dissera a mãe.

— Ele não sobe aqui? — perguntou a visita.

202 Trapacear, agir de forma desonesta durante um jogo.

203 Referência ao sótão ou porão praticamente abandonado em que Cassi morava.

Todos se calaram e se entreolharam, enquanto o velho Manuel de Azevedo explicava o fato em quatro palavras:

— Você queria, Augusto, que eu, chefe de família, que prezo a honra das filhas dos outros como a das minhas, deixasse semelhante miserável sentar-se ao meu lado? Se não o pus de todo para a rua, foi devido à mãe.

— Você tem razão, mano; mas tudo isto que se diz dele, pode ser calúnia.

— É também o meu pensamento, Augusto — falou dona Salustiana.

As moças se haviam calado por pudor, mas o velho Azevedo cortou de vez o argumento da mulher e do irmão:

— Você não leu esses papéis escritos à máquina, que mandaram a você, dois dias após você chegar, para o hotel?

— Li.

— Leu as datas, a narração dos fatos, as cartas?

— Li, também, mas o tempo...

— Pois tudo é verdade; e ninguém mais do que eu, infelizmente, pode assegurar isso. Em menos de dez anos, esse meu indigno filho fez tudo isso. Não o posso negar em sã consciência. Se não posso...

Ao entrar, Cassi, tendo percebido que a conversa ia versar sobre ele, colocou-se de ouvido atento, embaixo da janela, nada perdendo e conseguindo ouvir esse trecho em que tomava parte o seu tio Augusto, irmão de seu pai, que, havia muito tempo, andava destacado numa alfândega do Norte. Quando o velho Manuel de Azevedo falou em papéis escritos à máquina, trazendo indicações de datas e a narração dos fatos de suas complicações com a polícia e a justiça, Cassi assustou-se. Quem estaria fazendo aquele trabalho surdo? Não era a primeira vez que tivera notícia da existência desse caderno misterioso e misteriosamente distribuído pelo correio. Dissera-lhe um investigador de uma delegacia suburbana que, logo que havia mudança de delegado ou de comissário, numa delas, o novo delegado ou o novo comissário recebia o tal caderno. Apavorava-lhe essa perseguição nas trevas, talvez segura, que, aos poucos, o ia minando. Tão indiferente era ele pela sorte de suas vítimas e tão estúpido se mostrara sempre em não compreendê-las, que não podia encadear raciocínios seguros, para ter a procedência, mais ou menos provável, da remessa de tais cadernos.

Precisava fugir — era o que concluía; e ele se sentia ameaçado, não por duendes, mas por alçapões, homens mascarados, cárceres privados, suplícios etc. — todo o arsenal do maravilhoso das fitas de cinema.

Entretanto, queria antes resolver o caso de Clara, que, apesar de tudo, considerava em meio.

Deitou-se e dormiu regaladamente, até ao alvorecer do dia. Logo que a luz do sol ganhou uma relativa nitidez, ele foi passar revista nas suas gaiolas de galos de briga. Estava tudo a postos, e foi lhes dando milho, tirado de uma lata que tinha em uma das mãos, e olhando todos aqueles bichos hediondos, com a ternura de um honesto criador, que revê o seu trabalho nas travessas pesquisas ou na doçura de olhar de seus cordeiros. Aos pintos, deu milho moído, triguilho, e só não deu ovo picado, porque não era dia. O seu embevecimento por aquelas horrendas aves era sincero: elas lhe faziam ganhar dinheiro. Olhou-os e perguntou de si para si:

— Quanto valeriam ao todo?

Alguns já lhe haviam oferecido quinhentos mil-réis[204]

204 No *Jornal do Commercio* de 15 de dezembro de 1921 era noticiado um “lindo palacete na rua Senador Vergueiro”, no bairro do Flamengo, por quinhentos contos (o equivalente a 500 mil-réis). Como se pode notar, Cassi se gabava de ter recebido uma verdadeira fortuna por seus galos.

e ele estava disposto a vendê-los, por esse preço, depois que a "coisa" estivesse acabada...

Veio tomar café no "socavão", onde a velha Romualda lhe trazia todas as manhãs. Era velha, e a sua velhice a defendia perfeitamente contra qualquer assalto de Cassi. Perguntou-lhe este:

— Meu tio ainda está aí?

— Quem é seu tio, nhonhô?

— Aquele moço que esteve ontem, à noite.

— Ah! Foi embora logo depois do chá.

Não trocaram mais palavras. Depois de servido o café e comido o pão com manteiga, a velha Romualda levou a bandeja com a xícara, e Cassi tratou de vestir-se e sair.

Quase nunca parava em casa. Temia encontrar-se com o pai, que, por isto ou por aquilo, houvesse resolvido ficar no lar, e também por não poder suportar o desdém de suas irmãs. A casa era-lhe mais penosa do que os xadrezes, por onde passara dezenas de vezes.

Ia à procura de Arnaldo, que, morando na Estrada Real,[205] vinha no bonde de Cascadura,[206] para tomar o

205 Referência à Estrada Real de Santa Cruz, a mais importante das linhas que partiam da estação da Central. Ela começava na Cancela, no bairro de São Cristóvão, passando por Benfica, Pilares de Inhaúma, Cascadura, Realengo, Santíssimo, Campo Grande e Santa Cruz. Sendo uma das linhas que cortava grande extensão dos subúrbios, foi em suas margens que grande parte da vida desses bairros se desenvolveu. A Estrada Real corresponde à atual avenida Suburbana, que se conserva como uma das principais vias do subúrbio.

206 Bairro do subúrbio carioca que não possui estação de trem. Contudo, favoreceu-se desse serviço ao servir durante muitos anos como entreposto de cargas. Também foi um dos pontos de maior atividade comercial dos subúrbios. Lima Barreto deixou curiosa crônica, "De Cascadura ao Garnier" (*Careta*, 29 de julho de 1922), em que narra a viagem no bonde de Cascadura até o centro do Rio.

trem no Méier. Arnaldo não deixava de um só dia ir "lá embaixo". Esperava sempre fazer um biscate e, quando não o fizesse, arranjar algum "malote"[207] no trem.

Não se enganara. Às nove e pouco, Arnaldo, com o seu nariz de tromba de tapir,[208] os seus olhos arredios e catadores, chegara; Cassi disse-lhe que dele precisava, às cinco horas, ali; e pagou-lhe o café.

— Pois não, Cassi; nas ocasiões é que se veem os amigos. Cá estarei.

Fazendo o sacrifício de perder uma tarde de colheita, Arnaldo chegou na hora marcada, ao ponto ajustado.

Cassi explicou-lhe então que devia ir, naquela tarde, à venda do Nascimento, cuja rua e cujo número lhe deu. Chegando lá, simularia ter ido procurar por "seu" Meneses, que ele conhecia.

— Se ele não estiver? — indagou Arnaldo.

— Você diz que fica à espera e ouve o que se conversa lá. Nela, devem estar, entre outros, o aleijadinho que anda sempre fardado. Ele não conhece você, como os outros, conforme espero. O que você ouvir, guarda e me conta. Se Meneses aparecer, você diz que quero falar com ele, negócio de interesse dele.

Cassi deu-lhe dois mil-réis e ele se pôs a caminho, mas a pé, para poupar o tostão do bonde. Chegou à venda de "Seu" Nascimento, teve duas decepções. Encontrara dois sujeitos, que o conheciam perfeitamente: um era um engenheiro inglês, mr. Persons, de quem "abafara"[209] uma capa de borracha, e o outro era o Alípio, que até o sabia da roda de Cassi.

Não se deu por vencido e, atravessando por entre Alípio e o velho Marramaquè, que conversavam, foi direto ao balcão e perguntou naturalmente:

207 Referência ao objeto furtado.
208 O mesmo que "anta".
209 Furtara, roubara.

— O senhor não conhece um velho dentista, por nome Meneses?

E acrescentou:

— Ele tem vindo aqui?

O taverneiro respondeu:

— Há dias que não — e, dirigindo-se aos circunstantes, por sua vez indagou: — vocês têm visto o doutor Meneses?

Todos, porém, responderam: não.

Arnaldo ia dizer obrigado, para retirar-se, quando mr. Persons perguntou-lhe:

— Sinhôr, vem cá!

Arnaldo fez-se jovial.

— Oh! "seu" *mister* como vai?

— Não diga "seu" *mister*, é "error". Bem... Onde está mia capa?

— Trago por esses dias, tenho me esquecido.

— Já é duas vezes que "sinhôr" diz isso. Eu precisa da capa.

— Não me esquecerei.

E saiu apressado. O negócio da capa fora simples. Persons não viera da cidade são de seu juízo e deixara a capa descansando no banco, ao lado, recostando-se na parede do carro. Pouco antes de certa estação, Arnaldo sentou-se a seu lado, no intento de carregar-lhe a capa. Ao pôr em prática o seu propósito, Persons despertou, mas só pôde dar com o furto, quando Arnaldo ia saindo do carro. Gritou: "minha capa". Um condutor ainda agarrou Arnaldo com a carga, mas, quando o Persons deu com o lugar em que estavam ambos, já o auxiliar o tinha largado e o trem se pusera em movimento. Guardara, porém, a fisionomia do gatuno; e, vindo a encontrar-se com ele, perguntara-lhe por essa sua peça de vestuário, e Arnaldo lhe dissera que a havia levado por engano.

Ele saiu corrido de vergonha; mas, vendo que ninguém vinha até às portas da venda, ele voltou e se pôs a ouvir o que diziam.

O *mister* já acabara de contar a história da capa, quando Alípio, em tom de comentário, dissera:

— Isto que saiu daí é uma peste. Não sabia dessa história de furtos nos trens; mas basta ele ser do bando do tal Cassi, para não prestar.

Marramaque acudiu:

— Eu ainda não conhecia este. Vou indicá-lo ao compadre. O tal Trembó ou Tipó, como é?

— Timbó — fez Alípio.

— O tal de Timbó já conheço e já o apontei ao compadre. Por falar nisto, o senhor sabe, "seu" Nascimento e meus senhores, o que recebi, há dias, pelo correio, na secretaria?

— Não — responderam todos, por sinais ou por palavras.

— A vida desse Cassi.

— Impressa?

— Não. Copiada à máquina de escrever, com fotografias dele, cópias de notícias dos jornais do tempo, indicação das datas dos processos e dos juízes e delegados — tudo!

— Quem lhe mandou? — perguntou Alípio.

— Não sei. Recebi a coisa na secretaria, lá a li e dei-a ao compadre, para se prevenir.

— Com uma boa garrucha[210] — observou Nascimento.

— Ou revólver — obtemperou Marramaque.

Ouvindo tudo isto e percebendo que alguém se dirigia à venda, cuja hora de fechar não tardaria, Arnaldo deixou o lugar em que estava e correu ao encontro de Cassi, que devia estar no Engenho Novo.

Encontraram-se, e ele, no que não tinha o menor hábito, contou-lhe toda a verdade vista e ouvida.

Cassi nem Arnaldo não eram dados à bebida; mas o

210 Arma de fogo com o cano curto, semelhante a uma pistola ou revólver.

momento a pedia. Aquele convidou o seu dedicado companheiro a tomar uma garrafa de cerveja, o que fizeram quase sem conversar.

Acabada, pagaram e levantaram-se. Arnaldo procurou o seu rumo e Cassi meteu-se pela sombria rua do Barão de Bom Retiro.

Embora não fosse tarde, já se ouviam os tiros que os suburbanos dão, de quando em quando, para afugentar os ladrões dos seus galinheiros.

Um estourou bem perto dele, e Cassi, fingindo-se calmo e sem apreensões, disse à meia voz:

— Ainda não foi desta vez.

VII

O subúrbio propriamente dito é uma longa faixa de terra que se alonga, desde o Rocha ou São Francisco Xavier,[211] até Sapopemba,[212] tendo para eixo a linha férrea da Central.

Para os lados, não se aprofunda muito, sobretudo quando encontra colinas e montanhas que tenham a sua expansão; mas, assim mesmo, o subúrbio continua invadindo, com as suas azinhagas[213] e trilhos, charnecas[214] e morrotes.[215] Passa-se por um lugar que supo-

211 Nome de um bairro localizado entre os do Maracanã, Mangueira e Rocha. Segundo Brasil Gerson, era na área compreendida por esse bairro e pelo Engenho Novo que se iniciavam os "mal denominados subúrbios (dir-se-ia melhor, bairros rurais da zona norte)" (*História das ruas do Rio*, p. 420). O bairro possui uma estação de trem, inaugurada em maio de 1891.

212 Distrito criado em 1910, situado na área sudeste do estado de São Paulo, alcançado pelo prolongamento da estrada de ferro Central do Brasil que cortava a extensa área do subúrbio carioca.

213 Caminho estreito entre muros e cercas altas, distantes de lugar habitado.

214 Tipo de terreno árido e não cultivado, onde só nascem plantas rasteiras.

215 Morro pequeno.

mos deserto, e olhamos, por acaso, o fundo de uma grota, donde brotam ainda árvores de capoeira, lá damos com um casebre tosco, que, para ser alcançado, torna-se preciso descer uma ladeirota quase a prumo; andamos mais e levantamos o olhar para um canto do horizonte e lá vemos, em cima de uma elevação, um ou mais barracões, para os quais não topamos logo da primeira vista com a ladeira de acesso.

Há casas, casinhas, casebres, barracões, choças,[216] por toda a parte onde se possa fincar quatro estacas de pau e uni-las por paredes duvidosas. Todo o material para essas construções serve: são latas de fósforos distendidas, telhas velhas, folhas de zinco, e, para as nervuras das paredes de taipa, o bambu, que não é barato.

Há verdadeiros aldeamentos dessas barracas, nas coroas dos morros, que as árvores e os bambuais escondem aos olhos dos transeuntes. Nelas, há quase sempre uma bica para todos os habitantes e nenhuma espécie de esgoto. Toda essa população, pobríssima, vive sob a ameaça constante da varíola e, quando ela dá para aquelas bandas, é um verdadeiro flagelo.

Afastando-nos do eixo da zona suburbana, logo o aspecto das ruas muda. Não há mais gradis de ferros, nem casas com tendências: há o barracão, a choça e uma ou outra casa que tal. Tudo isto muito espaçado e separado; entretanto, encontram-se, por vezes, "correres" de pequenas casas, de duas janelas e porta ao centro, formando o que chamamos "avenida".[217]

As ruas distantes da linha da Central vivem cheias

216 Cabana, palhoça.

217 Novamente Lima Barreto chama atenção para a existência de diferentes arquiteturas que marcavam a heterogeneidade da paisagem suburbana e, por conseguinte, dotavam de traços marcantes as próprias diferenças sociais inscritas nos traçados improvisados das habitações.

de tabuleiros de grama e de capim, que são aproveitados pelas famílias para coradouro.[218] De manhã até à noite, ficam povoadas de toda a espécie de pequenos animais domésticos: galinhas, patos, marrecos, cabritos, carneiros e porcos, sem esquecer os cães, que, com todos aqueles, fraternizam.

Quando chega a tardinha, de cada portão se ouve o "toque de reunir": "Mimoso"! É um bode que a dona chama. "Sereia"! É uma leitoa que uma criança faz entrar em casa; e assim por diante.

Carneiros, cabritos, marrecos, galinhas, perus[219] — tudo entra pela porta principal, atravessa a casa toda e vai se recolher ao quintalejo aos fundos.

Se acontece faltar um dos seus "bichos", a dona da casa faz um barulho de todos os diabos, descompõe os filhos e filhas, atribui o furto à vizinha tal. Esta vem a saber, e eis um bate-boca formado, que às vezes desanda em pugilato entre os maridos.

A gente pobre é difícil de se suportar mutuamente; por qualquer ninharia, encontrando ponto de honra, brigando, especialmente as mulheres.

O estado de irritabilidade, provindo das constantes dificuldades por que passam, a incapacidade de encontrar fora do seu habitual campo de visão motivo para explicar o seu mal-estar, fazem-nas descarregar as suas queixas, em forma de desaforos velados, nas vizinhas com que antipatizam por lhes parecer mais felizes. To-

218 Ato de corar roupa ou cera.
219 Lima menciona essa característica peculiar do subúrbio carioca, onde animais domésticos transitavam entre a casa e o espaço das ruas. Percebe-se também a predominância de outros animais, além da ocorrência de cães. Por sinal, os cachorros eram alvo das carrocinhas na região de Todos os Santos, bairro onde o escritor habitava. Veja-se nesse sentido a crônica "A carroça de cachorros" (*Careta*, 20 de setembro de 1901).

das elas se têm na mais alta conta, provindas da mais alta prosápia;[220] mas são pobríssimas e necessitadas. Uma diferença acidental de cor é causa para que possa se julgar superior à vizinha;[221] o fato do marido desta ganhar mais do que o daquela é outro. Um "belchior" de mesquinharias açula-lhes a vaidade e alimenta-lhes o despeito.

Em geral, essas brigas duram pouco. Lá vem uma moléstia num dos pequenos desta, e logo aquela a socorre com os seus vidros de homeopatia.

Por esse intrincado labirinto de ruas e bibocas[222] é que vive uma grande parte da população da cidade, a cuja existência o governo fecha os olhos, embora lhe cobre atrozes impostos, empregados em obras inúteis e suntuárias noutros pontos do Rio de Janeiro.

Nem lhes facilita a morte, isto é, o acesso aos cemitérios locais.

Para o de Inhaúma, procurado por uma vasta zona suburbana, os caminhos são maus, e pior do que isto: dão voltas inúteis, que poderiam ser evitadas sem grandes despesas.[223] Os enterros da gente mais pobre são feitos a pé, e

220 Linhagem, ascendência.

221 Demonstração de como Lima Barreto estava atento para a cor da pele e suas tonalidades, que eram marcadores determinantes para estabelecer posições de superioridade ou de submissão. Note-se como ele menciona outros elementos que se aliavam aos agenciamentos de cor. A riqueza se somava à manipulação que era feita por meio da cor da pele, o que tornava ainda mais complexa a classificação racial.

222 O termo designa um local de difícil acesso, mas também uma palhoça, casa pequena.

223 Sobre esse cemitério, o escritor deteve-se, de forma crítica, em alguns escritos. O percurso até o cemitério de Inhaúma foi descrito por Lima Barreto na crônica "História macabra" (*Careta*, 17 de julho de 1915). "Conhecia mal os subúrbios, de modo que não adivinhei os tormentos por que ia passar e

é fácil imaginar como chegam, os que carregam o morto, no campo-santo municipal. Quem passa por aqueles caminhos, quase sempre topa com um. Os de "anjos" são carregados por moças e os destas também pelas da sua idade. Não há, para elas, nenhuma *toilette* especial. Levam a mesma que para os bailes e mafuás; e lá vão de rosa, de azul-celeste, de branco, carregando a pobre amiga, debaixo de um sol inclemente, e respirando uma poeira de sufocar; quando chove, ou choveu recentemente, carregam o caixão aos saltos, para evitar atoleiros e poças d'água.

Os de adultos são carregados por adultos. Nestes, porém, há sempre uma modificação do indumento dos que

---

também o meu amigo morto", revela. Tratava-se do enterro do seu amigo Florêncio da Costa, em maio de 1914. Primeiro, purgou o cortejo fúnebre para conseguir atravessar a linha da estrada de ferro Central, depois, ocorreu um acidente devido ao calçamento prejudicado da rua José Bonifácio, no bairro de Todos os Santos. "Os buracos nele são abismos e o cocheiro do coche fúnebre, ao desviar-se de um bonde, caiu em um deles, o caixão foi ao chão. O cadáver saltou de dentro deste e o meu amigo, ainda mesmo depois de morto, ficou machucado." Em outra curiosa crônica — "Os enterros de Inhaúma" (*Careta*, 26 de agosto de 1922) —, relata mais algumas histórias de cortejos fúnebres e de enterros que presenciou ou que escutou de seus vizinhos. "Tristes enterros de Inhaúma! Não fossem essas tintas pinturescas e pitorescas de que vos revestis de quando em quando, de quanta reflexão acabrunhadora não havíeis de sugerir aos que vos veem passar; e como não convenceríeis também a eles que a maior dor desta vida não é morrer." Mesmo residindo próximo ao bairro de Inhaúma, Lima Barreto foi enterrado no cemitério São João Batista, em Botafogo, bairro da zona sul do Rio de Janeiro. Na verdade, esse era uma espécie de desejo do escritor, em mais uma de suas contradições pessoais: criticava o Rio das elites, mas almejava, ao menos na morte, ser enterrado longe de seus vizinhos suburbanos.

acompanham. Os cavalheiros procuram roupas escuras, senão pretas; mas, às vezes, surge o escândalo da sua calça branca. Vão muito pouco tristes e, em cada venda que passam, "quebram o corpo", isto é, bebem uma boa dose de parati. Ao chegarem ao cemitério, aquelas cabeças não regulam bem, mas o defunto é enterrado.

Houve, porém, uma ocasião, que o corpo não chegou a seu destino. Beberam tanto, que o esqueceram no caminho. Cada qual que saía da venda, olhava o caixão e dizia: Eles que estão lá dentro, que o carreguem. Chegaram ao cemitério e deram por falta do defunto. "Mas não era você que o vinha carregando?" — perguntava um. "Era você" — respondia o outro; e, assim, cada um empurrava a culpa para o outro. Estavam cansadíssimos e semiembriagados. Resolveram alugar uma carroça e ir buscar o camarada falecido, que já tinha duas velas piedosas a arder-lhe à cabeceira. E o pobre homem, que devia receber dos amigos aquela tocante homenagem, dos camaradas levarem-no a pé ao cemitério, só a recebeu a meio, pois, o resto do caminho para a última morada, ele a fez graças aos esforços de dois burros, que estavam habituados a puxar carga bem diferente e muito menos respeitável.

Mais ou menos é assim o subúrbio, na sua pobreza e no abandono em que os poderes públicos o deixam. Pelas primeiras horas da manhã, de todas aquelas bibocas, alforjas, trilhos, morros, travessas, grotas, ruas, sai gente, que se encaminha para a estação mais próxima; alguns, morando mais longe, em Inhaúma, em Cachambi,[224] em Jacarepaguá, perdem amor a alguns

224 Cachambi é mais um bairro da zona norte do Rio de Janeiro que faz limite com diversos bairros suburbanos, como Méier, Todos os Santos, Engenho de Dentro, Maria da Graça, Del Castilho e Inhaúma. A inauguração, em 1883, de uma linha ferroviária auxiliar (a estrada de ferro Rio d'Ouro) favoreceu a ocupação de grande área, da qual se originaram os

níqueis e tomam bondes que chegam cheios às estações. Esse movimento dura até às dez horas da manhã e há toda uma população da cidade, de certo ponto, no número dos que nele tomam parte. São operários, pequenos empregados, militares de todas as patentes, inferiores de milícias prestantes, funcionários públicos e gente que, apesar de honesta, vive de pequenas transações, de dia a dia, em que ganham penosamente alguns mil-réis. O subúrbio é o refúgio dos infelizes.[225] Os que perderam o emprego, as fortunas; os que faliram nos negócios, enfim, todos os que perderam a sua situação normal vão se aninhar lá; e todos os dias, bem cedo, lá descem à procura de amigos fiéis que os amparem, que lhes deem alguma coisa, para o sustento seu e dos filhos.

Nessas horas, as estações se enchem, e os trens descem cheios. Mais cheios, porém, descem os que vêm do limite

---

bairros de Cachambi, Maria da Graça e Del Castilho. Essa ferrovia foi construída para auxiliar nas obras de construção das adutoras para o abastecimento de água para a cidade do Rio de Janeiro. Contudo, o bairro de Cachambi não conta com uma estação de trem.

225 Essa é a frase mais citada quando se lembra desse romance. "O subúrbio é o refúgio dos infelizes" é frase de claro impacto, ainda mais quando se percebe como ela expressa muito da biografia do próprio Lima Barreto. Não poucas vezes Lima Barreto ressaltou as difíceis condições de vida de seu bairro. Segundo ele, todas as carências estruturais eram devidas ao crescimento e embelezamento da Corte. "O subúrbio não se diverte mais. A vida é cara e as apreensões muitas, não permitindo prazeres simples e suaves, doces diversões familiares, equilibradas e plácidas. Precisa-se de ruído, de zambumbas, de cansaço, para esquecer, para espancar as trevas que, em torno da nossa vida, mais densas se fazem, dia para dia, acompanhando *pari passu* as suntuosidades republicanas" ("Bailes e divertimentos suburbanos", In: *Gazeta de Notícias*, 7 de fevereiro de 1922).

do Distrito com o estado do Rio. Esses são os expressos. Há gente por toda a parte. O interior dos carros está apinhado e os vãos entre eles como que trazem quase a metade da lotação de um deles. Muitos viajam com um pé num carro e o outro no imediato, agarrando-se com as mãos às grades das plataformas. Outros descem para a cidade sentados na escada de acesso para o interior do vagão; e alguns, mais ousados, dependurados no corrimão de ferro, com um único pé no estribo do veículo.

Toda essa gente que vai morar para as bandas de Maxambomba[226] e adjacências, só é levada a isso pela relativa modicidade do aluguel de casa. Aquela zona não lhes oferece outra vantagem. Tudo é tão caro como no subúrbio, propriamente. Não há água, ou, onde há, é ainda nos lugarejos do Distrito Federal, que o governo federal caridosamente supre em algumas bicas públicas; não há esgotos; não há médicos, não há farmácias. Ainda dentro do Rio de Janeiro, há algumas estradas construídas pela prefeitura, que se podem considerar como tal; mas, logo que se chega ao estado, tudo falta, nem nada há embrionário.

O viajante que se detém um pouco a olhar aqueles campos de vegetação rala e amarelada, aqueles morros escalavrados,[227] cobertos de intrincados carrascais,[228] onde pasta um gado magro e ossudo, fica confrangido e triste. Não há nenhuma cultura; as árvores de porte são

226 Região que hoje corresponde ao município de Nova Iguaçu, na Baixada Fluminense do estado do Rio de Janeiro. A vila existente no local experimentou grande crescimento com a inauguração, em 1858, da sua estação de trem. Era uma estação importante, por ser intermediária no caminho para São Paulo e Belo Horizonte. A antiga vila de Maxambomba, por decreto de 1916, passou a se chamar Nova Iguaçu.
227 Arranhados, danificados.
228 Pedregosos.

raras; nas casas, é raro uma laranjeira virente,[229] nem um mamoeiro semiespontâneo desce-lhes à entrada.

Os córregos são em geral vales de lama pútrida, que, quando chegam as grandes chuvas, se transformam em torrentes, a carregar os mais nauseabundos detritos.[230] A tabatinga[231] impermeável, o barro compacto e a falta d'água não permitem a existência de hortas; e um repolho é lá mais raro que na avenida Central.

229 Verdejantes.

230 Mais outro trecho etnográfico em que o escritor descreve as péssimas condições de saneamento básico existentes nos subúrbios, aliadas à falta de preocupação do Governo e também da classe médica. Por ocasião da publicação da obra *Urupês*, de Monteiro Lobato, Lima Barreto aproveitou para reiterar sua preocupação com a situação insalubre dos subúrbios cariocas. "O folheto do autor de *Urupês* tratava do saneamento das zonas sertanejas e rurais do Brasil, nestas últimas, já agora, devemos incluir também os subúrbios e freguesias roceiras do município do Rio de Janeiro (custa-me muito escrever Distrito Federal). Quando se julgou essa questão aqui, não julguei que seus propugnadores exagerassem. Achei somente que eles encaravam o problema no ponto de vista estreitamente médico; e não pesavam bem as outras faces da questão, parecendo-me então que queriam estabelecer a ditadura dos doutores em medicina." Lima Barreto demonstra bastante conhecimento sobre o tema e fornece até uma solução para o problema. "A solução do saneamento do interior do Brasil, no meu entender, joga com muitos dados. Há a parte da engenharia: dessecamento de pântanos, regularização de cursos d'água etc., há a parte social, no fazer desaparecer a fazenda, o latifúndio, dividi-lo e dar a propriedade dos retalhos aos que efetivamente cultivam a terra; há a parte econômica, consistindo em baratear a vida, os preços do vestuário etc., cousa que pede um combate decisivo ao nosso capitalismo industrial e mercantil que enriquece doidamente, empobrecendo quase todos" ("Sobre o maximalismo", In: *Revista Contemporânea*, 1º de março de 1919).

231 Argila originada por sedimentação, mole e untosa.

O Rio de Janeiro, que tem, na fronte, na parte anterior, um tão lindo diadema de montanhas e árvores, não consegue fazê-lo coroa a cingi-lo todo em roda. A parte posterior, como se vê, não chega a ser um neobarbante que prenda dignamente o diadema que lhe cinge a testa olímpica...

Cassi Jones, em pé, na estação do Méier, via passar aqueles trens cheios de homens de trabalho, sem considerar que, quase com trinta anos, até ali, na verdade, não havia nunca trabalhado. O seu pensamento ia para outra parte.

Desde que Arnaldo lhe trouxera notícias do que ouvira na venda, ele se sentia um pouco desanimado nos seus propósitos, em relação à filha do carteiro. Ao mesmo tempo, porém, ele percebia que todas aquelas precauções contra ele eram tomadas porque a rapariga não lhe era indiferente. De modo que — concluía ele — precisava saber ao certo os sentimentos de Clara, para então agir. Era necessário ouvir-lhe a palavra; mas como? A ele, não convinha rondar a casa da filha do carteiro. Era conhecido, seria denunciado ao pai, que, naturalmente, lhe tomaria satisfações. Qualquer que fosse o desfecho do pugilato, ele só teria a perder. A sua fama, a sua má fama, se tinha corporificado naquele fantástico caderno que ia ter a todas as mãos. Não era mais formada de boquejos[232] daqui e dali, em geral anônimos; agora, vinha documentada, com todas as indicações e referências precisas.

Havia nele com o que se pudesse condenar um santo: e, se ele agredisse o carteiro Joaquim, toda a simpatia iria para o pai, que defendia até à última extremidade a honra de sua filha, e não para ele, um contumaz e cínico sedutor. Até ali, ele contava com a benevolência secreta de juízes e delegados, que, no íntimo, julgavam absurdo o casamento dele com as suas vítimas, devido à diferença de educação, de nascimento, de cor, de instrução. Quanto

232 Murmuros, sussurros.

à segunda e terceira causa, embora nem sempre se verificasse a segunda, podia-se admitir; mas, quanto às duas outras considerações, eram errôneas, porque ele era tão ignorante e tão mal-educado como eram, em geral, as humildes raparigas que ele desgraçava irremediavelmente.

De resto, ele já não contava com proteção alguma.

No começo, foi seu pai; depois, seu tio, o capitão-médico — ambos solicitados tenazmente por sua mãe; mas agora? Agora, ele estava certo de que nenhum deles se abalaria e gastaria um ceitil[233] por causa dele. Restava o capitão Barcelos. Neste, porém, ele não depositava grande confiança. Fosse coisa pequena em que nada se gastasse, o capitão mover-se-ia; no caso contrário, porém, fugiria com o corpo. Era preciso cautela, senão...

Cassi continuou a pesar os meios que podia encontrar para entender-se com Clara. Com Lafões, ele já não contava. Vira, na última visita que lhe fizera, que o velho português era matreiro. Com ele, não levaria vantagem alguma. Como havia de ser?

Dos bondes continuava a descer gente aos magotes,[234] que se encaminhava apressadamente para a plataforma da estrada de ferro. Alguns iam tomar um café, antes de se encaminharem, definitivamente, para os "varais"[235] da repartição; outros iam até às casas de "bicho" e deixavam lá o jogo; mas todos iam afinal trabalhar, fazer alguma coisa para ganhar dinheiro. Só o senhor Cassi Jones de Azevedo ficava...

— Oh! "Seu" Cassi, como vai essa força?

233 Nome de uma antiga moeda portuguesa que evoca aqui quantia ínfima e insignificante.

234 Agrupamento de pessoas, bando, multidão.

235 Interessante atentar para como Lima Barreto gosta de empregar os termos populares sempre entre aspas. Nesse caso, o sentido de "varais" remete ao uso facilitado, e em larga escala no funcionalismo público, de um "cabide de empregos".

O menestrel suburbano da modinha lânguida e acompanhamento luxurioso de olhares revirados voltou-se e reconheceu quem falava:

— Como vai você, Praxedes?

— Eu, "seu" Cassi, vou bem. Mas esse negócio de foro... Ontem, apresentei uma exceção de incompetência; pensei que fosse julgada logo, mas o juiz transformou o julgamento em diligência... Borrou-me a pintura... Hoje, vou ver se uns embargos meus são recebidos. Tenho que ir lá embaixo... Às vezes, dá-se uma penada e lá vêm vinte, trinta e mesmo cinquenta...

Vendo que a conversa não interessava Cassi, mudou-a de sentido e perguntou:

— Tem ido à casa do carteiro, lá na rua Teresina?

— Há muito tempo que não; e você?

— Eu só fui lá a convite de um dos músicos. Não tenho relações particulares com a família. Por falar nisso: sabe quem saiu agora mesmo daqui?

— Não.

— O doutor Meneses, aquele velho barbado, que sabe muito — não conhece?

Correu alguma coisa na cabeça de Cassi, que o fez perguntar com pressa, antes de responder:

— Para onde ele foi?

— Foi para a casa do carteiro. Está tratando dos dentes da filha e almoça quase sempre lá. Ele precisava, coitado do doutor Meneses! — um homem ilustrado, velho, doente — quase não comia; era só beber. Isso lhe fazia mal, estava requeimando[236] "ele" por dentro... Pode-se beber; mas é preciso comer — não acha?

Praxedes não deixava, durante toda a conversa, de mover com os braços, sem medida nem compasso, e esticar a medonha cabeça, que teimava cada vez mais em se enterrar pelos ombros adentro.

236 Tornando-o ressentido, magoado.

— É um achado para ele — fez Cassi, reprimindo a alegria. — Tenho também um trabalho para o Meneses... Se você o encontrar, diga-lhe que eu quero falar com ele.

— Não me esquecerei; mas, caso o senhor tenha pressa, pode procurá-lo à noite, ali, no botequim do Fagundes, perto do posto de bombeiros. Até logo, que tenho que chegar cedo à cidade!

Cassi despediu-se também e encaminhou toda a sua esperança de entender-se diretamente com Clara, por intermédio de Meneses. Ele sabia-o velho, alquebrado, necessitado, viciado na bebida, sem dinheiro — seria fácil vencer as suas repugnâncias. Pela primeira vez, pensou o modinheiro, tinha que gastar algum...

Em parte ele se enganava, porquanto, embora Meneses estivesse nas últimas extremidades, até agora não fizera ato menos liso na sua vida. Podia-se classificá-lo de puro. Meneses, José Castanho de Meneses, nascera de pais portugueses, numa cidade do litoral — sul do estado do Rio de Janeiro. Naqueles tempos, essas cidades eram prósperas; mas, atualmente, têm, para demonstrar a sua irremediável decadência, o fato de não se ter notícia de haver sido construída em qualquer delas, de quarenta anos a esta parte, uma única casa.

O pai tinha uma loja, um bazar, que ia próspero; mas, com a decadência da localidade, de que foi um dos fatores a construção da Central, o estabelecimento comercial foi decaindo. O pai viu-se obrigado a suprimir despesas, uma das quais era a da educação e instrução dos filhos. O José, que já tinha dezessete anos, veio para a loja, e os outros foram colocados aqui e ali, nas pescarias de "currais",[237] que o pai tinha, e na salga de peixe, levada a efeito muito rudimentarmente, também do velho Meneses.

237 Espécie de armadilha para aprisionar peixes, no qual ficam detidos, como o gado cercado por um curral.

Aos vinte e dois anos, José, que se aborrecia com aquela vida, pôs o pé no mundo e correu, durante uns trinta, o interior das antigas províncias do Rio, Minas e São Paulo. Tudo ele foi; tudo sofreu, mas sempre inquebrantavelmente honesto. Aqui, foi guarda-livros de um armazém; numa fazenda, administrador; num vilarejo, professor das primeiras letras; em certa idade, encontrou um boticário simpático, que se fez seu amigo, ensinou-lhe a manipular drogas, também a obturar e limpar dentes, e a passar pequenas receitas. Foi onde se demorou mais; mas isto se veio a dar já no fim da sua carreira vagabunda, quando já não podia mudar de rumo. Na vizinhança da cidade, construía-se um depósito e modestas oficinas de pequenos reparos, para as máquinas de um ramal férreo que lá ia ter. José, que seguia as obras e via as máquinas, ficou assombrado com aquelas maravilhas de caldeiras, fornalhas, bielas, manivelas, alavancas, que se coordenavam para mover e parar aqueles hediondos monstros de ferro — as locomotivas. Quis entrar no segredo de tudo aquilo e fazia perguntas sobre perguntas. No começo, os operários explicavam; mas as perguntas eram tais e tantas, que eles acabaram por se aborrecer com elas e com o velho perguntador. Meneses não se aborreceu, pois se sentia com a vocação de engenharia e de engenheiro. Ali, porém, não tinha onde estudar. Convinha descer para o Rio de Janeiro, frequentar aulas teóricas e aperfeiçoar-se em oficinas adequadas. O dinheiro que tinha era pouco, mas o boticão sempre dava alguma coisa, e a renda tinha aumentado, graças à afluência de operários para acabamento da estradinha local. Demais, também receitava. Fazia alguma coisa: a questão era economizar. Assim fez e, durante um ano, poupou o dinheiro necessário para ir estabelecer-se no Rio e esperar uma colocação qualquer.

O seu amigo farmacêutico não o quis dissuadir, mas disse-lhe:

— Se você fosse mais moço, aconselharia até, porque

se projetam grandes obras, no Rio; mas, já tendo você passado dos cinquenta, é fazer o que parecer melhor a você. Em todo o caso, vou pedir ao coronel Carvalho uma recomendação.

Durante esse longo lapso de tempo que vivera fora da família, recebera vagas notícias de seus pais e irmãos. Sabia que os pais tinham morrido e quase todos os irmãos; e que o único que lhe restava era remador da Capitania do Porto[238] e mantinha a irmã solteira, a única que tivera. Moravam lá para a Saúde.[239]

Meneses embarcou contente; ia afinal realizar a sua vocação. Até agora, não a tinha encontrado; mas, desde que vira aquelas máquinas e maquinismos, sentira outra coisa dentro de si. Não deixou, entretanto, de levar a mala dos ferros de dentista e a carta de recomendação.

No dia seguinte, depois de uma noite insípida no hotel, foi, indagando daqui, informando-se dali, até à Capitania do Porto.

Perguntou pelo remador seu irmão e, sem dificuldades, lhe informaram que, em breve, ele viria. Não esperou mui-

238 Nos portos há normalmente um órgão de autoridade marítima responsável pela jurisdição de determinada região marítima. As capitanias cuidam do cumprimento das leis e regulamentos marítimo-portuários, sobretudo no que diz respeito à segurança de navegação.

239 Bairro que, no Rio de Janeiro, compreende desde a praça Mauá, na zona portuária, até quase o bairro da Gamboa, abrangendo, assim, uma parte litorânea da cidade e morros, como os da Conceição e Providência. Também já foi chamado de Valongo e de Prainha, nomes respectivos de duas áreas distintas dentro da grande extensão do bairro da Saúde. Aí se concentrava intensa atividade comercial de importação e exportação, de cabotagem e longo curso. Daí a grande presença de armazéns, trapiches e diques. No início do século XX, o comércio do café, mas também de outros produtos, como cal e madeira, representara fator decisivo para o progresso do bairro da Saúde.

to. Um homenzarrão forte, tostado, com um vestuário de marinheiro, chegou-se ao porteiro e perguntou:

— Quem é que me procura?

O porteiro apontou Meneses, sentado a um banco, e disse:

— É aquele senhor ali.

O irmão não deu muitos passos em sua direção; Meneses ergueu-se logo, correu-lhe ao encontro, perguntando:

— Você não me conhece mais?

— Não, senhor.

— Sou o seu irmão Juca.

Abraçaram-se muito, e o irmão Leopoldo foi dizer ao porteiro quem era e o que havia.

— Há trinta anos! — exclamou o porteiro. — Você devia ser muito criança — hein, Leopoldo?

O marinheiro respondeu:

— Devia ter cinco anos.

— É verdade — informou Meneses.

Leopoldo foi arranjar licença para acompanhar o irmão que não via há trinta anos: e Meneses ficou a conversar com o porteiro sobre coisas da roça.

— Ah! Então o senhor é engenheiro?

— Sim, mas mecânico. Trabalho, porém, com o nível e com o trânsito.

— Agora, deve haver muito trabalho para engenheiro;[240] vão-se fazer grandes obras... Aproveite, doutor!

240 No final do século XIX e, principalmente, no início do século XX nota-se o esforço pela construção de uma identidade que legitimasse o "doutor" em engenharia como uma categoria intelectual específica e dotada de grande prestígio social e simbólico. Com a Primeira República, tal prestígio só aumentaria, por conta da retórica progressista e dos inúmeros projetos de urbanização. O discurso dos engenheiros também se aproximou da doutrina positivista, muito em voga no Rio em fins do século XIX. Diversos engenheiros ganharam notoriedade e assumiram cargos políticos nesse período, como o prefeito Francisco Pereira

— Trago aqui uma carta para o deputado Sepúlveda. Tem influência?

— Muita! É o pensamento da política mineira... Não lhe deixe a aba do fraque, doutor!

A conversa foi interrompida pela chegada de Leopoldo, que obtivera a licença. Pelo caminho, porém, contou a Meneses como todos morreram; como ele se empregara na Capitania e casara a irmã com um colega, o Pedro Rocha, rapaz bom, bem-comportado, do qual tinha um sobrinho, Edmundo, com seis anos, e com o qual morava, na rua do Livramento.[241]

Chegando à casa do cunhado e do irmão, a sua irmã Etelvina, que ele deixara com sete ou oito anos, não o reconheceu; e, em breve, tendo-lhe chegado o marido, foi uma festa de que só não participou o sobrinho de seis anos, sempre de nariz sujo e vestes rotas, arredio e agarrado às saias da mãe, mas sem querer tomar a bênção ao tio.

A irmã logo convidou o irmão mais velho a ficar com eles. Havia um barracão no quintal, que, bem repara-

---

Passos. Por conta da ampla reforma urbana empreendida por ele, o engenheiro se converteu em grande figura simbólica a representar a nova modernidade. Deve-se destacar o papel do Clube de Engenharia, fundado em dezembro de 1880. Essa associação era composta por engenheiros formados pela Escola Politécnica, industriais, comerciantes e donos de firmas de construção civil. Lima Barreto fez ironia com a figura do engenheiro e com todas as aspirações que a cercavam. Vale destacar que o escritor foi obrigado a abandonar a Escola Politécnica em 1903, na qual ingressara em 1897, não concluindo o curso superior de engenharia. Em seus diários e cartas, não poucas vezes, e com frustração, refere-se às guinadas de sua vida, que fizeram com que, por conta da loucura do pai, fosse obrigado a largar os estudos e trabalhar como arrimo de família.

241 Rua que faz a ligação do bairro da Saúde ao da Gamboa, aberta em meados do século XVIII.

do, podia servir para Leopoldo, e o quarto deste ficaria para o Juca. Enquanto não estivesse em estado, ele teria a paciência de dormir com Leopoldo. Meneses aceitou o alvitre, dizendo:

— Se eu tenho que gastar em outra parte...

Logo foi interrompido por todos:

— Oh! Não, não, Juca!

— Não é esse motivo! — fez o cunhado.

— Não seja essa a dúvida, mano Juca.

Meneses ficou muito agradecido e acrescentou:

— Mesmo porque quero que um de vocês consiga meios e modos de falar ao doutor Sarmento Sepúlveda, na Câmara. Tenho uma carta para ele.

O cunhado logo exclamou:

— O quê! É um bicho.

Combinado tudo isto, Meneses instalou-se na casa dos parentes, com a sua mala e os seus ferros de dentista. Levou a carta do coronel Carvalho ao deputado, que o atendeu muito bem, perguntou-lhe pelas pessoas gradas do lugar onde estivera e deu-lhe outra para o chefe da construção da avenida. No dia seguinte, estava admitido. Ganhou dinheiro, não o guardou, mas, se assim foi, motivo não houve em desperdício de sua parte. O irmão em breve adoecia e morria; o cunhado seguia-se-lhe logo. Custeou o tratamento de ambos; e, quando foi dispensado da comissão da avenida,[242] pouco após a morte

242 Referência à Comissão Construtora da avenida Central, criada em 1903, durante o governo do prefeito Francisco Pereira Passos, e subordinada ao Ministério da Indústria, Viação e Obras Públicas. Tratava-se não apenas de uma obra de engenharia, como também de um dos maiores e mais importantes projetos do governo republicano em sua estratégia de "sanear" e "embelezar" a capital federal. A comissão era chefiada pelo engenheiro André Gustavo Paulo de Frontin (Rio de Janeiro, 1860-1934) e foi composta pelas primeiras gera-

de ambos, pouco ou nada tinha. A irmã ficara com uma pequena pensão mensal da Caixa dos Remadores,[243] cerca de trinta mil-réis, e um filho; e ele, com os seus ferros de dentista. É verdade que fizera uma pequena biblioteca de engenharia mecânica: *As grandes invenções*, de Luís Figuier;[244] *As maravilhas da ciência*, de Tissandier;[245] manuais de toda a sorte de ofícios e recortes de jornais que tratavam de coisas científicas ou parecidas, colados

---

ções de urbanistas que atuaram nas cidades brasileiras. Paulo de Frontin encabeçou tal empresa, que pode ser considerada a primeira intervenção maciça do Estado na reorganização do espaço urbano. A construção da avenida Central, atual avenida Rio Branco, nos primeiros anos do século XX, processou-se entre 1903 e 1906.

243 Provável referência à pensão adquirida por herdeiros por associação mutualista.

244 Guillaume Louis Figuier (1819-94) foi cientista, escritor e professor francês. Tornou-se conhecido à época como autor de muitas obras importantes de divulgação científica, entre elas *Les grandes inventions anciennes et modernes*, publicada em 1861. Lima Barreto possuía relação especial com essa obra. Sua mãe, Amália Augusta, professora primária, lhe ensinara as primeiras letras, mas depois da sua morte, em março de 1888, ele foi aluno de uma escola pública. Após a morte da mãe, sua família mudou-se do bairro de Paula Matos, no subúrbio, e foi residir na rua do Riachuelo, na esquina da rua do Resende. Estudou numa escola regida por dona Teresa Pimentel do Amaral, na rua do Resende, 143-A. Em novembro de 1890, Lima Barreto recebeu de sua professora, como prêmio escolar, um exemplar de *As grandes invenções*, de Luís Figuier.

245 Gaston Tissandier (1843-99), aeronauta, cientista, escritor e historiador francês. Foi um dos fundadores da famosa revista de divulgação científica *La Nature*, em 1873. Lima Barreto tinha, ele próprio, boa biblioteca dedicada a temas diversos, como história, belas-letras e filosofia, reservando grande espaço para obras de engenharia.

em cadernos encadernados.[246] Dessa biblioteca, nunca se separou; e, conquanto já bebesse, com o tempo, os desgostos e a miséria atraíram-no mais para o álcool,[247] e o furor de beber o tomou inteiramente. A toda hora, naquele casebre dos subúrbios, onde morava com a irmã e o palerma do sobrinho, ele esperava, adivinhava, construía uma catástrofe que lhe devia cair sobre os ombros; e essa visão de uma próxima catástrofe na sua vida entibiava-lhe[248] o ânimo, descoroçoava-o[249] e pedia-lhe para afastar — a bebida. Na rua, se só, era a mesma coisa. Só a tinha longe dos olhos, quando de súcia[250] com outros.

Contudo, apesar das duras necessidades que curtia, com a irmã e o filho desta, jamais ato algum de sua vida

246 Lima Barreto possuía a prática de recortar artigos, poemas e crônicas de jornais e revistas, publicações suas e de outros homens de letras, colando-as em folhas, reunindo-as com seus manuscritos, formando encadernados que iam compondo seu arquivo pessoal e sendo mantidos juntos à sua biblioteca, a Limana, como comprova o inventário feito pelo próprio Lima Barreto, em 1917 (*A vida de Lima Barreto*, p. 375). Nesse inventário, um desses manuscritos foi assim intitulado: "*Clara dos Anjos*, romance meu (inédito e incompleto) 1904". Muitos desses encadernados foram achados por Francisco de Assis Barbosa na casa de Lima Barreto, em Todos os Santos, mais de vinte anos depois da morte do escritor. Em 1949, Francisco de Assis Barbosa recolheu o acervo do escritor, que foi vendido para a Biblioteca Nacional. Analisando seus papéis pessoais percebe-se que tal prática de recortes de jornais havia sido adquirida do próprio pai, que tinha como hobby a mesma atividade.

247 O escritor confere a essa personagem duas situações próximas de sua própria biografia: o apreço dileto por sua biblioteca e a experiência de escape proporcionada pelo consumo de bebida alcoólica.

248 Esfriava-lhe, diminuía sua energia.

249 Perder o ânimo ou a coragem.

250 Corja, malta, agrupamento de pessoas de má índole.

incidira na censura de sua consciência. O pouco dinheiro que os ferros lhe davam ou os amigos era empregado no sustento deles, pois a casa era paga com a pensão de Etelvina, a irmã.

Cassi, para vencê-lo, para ladeá-lo, tinha imaginado o plano de, aos poucos, pô-lo a seu dispor, prendê-lo de pés e mãos, como se diz, sem ele perceber.

Sabendo onde encontrá-lo à noite, nessa mesma de dia em que soube, procurou-o. Meneses estava triste a um canto, lendo um jornal, com um cálice vazio ao lado.

O homem das modinhas chegou-se e, sem dizer palavra, foi se abancando:

— Boa noite, doutor!

— Boa noite, "seu" Cassi — fez Meneses, erguendo a cabeça do periódico.

— Que há de novo, por aí? Trabalha-se muito?

— Alguma coisa. Agora, as coisas me correm melhor. O Joaquim dos Anjos deu-me os dentes da filha a tratar, e ele, embora pouco, sempre me paga pontualmente. É um alívio!

— O doutor é um sonhador. Tem sido explorado...

— Nem tanto. Quando fiz aquele trabalho para uma de suas irmãs, fui muito bem pago. A minha dificuldade é não ser formado; demais, não tenho roupas... Às vezes, "seu" Cassi, para arranjar esses sapatos de duraque[251] que uso, por não poder usar outros, suo sangue e faço das tripas coração...

— Paciência, doutor. Tome alguma coisa — fez Cassi amável.

Meneses aceitou e disse amargamente:

— Estou com setenta anos e não sei o que fiz na vida.

Cassi regozijava-se, intimamente pensando: o homem está cheio de dificuldades.

251 Espécie de tecido forte e resistente que se aplica especialmente no revestimento de calçados baratos.

— Não desanime. O capitão Sebastião, aquele da Prefeitura, há dias me disse que ia precisar de um dentista modesto para consertar os dentes de um filho, que, na “muda”,[252] deixou acavalar. É pouca coisa, mas, talvez, daí...

— Aceito tudo...

— Outra coisa, doutor Meneses.

— Que há?

— O senhor se dá muito com o Leonardo Flores, o poeta?

— Muito. Por quê?

— É que eu queria uns versos...

Meneses não escondeu o espanto, que Cassi percebeu, e, sem dissimular, procurou explicar-se melhor:

— É coisa séria. Não há compromisso nenhum para os senhores... Eu daria alguma coisa até!...

— É que o senhor não sabe como o Flores é orgulhoso. Dentro daquela sujeira toda, esfarrapado, alagado de cachaça, ele é um deus; e não lhe toque em coisas de poesia, porque senão...

— Sei bem; mas sei também que o senhor tem grande influência sobre ele. Veja se me arranja? Olhe, doutor, não é para afrontar; tem aqui dez mil-réis para as primeiras despesas. Cinco são para o senhor e cinco para ele.

— Não é preciso — disse Meneses, já um tanto convertido.

A sua miséria lhe falava. Não havia quebra de honestidade, tanto mais que não se tratava de injúrias e insultos a ninguém.

— Não, doutor; leve, leve! Tudo deve ser pago. Não é preciso grande coisa; bastam uns versos amorosos, mas delicados e finos, morais — está ouvindo, doutor?

Cassi foi-se, depois que Meneses prometeu arranjar a versalhada.[253] Já passavam das sete horas, e, logo que o

252 Termo de época para mencionar a troca de dentes.
253 Conjunto de versos ou versos malfeitos.

violeiro desapareceu, o dentista levantou, foi a um ângulo do balcão e disse para o caixeiro, dando-lhe a nota de dez mil-réis que havia recebido das mãos de Cassi:

— Paga aqueles seiscentos réis que estou devendo e me dá mais outra "lambada".[254]

Tomou-a e voltou a sentar-se na mesa. Comprou num jornaleiro os jornais da noite e foi se deixando ficar, levantando-se, de quando em quando, para sorver às escondidas um "calisto".[255] Aí, pelas proximidades das dez horas, sobraçando[256] um maço de jornais, encaminhou-se para casa, no firme intuito de dar cumprimento à promessa que fizera a Cassi. A casa era um tanto longe, pelos bons caminhos; mas, cortando-se caminhos desertos, subindo e descendo morros, chegava-se a ela com mais presteza.

Não hesitou e tomou os atalhos, que conhecia bem; e, quase por instinto, os seguia até à sua residência. Ficava esta numa campina nua; e só era cercada na frente, toscamente, e, do lado direito, graças ao vizinho. Tinha um cajueiro mofino, que disfarçava a casinha e dava uma escassa sombra à torneira d'água, onde a irmã lavava roupa, de casa e de fora. De onde em onde, Meneses cismava em plantar algumas árvores de rápido crescimento, para sombra; mas lá vinham os cabritos da vizinhança e matavam-lhe os brotos. A muito custo, conseguiu fazer um caramanchão tosco com que ensombrasse a sala de jantar, onde dormia, e que se prestasse a cozinha, nos dias normais. A casa só tinha dois aposentos iguais, que se comunicavam por uma porta. Não fora a rua, não teria frente

254 Dose ou gole de bebida alcoólica.
255 A palavra "calisto" é empregada para designar uma pessoa cuja presença, durante uma partida de um jogo, é normalmente sinal de má sorte. O autor emprega esse sentido para se referir à bebida alcoólica.
256 Sustentando, amparando.

nem fundos, tão semelhantes eram essas extremidades dela. A irmã habitava o aposento da frente, dividido por uma cortina, que corria do portal da porta interior até ao da que dava para a rua. Era de telha-vã e de chão.

Chegou em casa e comeu o feijão e arroz com pirão de fubá de milho, que a irmã lhe guardava sempre. Fez isto à luz de um "vagabundo", espécie de lanterna, de querosene, reduzida aos seus últimos elementos. Bebeu dois ou três cálices de parati, pois sempre o tinha em casa; e estirou-se num velho canapé, com um fundo de tábuas de caixões, acolchoado com jornais. A roupa, ele a tinha tirado com todo o cuidado e com todo o cuidado depositado na guarda de uma cadeira de pau, a única existente na casa. A mesa de pinho, uma carcomida velha mesa de cozinha, tomava o resto do aposento; e, nela, roncava o palerma do sobrinho. Cobriu-se com uma manta, feita de metades de duas outras, e dormiu serenamente.

Logo pela manhã, no dia seguinte, a irmã despertou-o assustada:

— Juca! Juca!

— Que é mulher? Não se pode dormir mais nesta casa...

Depois, mudando de tom:

— Que há, Etelvina?

— Precisamos de açúcar, café, e já devemos ao padeiro seiscentos réis.

— Você vai ao bolso do colete e tira de lá todas as pratas e níqueis que encontrares. Deixa só quatrocentos réis. Julgo que deve haver uns três mil e tantos a quatro mil-réis. Fica com tudo. Dá-me um cálice, aí!

A irmã não parecia mais moça do que ele quinze anos. Era velha, encarquilhada, magra, quase desdentada, cabelos completamente brancos, toda ela respirando cansaço e desânimo.

Ela chamou o filho — Edmundo! — que logo apareceu. Mole, bambo, a muito custo aprendera a ler e a rabiscar, a esforços do tio; mas não ficava em lugar nenhum. Tal era a sua inércia e moleza, que logo era despedido. O seu ofício era caçar preás, rãs, para vender aos estrangeiros da "fábrica", apanhar passarinhos e, de onde em onde, ajudar a fazer pescarias, no porto de Inhaúma.

A mãe, com o produto de suas pobres lavagens para fora, era afinal quem o vestia, porque ele bebia tudo o que ganhava, mas raramente tocava na garrafa que o tio tinha em casa e não trazia bebida para casa, absolutamente.

Tendo Etelvina servido o irmão de parati, este verificou que a garrafa continha pouco e, à nota das compras a fazer, mandou que juntasse mais meia garrafa de aguardente. A que restava, passou-a para um vidro de farmácia.

A irmã não se conteve, que não exclamasse:

— Ah! Santo Deus! Esse parati é uma desgraça...

— Não há dúvida, mana; mas, agora, não posso mais parar, senão morro... Olha o jornal! — gritou ele para Edmundo.

— Sim, titio — respondeu-lhe o sobrinho, do meio da rua.

Como também tivesse pressa em tomar café, Edmundo fez prestamente as compras. A fogo de gravetos, em breve o café estava pronto. Meneses, a irmã e o sobrinho tomaram-no em redor da mesa; ela, sentada na cadeira, e eles, no velho canapé.

Bebericando e lendo o jornal, o velho dentista deixou-se ficar deitado. Era dia santo, quase feriado, dia de ponto facultativo — que iria fazer? Lembrou-se de procurar Leonardo Flores. Era a sua obrigação. Almoçaria e iria até à casa dele. Assim fez. Encaminhou-se imediatamente para a casa de Leonardo Flores, que não ficava muito longe, pela Estrada Real, em cujas margens residiam ele e sua irmã Etelvina com o filho.

Em lá chegando, foi recebido pela mulher, dona Castorina, que o fez entrar. Estava avelhantada, gasta, já não pela idade, que não podia ser ainda de cinquenta anos, mas pelos trabalhos por que tinha passado com o marido, mais do que com os próprios filhos. Nunca se lhe ouviu um queixume, nunca articulou uma acusação contra Flores. Sofria todos os desmandos do marido com resignação e longanimidade.[257] Esse seu gênio, esse seu temperamento de doçura e perdão em face da exaltação, da exacerbação, até quase delírio, do marido, fizera que este produzisse o que produziu. Não fora ela, aquela pequena mulata, magra, de olhos negros e tristes, rindo-se sempre com uma profunda expressão de melancolia; não fora aquela humilde mulatinha, que estava ali defronte de Meneses, talvez Flores não fizesse nada. Este sabia disso e a amava, apesar de tudo o que pudesse depor contra eles, e ela tinha, no fundo d'alma, apesar dos desregramentos do seu marido, um grande orgulho de sua Glória.

Dona Castorina informou-o que Leonardo havia saído, para visitar um amigo, em companhia de um filho; e talvez passasse o dia em casa dele. Meneses ainda conversou um pouco, tomou dois cálices de parati de Mangaratiba, que um filho seu, auxiliar de trem, trouxera para o pai.

Na hipótese — e muito plausível, consoante o gênio de Leonardo — de que ele houvesse parado na venda do "seu" Nascimento, foi até lá. Não o encontrou e saiu com a consciência dolorida pelo que ouvira da boca de Marramaque, de Alípio e demais.

Teve remorso e vergonha do que estava fazendo? Para que iria ele, arranjando aqueles versos, contribuir? Dirigiu-se para o Engenho de Dentro, a ver se encontrava alguém com quem conversar e disfarçar aquele começo de acusação, que, à sua fraqueza, se debuxava na sua consciência. Encontrou um grupo de rapazes da estrada

257 Resignação, paciência.

de ferro, que eram sempre generosos com ele. Estavam ruidosos e contentes. Meneses sentou-se na roda, mas não houve meio de despregar a língua.

— Que é isto, Meneses? Bebe! — fez um.

Ele bebia, mas o espinho não saía. Conversava afinal um pouco. Num dado momento, vendo que era demais na conversa com a sua tristeza e o seu arrependimento reprimido, despediu-se. Um lhe perguntou:

— Vais para casa? Tens dinheiro?

Ele respondeu:

— Vou já para casa; mas dinheiro não tenho.

Os rapazes fizeram-lhe um rateio, que perfez dois mil-réis; e, quando saía, um outro, levantando os braços, de um dos quais pendia uma antiquada bengala de cerejeira, gritou para o caixeiro:

— Antunes, dá uma garrafa de "cachaça" — "cachaça", estás ouvindo? — "cachaça"! — dá uma garrafa de "cachaça" para o nosso querido Meneses espantar as suas mágoas.

Quando Meneses apareceu em casa, a irmã foi-lhe logo dizendo:

— Juca, foi bom você aparecer. Estou sem dinheiro para carvão, farinha e querosene. O que você deu não chegou... Fui comprar carne-seca — lá se foi todo o dinheiro.

O velho Meneses, semiembriagado, já sem decidir perfeitamente, tirou os cinco mil-réis que estavam escondidos na algibeira e destinados a Flores, juntou mais dez tostões e disse para a irmã:

— Tens aí seis mil-réis até segunda-feira. Mana, você até lá não tem direito de me pedir mais dinheiro. Hoje é sexta-feira, temos sábado e domingo garantidos.

Bebeu um cálice do parati que trouxera, deitou-se e tentou ler os jornais que os rapazes lhe deram; mas não pôde. O sono o tomou até à hora do jantar. Quando abriu os olhos e se lembrou de ter dado os cinco mil-réis, destinados a Flores, em troca de versos, aborreceu-se um pouco; mas pensou e fez de si para si: Eu me arranjo. Comeu bem e, enquanto houve luz do sol, leu e releu os jornais que tinha; quando veio a noite, continuou a lê-los, sempre bebericando aguardente.

No dia seguinte, logo que amanheceu, ainda não se havia feito o dia totalmente, foi até à bica, lavou-se quase inteiramente, aproveitando a escuridão, preparou o café, tomou uma xícara, seguida de alguns cálices de parati, e pôs-se na rua antes das sete horas. Era ainda cedo para ir à casa de Leonardo Flores. Foi à estação, comprou um jornal, leu-o e seguiu para a residência do amigo. Flores já se encontrava de pé e quase todos de casa. Recebeu-o vestido com uma calça velha e de camisa de meia. Estava escrevendo. Ao se lhe deparar o amigo, olhou-o muito demoradamente; e, em seguida, fazendo com os braços um gesto perfeitamente teatral, inclinando para trás a cabeça e estufando o peito, conforme o consagrado na ribalta para encontros sensacionais, falou com voz cava e solene:

— Tu, Meneses! És tu, Pítias[258] da minha alma! Notícias há muitos sóis que não hei recebido de ti. Entra neste solar amigo e repousa a fadiga da jornada naquela credência de Córdova que o Abd-El-Málek,[259] caído do Atlas,[260]

258 Nome da sacerdotisa do deus grego Apolo, em Delfos, por meio da qual a divindade proferia seu oráculo. Lima Barreto usava com frequência esse tipo de referência histórica um tanto retórica, que, como veremos, será prontamente ironizada no próprio romance.
259 Abd-Al-Malik Ibn Marwan (646-705), quinto califa omíada, de 685 a 705, que restabeleceu a unidade do Império Muçulmano.
260 Nome do gigante que, na mitologia grega, tendo tomado partido dos Titãs na luta contra os outros deuses olimpianos, foi condenado por Zeus a sustentar o mundo sobre os ombros.

me mandou de Marrocos e foi do último rei de Granada, Boabdil,[261] que chorou...

— Flores, estás discursivo demais... — disse Meneses, sentado na tal credência de Córdova, que não era nada mais do que uma vulgar cadeira austríaca de palhinha.

— Bebe tu agora o licor de boa amizade. É produto genuíno das minhas terras solarengas e avoengas de Mangaratiba.

Tomaram o "licor de boa amizade"; e, após, o poeta, falando em tom natural, perguntou ao amigo:

— Como vais, Meneses?

— Assim; e tu?

— Às vezes, bem; às vezes, mal — conforme a lua. Já tomaste café?

Embora dissesse que sim, Flores teimou em servir-lhe outra xícara, que foi buscar à cozinha. A sala de visitas era a mesma de há vinte anos. Tinha resistido a todas as mudanças e todas as despesas. Um sofá austríaco, velho, esburacado; duas cadeiras de braço da mesma marca, um trio de cadeiras de todos os feitios. Pela parede, além de outros, um magnífico retrato a óleo de pintor, feito por uma celebridade, quando nos seus começos. Uma velha estante de ferro com brochuras espandongadas e uma mesa furada com toalha de aniagem, bordada a lã de várias cores. Tinteiro, canetas e o mais para escrever.

Flores voltou com as xícaras cheias, pão e manteiga. Depositou tudo na mesa e sentou-se. Meneses notava com admiração que o amigo não dava nenhum sinal de

261 Nome pelo qual Abu Abd Allah (1460-1527) é conhecido no Ocidente. Foi o último rei de Granada, de 1482 a 1483 e de 1486 a 1492, até ser derrotado pelos Reis Católicos. Interessante notar como, por meio desse tipo de sequência de referências históricas, sempre bem aplicadas, Lima Barreto gostava de mostrar sua erudição na matéria.

desequilíbrio, nem de embriaguez. Isso fez-lhe prazer e, pondo-se a tomar café, perguntou-lhe:

— Flores, tu ainda fazes versos?

— Bárbaro que tu és! Pois então tu podes imaginar que eu, Leonardo Flores, deixe de fazer versos? Eu vivo de versos e no verso. Minha cabeça é um poema, interminável, que minh'alma ritima soberbamente. Não sei outra língua, senão a divina das Musas... Contraria-me falar como estou falando...

Calou-se um pouco e ambos sorveram o café a grandes goles, mastigando grandes pedaços de pão com manteiga. Flores cessou de mastigar e perguntou:

— Por que tu me perguntaste se eu ainda fazia versos?

Ingenuamente, Meneses respondeu:

— Tinha encomenda deles a fazer-te.

— O quê? — fez indignado Flores, erguendo-se, num só e rápido movimento, da cadeira, e deixando a xícara sobre a mesa. — Pois tu não sabes quem sou eu, quem é Leonardo Flores? Pois tu não sabes que a poesia para mim é a minha dor e é a minha alegria, é a minha própria vida? Pois tu não sabes que tenho sofrido tudo, dores, humilhações, vexames, para atingir o meu ideal? Pois tu não sabes que abandonei todas as honrarias da vida, não dei o conforto que minha mulher merecia, não eduquei convenientemente meus filhos, unicamente para não desviar dos meus propósitos artísticos? Nasci pobre, nasci mulato, tive uma instrução rudimentar, sozinho completei-a conforme pude; dia e noite lia e relia versos e autores; dia e noite procurava na rudeza aparente das coisas achar a ordem oculta que as ligava, o pensamento que as unia; o perfume à cor, o som aos anseios de mudez de minha alma; a luz à alegoria dos pássaros pela manhã; o crepúsculo ao cicio[262] melancólico das cigarras — tudo isto eu fiz com sacrifício de coisas mais

262 Barulho brando.

proveitosas, não pensando em fortuna, em posição, em respeitabilidade. Humilharam-me, ridicularizaram-me, e eu, que sou homem de combate, tudo sofri resignadamente. Meu nome afinal soou, correu todo este Brasil ingrato e mesquinho; e eu fiquei cada vez mais pobre, a viver de uma aposentadoria miserável,[263] com a cabeça cheia de imagens de ouro e a alma iluminada pela luz imaterial dos espaços celestes.[264] O fulgor do meu ideal me cegou; a vida, quando não me fosse traduzida em poesia, aborrecia-me. Pairei sempre no ideal; e se este me rebaixou aos olhos dos homens, por não compreender certos atos desarticulados da minha existência; entretanto, elevou-me aos meus próprios, perante a minha consciência, porque cumpri o meu dever, executei a mi-

263 Temos aqui mais um ponto que aproxima a experiência literária da personagem à do próprio Lima Barreto. Também Lima Barreto foi aposentado, após catorze anos, três meses e doze dias, como amanuense da Secretaria do Ministério da Guerra (*A vida de Lima Barreto*, p. 408). "Fui aposentado por decreto de 26-12-1918. Presidente da República, vice em exercício, Delfim Moreira, e ministro da Guerra, Alberto Cardoso de Aguiar" (*Diário íntimo*), conforme informa em anotação sua, de 1918. Continuou, contudo, a colaborar, de forma ativa, com crônicas e artigos em jornais e revistas cariocas até o fim da sua vida.

264 A confissão de Leonardo Flores remonta às condições que eram oferecidas aos indivíduos que, no Brasil de inícios do século XX, pretendiam viver da sua pena, como escritores. O Código Penal de 1890 e a Constituição de 1891 garantiam a proteção ao direito autoral. O primeiro estatuto civil regulamentando esse direito no Brasil foi promulgado em 1º de agosto de 1898, com a Lei nº 496. Até mesmo em seu contexto, essa lei foi considerada conservadora e de atuação restrita. Nesse período era recorrente a manifestação, por parte dos escritores, de grande descontentamento com a política editorial e diante das insatisfatórias garantias de remuneração.

nha missão: fui poeta! Para isto, fiz todo o sacrifício. A Arte só ama a quem a ama inteiramente, só e unicamente; e eu precisava amá-la, porque ela representava não só a minha Redenção, mas toda a dos meus irmãos, na mesma dor. Louco?! Haverá cabeça cujo maquinismo impunemente possa resistir a tão inesperados embates, a tão fortes conflitos, a colisões com o meio tão bruscas e imprevistas? Haverá?

Flores havia falado até agora de pé, no meio da sala, sublinhando tudo com grandes e largos gestos e modulando a voz conforme a paixão lhe tocava. Fatigou-se, calou-se um pouco, cruzou os braços adiante do corpo, enterrou o queixo pontiagudo e barbado no peito e, assim, sempre calado, ficou instantes a sacudir levemente a cabeça, um tanto virada para a esquerda, olhando o amigo desoladamente. Era ele pardo-claro[265] e cabelos negros e lisos, com abundantes fios brancos; tinha malares salientes e a boca bem-feita. Altura média. Diante da explosão do amigo, Meneses não encontrou nada que dizer. Calou-se prudentemente e evitou o olhar de Flores, onde este lhe censurava e, ao mesmo tempo, se apiedava pela incompreensão que não podia existir num velho amigo, tal como Meneses, pela verdadeira natureza e poder do seu estro e pelo seu ardor artístico.

265 Lima Barreto fazia questão de distinguir nos seus escritos a tonalidade da pele das pessoas descritas. Também seus personagens eram enriquecidos com esse elemento considerado, também por ele, decisivo para o posicionamento social na hierarquia da sociedade brasileira. Também o próprio escritor foi analisado para determinação de sua cor. Durante o primeiro ingresso no Hospital Nacional de Alienados, em 1914, no prontuário do Pavilhão de Observações, o campo "cor" foi preenchido com "branco". Já na segunda internação, quatro anos depois, o prontuário continha "pardo". Tal imprecisão demonstra a mobilidade e o caráter fluído da classificação racial no país.

Leonardo, com menos paixão e entusiasmo, continuou:

— Sim, meu velho Meneses, fui poeta, só poeta! Por isso, nada tenho e nada me deram. Se tivesse feito alambicados jeitosos, colchas de retalhos de sedas da China ou do Japão, talvez fosse embaixador ou ministro; mas fiz o que a dor me imaginou e a mágoa me ditou. A saudade escreveu e eu translado, disse Camões; e eu transladei, nos meus versos, a dor, a mágoa, o sonho que as muitas gerações que resumo escreveram com sangue e lágrimas, no sangue que me corre nas veias. Quem sente isto, meu caro Meneses, pode vender versos? Dize, Meneses!

— Não. Deve sempre assiná-los.

— Pois eu não vendo, passe por que passar. Sofram, sonhem e bebam cachaça, se os quiserem fazer. Isto não será bastante — disse ele com melancolia — é preciso ter nascido como eu, ter perdido todos os seus irmãos na pobreza e ter um, há vinte anos, atacado da mais estúpida forma de loucura,[266] para os poder fazer. Isto, porém,

266 Outra aproximação do escritor e da sua personagem no que toca seus próprios sofrimentos pessoais e familiares. Leonardo Flores cita um irmão que há vinte anos fora acometido pela loucura. Lima escreve essa versão de *Clara dos Anjos* em 1922, exatos vinte anos da primeira crise de delírio que teve seu pai, João Henriques de Lima Barreto, em agosto de 1902. O prontuário de observação da segunda internação psiquiátrica do escritor registra: "Pai vivo, aposentado no serviço da administração das Colônias de Assistência a Alienados; há dezoito anos não sai de casa, preso de psicastenia ou lipemania, como informa o examinado" (*A vida de Lima Barreto*, p. 370). Essa demência consumiu o pai de Lima Barreto até a sua morte, em 1922, dois dias após a morte do escritor. O tema da loucura é uma constante na obra de Lima Barreto. Até 1922, Lima Barreto já havia sido internado no Hospital Nacional de Alienados duas vezes — em 1914 e 1918. Contudo, desde cedo tivera contato com essa presença perturbadora em sua vida. Inicialmente, devido ao trabalho do seu pai nas Colônias de

ninguém pode obter por sua própria vontade. Bendito seja Deus!

Sentou-se com os olhos úmidos, tomou uma "talagada" do "Mangaratiba" e dispôs-se a escrever, recomendando ao amigo:

— Deita-te no sofá e lê os jornais, enquanto escrevo alguma coisa, até o "ajantarado".

Meneses assim fez. Veio a dormir e, quando despertou, ficou admirado da amplitude da sala e ter as pernas livres. Sonhara que estava preso e acorrentado...

Alienados na Ilha do Governador, primeiro como almoxarife e depois como administrador. Depois, conviveu com o delírio que acometeu o próprio pai. Sem dúvida, a convivência prolongada com o pai na mesma casa, em Todos os Santos, impressionou bastante o escritor, a ponto de ele legar uma série de anotações. "Meu pai, ambulante, leva a vida imerso na sua insânia", escreveu em janeiro de 1904. Um ano depois, o mesmo lamento: "Perdi a esperança de curar meu pai! Coitado, não lhe afrouxa a mania que, cada vez mais, é uma só, não varia: vai ser preso; a polícia vai matá-lo; se ele sair à rua, trucidam-no. Coitado, o seu delírio cristalizou-se, tomou forma. Pobre de meu pai! Uma vida cheia de trabalhos, de afanosos trabalhos, acabar assim nesse misterioso sofrimento que me compunge!" (*A vida de Lima Barreto*, p. 366).

VIII

Um dos traços mais simpáticos do caráter de Joaquim dos Anjos era a confiança que depositava nos outros, e a boa-fé. Ele não tinha, como diz o povo, malícia no coração. Não era inteligente, mas também não era peco;[267] não era sagaz, mas também não era tolo; entretanto, não podia desconfiar de ninguém, porque isso lhe fazia mal à consciência. Não se diga que, às vezes, não recebesse certos conhecimentos com reservas e cautelas; tal coisa, porém, era raro, e gracioso era estar já prevenido de antemão com o sujeito. Em geral, fosse quem fosse, ele acolhia com simpatia, de braços abertos. Na sua simplicidade, a maldade, a má-fé, a perversidade, a duplicidade dos homens lhe pareciam coisas tão raras, tão difíceis de medrar numa criatura de Deus, que só topariam com elas os que lhes andassem à procura, para estudos e coleções.

A sua vida se havia desenvolvido até ali na maior boa-fé e, como houvesse sido feliz, no seu ponto de vista, os seus cinquenta anos julgavam o mundo como um reino de paz, de concórdia, de honestidade e lealdade, apesar das notícias de jornais.

Jamais lera jornais habitualmente. Se tomava um e tentava ler qualquer coisa, logo lhe vinha o sono. Tudo

267 Desprovido de inteligência, tolo.

que não viesse ferir-lhe o ouvido, não suportava e não lhe ia à inteligência. Não compreendia um desenho, uma caricatura, por mais grosseira e elementar que fosse. Para que pudesse receber qualquer sensação duradoura e agradável, era-lhe preciso o "som", o "ouvido".

Música, desde que fosse aquela a que estava habituado, encantava-lhe; canto, mesmo acima da trivial modinha, arrebatava-o; versos, quando recitados, apreciava muito; e um grande discurso, cujos primeiros períodos ele não seria capaz de lê-los até ao fim, entusiasmava-o, fosse qual fosse o assunto, desde que o dissesse grande orador. Era pobre de visão e o funcionamento do seu aparelho visual era limitado às necessidades rudimentares da vida.

Conquanto razoavelmente empregado, nunca deixara a música. Não tocava em bandas nem em orquestras; mas tirava partes, instrumentava, compunha de quando em quando, ganhando algum dinheiro com isso. Todas as tardes, após o serviço, reunia-se com outros músicos militantes, bebericavam, conversavam, falavam sobre a "Arte", as orquestras de cinemas,[268] a música de tal peça ou daquela outra, relembrava colegas mortos; e, às seis horas, por aí assim, encaminhava-se para a casa, sempre com um rolo de papel de música.

Trabalhava nas encomendas, após o jantar. Punha-se de calças e camisa de meia, nos dias quentes, ou com um paletó velho, nos frios, e enfronha-se nos compassos, nos sustenidos, nos acordes, até alta noite. Tinha ensinado à filha os rudimentos da arte musical e a caligrafia respectiva. Não lhe ensinara um instrumento, porque só queria piano. Flauta não era próprio, para uma moça; violino era agourento, e o violão era desmoralizado e

268 Muitas vezes, as apresentações de cinema mudo eram acompanhadas por orquestras de músicos.

desmoralizava.[269] Os outros que o tocassem, sem música ou com ela; sua filha, não. Só piano, mas não tinha posses para comprar um. Podia alugar, mas tinha que pagar professora para a filha. Eram duas despesas com que não poderia arcar. O rendimento da música não era coisa certa; e os seus vencimentos tinham emprego obrigado no vestuário seu, da mulher e da filha, no armazém etc. etc.

Por isso, não levou avante os estudos musicais da filha, os quais, por falta de convivência e tempo, não passaram da pouca coisa que ele podia ensinar. Mesmo ela não tinha nenhum ardor musical, nem de repetir, de reproduzir, nem de criar; aprazia-lhe ouvir, e era o bastante para a sua natureza elementar. Nem a relativa independência que o ensino da música e piano lhe poderia fornecer, animava-a a aperfeiçoar os seus estudos. O seu ideal na vida não era adquirir uma personalidade, não era ser ela, mesmo ao lado do pai ou do futuro marido. Era constituir função do pai, enquanto solteira, e do marido, quando casada. Não imaginava as catástrofes imprevistas da vida, que nos empurram, às vezes, para onde nunca sonhamos ter de parar. Não via que, adquirida uma pequena profissão honesta e digna do seu sexo, auxiliaria seus pais e seu marido, quando casada fosse. Ela tinha bem perto o exemplo de dona Margarida Pestana, que, enviuvando, sem ceitil, adquirira casa,

269 O instrumento fazia parte da composição da figura do malandro, além da indumentária, do gênero da modinha e da fama. Já o violão passava a ter um significado social paralelo. Sua presença era associada ao risco da "desmoralização". O texto demonstra que o carteiro Joaquim dos Anjos compactuava com o pensamento da época e não permitiria que sua filha desfrutasse do aprendizado do violão. Ainda mais as moças casadoiras deveriam ficar apartadas dessa prática musical, muito associada ao descaminho.

fizera-se respeitada e ia criando e educando o filho, de progresso em progresso, fazendo tudo prever que chegaria à formatura ou a coisa parecida.

A muito custo, devido às insistências de dona Margarida, consentira em ajudá-la nos bordados, trabalhados para fora, com o que ia ganhando algum dinheiro. Não que ela fosse vadia, ao contrário; mas tinha um tolo escrúpulo de ganhar dinheiro por suas próprias mãos. Parecia feio a uma moça ou a uma mulher.

Clara era uma natureza amorfa, pastosa, que precisava mãos fortes que modelassem e fixassem. Seus pais não seriam capazes disso. A mãe não tinha caráter, no bom sentido, para o fazer; limitava-se a vigiá-la caninamente; e o pai, devido aos seus afazeres, passava a maioria do tempo longe dela. E ela vivia toda entregue a um sonho lânguido de modinhas e descantes, entoadas por sestrosos cantores, como o tal Cassi e outros exploradores da morbidez do violão. O mundo se lhe representava como povoado de suas dúvidas, de queixumes de viola, a suspirar amor. Na sua cabeça, não entrava que a nossa vida tem muito de sério, de responsabilidade, qualquer que seja a nossa condição e o nosso sexo. Cada um de nós, por mais humilde que seja, tem que meditar, durante a sua vida, sobre o angustioso mistério da Morte, para poder responder cabalmente, se o tivermos que o fazer, sobre o emprego que demos a nossa existência. Não havia, em Clara, a representação, já não exata, mas aproximada, de sua individualidade social; e, concomitantemente, nenhum desejo de elevar-se, de reagir contra essa representação.[270] A filha do carteiro, sem ser le-

270 Mais um trecho em que o autor, onisciente, interrompe a narrativa para fazer um julgamento moral sobre a personagem principal. Clara dos Anjos recebera educação esmerada, talvez próxima daquela dada a uma moça branca e de família abastada. Contudo, a mesma educação permitiu sua passivi-

viana, era, entretanto, de um poder reduzido de pensar, que não lhe permitia meditar um instante sobre o seu destino, observar os fatos e tirar ilações e conclusões. A idade, o sexo e a falsa educação que recebera, tinham muita culpa nisso tudo; mas a sua falta de individualidade não corrigia a sua obliquada visão da vida. Para ela, a oposição que, em casa, se fazia a Cassi, era sem base. Ele tinha feito isto e aquilo; mas — interrogava ela — quem diria que ele fizesse o mesmo em casa de seu pai?

Seu pai — pensava ela — estava bem empregado, relacionado, respeitado; ele, portanto, não seria tão tolo, que fosse desrespeitar uma família honesta, que tinha por chefe tal homem. De resto, esses rapazes não são culpados do que fazem; as moças são muito oferecidas...

Com raciocínios desse jaez e semelhantes, Clara, na ingenuidade de sua idade e com as pretensões que a sua falta de contato com o mundo e capacidade mental de observar e comparar justificavam, concluía que Cassi era um rapaz digno e podia bem amá-la sinceramente.

O padrinho, Marramaque, parecia-lhe seu inimigo. Sempre que podia, contava mais uma proeza, mais uma falcatrua de Cassi. Não lhe cansava o assunto.

Clara até tinha, às vezes, vontade de dizer a seu padrinho: "Padrinho, esse Cassi deve ser muito rico, porque compra a polícia, a justiça, para não ser preso. Olhe: se ele fosse condenado pela metade dos crimes que o senhor lhe atribui, estaria já na cadeia, por mais de trinta anos".

---

dade e alheamento sobre os limites que a cor da sua pele lhe impunham. A educação não era vista por Lima Barreto como fator de elevação e inserção imediata nas melhores posições da hierarquia social. A idealização e proteção do ambiente doméstico não permitiram a Clara dos Anjos a percepção de uma realidade permeada por limites determinados por sua origem humilde e por sua cor.

Ela se enganava, porque não conhecia a vida. Para se escapar aos crimes de Cassi, basta um pouco de proteção e que o acusado seja bastante cínico e ousado.

Vivia assim ansiosa e ofegante, querendo e não querendo ver o modinheiro; ora, convencendo-se de tudo que diziam dele; ora, não acreditando e apresentando ao seu próprio espírito dúvidas e objeções, quando Meneses veio tratar dos seus dentes, após umas fortes dores que a prostraram de cama.

Um certo dia, o pai lhe havia dado, ao sair, pela manhã, um trabalho de música, para copiar, de forma que, à tarde, estivesse pronto. Não era longo, mas exigia atenção. Depois do almoço, aí pelas onze horas, pôs-se a copiar, mas, subitamente, deu-lhe uma dor de dentes que a fez gemer e até chorar.

Engrácia, sua mãe, correu a acudi-la. Como sempre, porém, ficou estonteada, sem saber o que fazer, que paliativo dar; Clara, mal falando, disse-lhe que mandasse chamar dona Margarida.

Em vindo esta, aplicou remédios caseiros, mandou buscar malva, pela criada que tinha em sua casa; fez Clara bochechar e foi-se para a casa tratar dos seus bordados e costuras.

Engrácia, porém, não se acomodava, andava de um lado para outro, impaciente que o marido chegasse. Todas as moléstias existentes, que a natureza cria, e os médicos, por desfastio, inventam, ela supunha poder ter sua filha.

Não havia nenhuma lucidez nos seus raciocínios, quando um acontecimento de aparência grave lhe tocava, e pior ficava, quando se tratava da filha.

O seu amor à Clara era um sentimento doentio, absorvente e mudo. Queria a filha sempre junto a si, mas quase não conversava com ela, não a elucidava sobre as coisas da vida, sobre os seus deveres de mulher e de moça. A não ser no caso de Cassi, que o seu instinto de mãe falara mais alto do que a sua inércia natural, nunca punha em prática uma medida eficaz que traduzisse amparo e direção de mãe na conduta da filha. Pensava, mas não chegava ao ato.

O dia inteiro, quase, passavam as duas mulheres metidas cada uma consigo mesma.

A mãe lavava a roupa no tanque, ao lado da casa; e a filha se encarregava dos arranjos domésticos. A cozinha era feita por ambas ou só por Clara, quando não tinha músicas do pai a copiar ou sua mãe tinha muita roupa na lavagem.

Joaquim, o Quincas, como o chamava a mulher, saía, nas primeiras horas da manhã, passava pela venda, fazia as encomendas, tomava um "calisto" e conversava um pouco com o "seu" Nascimento.

— Não acredito que "ele" venha, nem também que o outro se repimpe[271] no Catete.

— Seria bom para o senhor... — dizia Nascimento.

— O quê? Nem o conheço... Qual! Nada tenho com um nem com outro...

— Mas é seu patrício...

— Como o senhor é, como o outro é também. Somos todos brasileiros... Eu, "seu" Nascimento, só cuido da mulher e da filha e, um pouco, da música.

— Por falar em música: que tal aquele Cassi?

— Quer que lhe diga uma coisa? Como músico, não vale nada. Dá cada cincada...[272]

— Mas tem fama...

— A fama dele vem do dengoso, do meloso que ele põe no cantar, chegando a ser até uma indecência. Ele canta que parece estar num café-concerto, no meio de mulheres de vida airada...

271 Fartar-se, encher-se de comida.
272 Erro, gafe.

— Por aí, apreciam-no muito.

— São essas meninas bobas, que não têm quem lhes abra os olhos... Olhe, “seu” Nascimento, na minha casa ele não me põe mais os pés.

— Marramaque, seu compadre, já me tinha dito isto e...

— O compadre exagera muito. O compadre tem o seu ponto de honra de poeta... O senhor sabe; ele já figurou, escreveu em jornais e revistas, teve roda e convivência de certa ordem, não pode admitir que um quase analfabeto, como Cassi, tenha fama de artista... A culpa não é deste; é do nosso meio, que não tem instrução nem preparo.

— “Seu” Joaquim, o senhor já viu o caderno que mandaram a seu compadre sobre o tal Cassi?

— Já.

— Que pensa daquilo tudo?

— Se é verdade, ele merece a forca.

— Pois dizem que é. O senhor não sabe quem é a tia Vicência, que mora por aqui, na rua da Redenção?

— Não.

— Conheço-a eu. Ela é pessoa da casa de Cassi e diz que tudo aquilo é verdade. Conta até mais detalhes.

— E quem é que espalha o tal caderno?

— É um oficial do Exército, homem preparado, parece que engenheiro, cuja mulher atual é aquela moça que Cassi desonrou, e a mãe matou-se por isso, há cinco anos.

— Quem lhe disse isso?

— Vicência. Ela conhece não só a família do violeiro, como muitas das vítimas. Diz que o marido dessa moça só lhe não dá cabo do canastro,[273] para não fazer escândalo; mas, na primeira em que se meter, toma a peito a causa da vítima, seja quem for.

273 Termo para designar, de forma figurativa, o corpo humano, esqueleto.

Joaquim dos Anjos ouviu isso, calou-se um pouco e, sem nada responder, recomendou:

— Não se esqueça de mandar, principalmente a lenha, que é precisa para o almoço. Estou na hora... Até logo!

Saiu, pensando nesse tal Cassi, que, por mais que quisesse esquecê-lo, sempre estava presente à sua memória, sempre estavam a relembrá-lo, como se fosse uma grande coisa, um homem notável e de posição. Que é que queriam dizer com isso? Preveni-lo? O carteiro sorriu intimamente: "Ele não ousará!". E pensou na sua garrucha de dois canos, com as quais se viaja em Minas, presente ainda do inglês, seu primeiro patrão.

Homem forte, leal, direito, Joaquim tanto tinha nos outros como em si uma confiança ilimitada. Não desconfiava, nem admitia que se desconfiasse; mas esse tal Cassi...

Estendia essa sua confiança à sua mulher, no que tinha razão; mas não à filha, como fazia, porque, no tocante a esta, precisava contar com a crise da idade, a estreiteza de sua educação doméstica e a atmosfera de corrupção com que o meio a envolvia, admitindo tacitamente que ela estava fadada ao destino das "outras". Joaquim dos Anjos não tinha capacidade intelectual para tanto...

Cessou de pensar em Cassi e pôs-se a cogitar no trabalho, nas gratificações e nos aumentos. Chegou à repartição, assinou o ponto, cumprimentou os colegas e chefes; e, à hora certa, tomou a correspondência a distribuir e lá correu para escritórios, casas de comércio, entregando cartas e pacotes.

Vinha tudo isto com nomes arrevesados: franceses, ingleses, alemães, italianos etc.; mas, como eram sempre os mesmos, acabara decorando-os e pronunciando-os mais ou menos corretamente. Gostava de lidar com aqueles homens louros, rubicundos,[274] robustos, de olhos cor do mar, entre os quais ele não distinguia os

274 Avermelhados, rubros.

chefes e os subalternos. Quando havia brasileiros, no meio deles, logo adivinhava que não eram chefes. Almoçava frugalmente e até às cinco executava o serviço, isto é, as várias distribuições de correspondência.

Terminado o trabalho, procurava os seus colegas de arte e, aí pelas cinco, cinco e meia, metia-se no trem para a casa.

Naquele dia, conforme o seu costume, preencheu-o todo assim, sem nenhuma discrepância ou variante, como se obedecesse a um programa. Quando chegou em casa, já se fazia escuro, e os lampiões da iluminação pública estavam acesos e prontos a suceder, consoante o seu poder, à soberba luz do sol, que ia morrendo, num crepúsculo cambiante e lento, por detrás das montanhas, que se destacavam num fundo de prata, de ouro e de púrpura, na parte do horizonte em que ele se escondia.

Veio-lhe abrir a porta a mulher, que, antes de mais nada, lhe foi dizendo:

— Ah! Quincas! Você não sabe como me vi atrapalhada, hoje, aqui... Se não fosse dona Margarida...

— Mas o que houve, Engrácia?

— Clara ficou doente de repente, pôs-se a gemer, e eu, sem ninguém, não sabia o que fazer. Felizmente, gritei por dona Margarida, que acudiu.

— Que é que ela teve, mulher?

— Dentes, Quincas; mas uma dor muito forte.

— Ora, você mesmo! Você é uma pamonha. Então dor de dentes é moléstia que assuste ninguém?

— É que você não viu.

— Vamos ver o que há?

Dirigiu-se para o quarto da filha, que tinha o queixo amarrado num lenço dobrado, e perguntou:

— Que houve, Clarinha?

— Nada. Tenho aqui um dente furado, que me dói de quando em quando. Hoje doeu-me mais fortemente, gemi e tive que me deitar. Felizmente o remédio que dona Margarida me deu fez passar a dor, mas tenho o queixo inchado...

— Não é nada?

— Penso que sim — disse Clara, e acrescentou: — olhe, papai, não pude passar a limpo a música.

— Não faz mal, eu mesmo passo.

Depois ajuntou, voltando-se para a mulher:

— É preciso levar essa menina ao dentista, Engrácia, enquanto está no começo.

— Dentistas! Deus me livre!

— Por quê, mulher de Deus?

— Porque é casa de perdição,[275] Quincas.

— Qual perdição, qual nada. Perde-se quem quer ou quem já está perdido.

— Você que a leve, Quincas. Não posso sair todo o dia... Você sabe que não posso andar muito...

— Eu não posso, pois tenho de ir para o serviço.

275 A opinião da mãe de Clara dos Anjos sobre a ida da jovem a um dentista corresponde às normas de pudor e decência que vigoravam na sociedade do século XIX. O acesso de um homem diferente dos familiares, mesmo que médico, ao corpo feminino era reconhecido como um obstáculo à realização de exames. Era comum apenas as parteiras terem acesso tão próximo ao corpo da mulher. Contudo, apesar das resistências, havia situações em que a atuação do médico era indispensável, como nos casos de partos mais complicados. Para evitar um contato físico mais próximo entre médico e paciente eram empregados manequins, nas quais as pacientes indicavam o local aproximado da dor, e também o relato de "incômodos" em correspondências escritas pela mulher ou por seu marido e remetidas ao médico. A ida ao médico era sempre realizada na companhia de uma figura masculina. Paradoxalmente, o consultório médico, durante muito tempo, foi visto como lugar perigoso para as mulheres (Ver Rita de Cássia Marques. *A imagem social do médico de senhoras no século* XX. Belo Horizonte: Coopmed, 2005).

Pôs-se a pensar, olhando a filha deitada, com os doces olhos negros a interrogar o pai, quando lhe surgiu um pensamento:

— Vou chamar o Meneses. Ele não é formado, mas tem prática e pode certamente fazer o que se trata. Que acha, Engrácia?

— Acho bom, se ele vier em casa.

— Ele virá, pela manhã. Almoçará com vocês e dar-lhe-ei alguma coisa.

— Você quer, Clara? — perguntou o pai.

— Aceito e acho bom. Não é preciso sair e mamãe não se incomoda.

Foi assim que Meneses entrou a tratar dos dentes de Clara, fato de que tão oportunamente Cassi tivera notícias pelo doutor Praxedes, no Méier. Para o velho doutor Meneses foi uma salvação, porquanto, embora trabalhasse, não era pago ou o era mal e irregularmente. Com o carteiro, as coisas se passavam de outra forma; e, além disso, almoçaria todo o dia — vantagem que não era de desprezar.

Sabendo que Meneses estava todos os dias com Clara, Cassi, que havia resolvido pôr cerco à rapariga, tratou de aproveitar o estado de miséria, de abatimento moral em que estava o velho dentista, para realizar os seus inconfessáveis fins. Encomendou-lhe aqueles versos que deviam ser feitos por Flores e deu-lhe dinheiro, já prevendo que Meneses gastá-lo-ia e não obteria os versos. Tudo isto aconteceu; mas Meneses, quando, no dia seguinte, se lembrou da recusa de Flores e de ter gasto o dinheiro, não achou outro alvitre senão ele mesmo fazer os versos. Ficou o dia inteiro a martelar, a riscar, a emendar e, ao fim do domingo, tinha feito algumas quadras com mais ou menos sentido. Nunca, a bem dizer, fizera versos; mas, tendo corrido montes e vales, lidara com poetas e tinha o ouvido educado. De resto, escolhera o metro popular, a quadra de sete sílabas; e tanto fez que, pela tardinha, a poesia estava pronta, e o pobre velho ficou muito contente consigo mesmo, como se tivesse feito obra de vulto. Bebeu bastante e dormiu satisfeito. Havia cumprido a sua palavra de qualquer forma. Se os versos não eram de Leonardo Flores, eram dele. Não seriam tão bons; mas, pelo menos, desculpariam o gasto dos cinco mil-réis, que lhe remordia a consciência.

Na segunda-feira, à noite, depois de ter andado por toda a parte, com a sua velha mala de ferros de cirurgião-dentista, Meneses foi se postar no botequim do Fagundes. Sentou-se, como de hábito, na última mesa, aos fundos, encostada à parede, com um jornal debaixo dos olhos e um cálice de parati na frente. Ele bebia aos goles, à vista de todos, sem vexame algum. Fazia-lhe mal, como mal faz a todo mundo;[276] mas era solicitado a beber para se atordoar, para não se recordar, para não estar só com o seu passado, para afugentar o terror que a vida lhe inspirava, na miséria, quase indigência em que se achava, naquela idade avançada de mais de setenta anos, alquebrado, doente, sem uma amizade forte, sem um parente que o amparasse, sem uma pensão qualquer.

Cassi foi encontrá-lo engolfado na leitura do jornal:

— Pensei — disse ao sentar-se — que o doutor se havia esquecido.

Meneses, descansando o modesto *pince-nez* em cima da mesa, onde já havia posto o jornal, respondeu:

276 Lima Barreto refletia amiúde, em suas anotações pessoais, sobre o consumo de álcool. Fica notória a consciência que possuía sobre o mal que esse hábito, gradativamente, causava à sua saúde. “Se não deixar de beber cachaça, não tenho vergonha. Queira Deus que deixe”, escreveu em setembro de 1917. “De há muito sabia que não podia beber cachaça. Ela me abala, combale, abate todo o organismo, desde os intestinos até a enervação. Já tenho sofrido muito com a teimosia de bebê-la. Preciso deixar inteiramente” (*Diário íntimo*).

— Qual o quê! Sou homem de palavra... Demais, o senhor me havia dado o dinheiro, e, assim, o trato ficava mais sagrado.

Cassi tinha uma grande dificuldade em ser amável, tomar a entonação de voz conveniente, adaptar o olhar a ela, ajeitar adrede[277] os músculos da face...

Não era capaz disso quando sincero, que fará quando falso! Todo ele era rude, metálico, grosseiro e áspero. Enfim, fez o que pôde e disse:

— Por isso, não, doutor! Eu não me lembrava de tal fato! Aquilo foi para uns beberiques... Arranjou?

— Arranjei; mas não com o Leonardo.

— Ele não quis ou...

— Não; estava bom. Como já lhe disse em certa ocasião, Flores é por demais orgulhoso, quando se trata de versos dele; e, ao falar-lhe no "negócio", deitou-me um discurso enorme, dizendo que era isto e aquilo, tinha feito tais e quais coisas e, por fim, que não vendia versos.

— Nem dados?

— Não lhe propus; mas estou certo que não daria. Pelo que disse, os versos que lhe saíam da cachola eram dele e só dele.

— E com quem arranjou?

— Fi-los, eu mesmo. Não serão...

— Vamos ver, doutor.

Meneses puxou, de dentro da algibeira do interior do fraque cinzento, um volumoso embrulho de papéis sebosos, procurou o que continha os versos, pôs o *pince-nez* e disse:

— Vou lê-los, para o senhor compreender melhor. A minha letra é muito ruim.

— Leia, doutor.

Meneses concertou os óculos, experimentou uma melhor posição para receber a luz e começou:

277 Intencionalmente, de propósito.

A minha Querida pena
Nas grades de uma prisão,
Mas o Amor lhe ordena
Sossego no coração.

O velho dentista ambulante, afinal, acabou e olhou interrogativamente o menestrel.[278] Tinha este tomado um ar grotesco de entendido e olhava vago, simulando que ajustava pensamentos. Após ter Meneses perguntado o que achava dos versos, o manhoso violeiro disse:

— Não era bem isto que eu queria. Os versos, porém, não estão maus, antes são bons. Serve até para modinha... O doutor não sabe quem faça música para modinhas?

— Conheço o Joaquim dos Anjos.

— Ah! É verdade! Como há de ser? — perguntou Cassi, simulando embaraço.

— O senhor não se dá com ele?

— Dou-me; mas não tenho muita intimidade. Se fosse por intermédio da filha? Por que o doutor não pede?

— Posso pedir a ela; mas o padrinho — não sei por quê — não gosta do senhor. Se ele sabe...

Meneses arrependeu-se de ter avançado tanto, mas a sua vontade já era tão fraca que não soube, nem procurou meios e modos de fugir às consequências de sua confidência. Cassi aproveitou-se das aberturas do velho e disse:

— Sei; mas escrevo uma carta à dona Clara a fim de que ela evite a má vontade do padrinho e que se saiba ser a modinha...

Meneses não pôde reprimir um movimento de espanto.

— Não tenha susto, doutor; absolutamente não malicie no que vou fazer. A carta será lida pelo senhor.

Meneses ficou mais seguro de si e continuou a beber

278 Cantor popular, músico, poeta.

com vontade, enquanto Cassi contava-lhe os seus ganhos extraordinários no cangueiro,[279] jogo suburbano.

— Olhe, doutor — rematou ele — quando precisar de algum, é só pedir.

O dentista já estava muito adiantado na embriaguez; e, ao ouvir aquilo, olhou, desejoso e mendicante, para o violeiro, que se apressou em ir ao seu encontro:

— Quanto precisa, doutor?

— Dois mil-réis, só.

— Não — disse Cassi, tirando um maço de notas da carteira — leve cinco; e não se esqueça de estar aqui, amanhã, às sete horas. Preciso da música para breve.

Meneses foi para a casa, sem pensar no que havia prometido; e, como guiado por instinto, subiu e desceu morros, tomou atalhos e acabou se deitando muito naturalmente no seu miserável canapé.[280] Não quis comer; a embriaguez lhe havia tomado inteiramente. Despertou, no dia seguinte, sem saber o que tinha feito, nas últimas horas em que estivera fora. Lembrava-se vagamente que parara no botequim habitual. Tendo saído para fora de casa, a fim de lavar o rosto e satisfazer as exigências do organismo, quando voltou, já encontrou sua irmã de pé a lhe dizer, como quase todas as manhãs:

— Não temos nada em casa, Juca.

Meneses não sabia se tinha ou deixava de ter dinheiro. Por desencargo de consciência, foi esgravatar as algibeiras. Encontrou um níquel de cruzado e pensou: "Bem! Para o café e o açúcar, já temos". Continuou a procurar, achou, dobradinha, no fundo de um bolso, uma nota de cinco mil-réis. Espantou-se. Quem lha teria dado? Cogitou, forçou a memória, enquanto a irmã resmungava:

279 O termo é também empregado para designar um indivíduo preguiçoso, submisso, obediente.

280 Assento para duas ou mais pessoas, com encosto e braços.

— Juca, você não ouviu o que eu disse?

— Ouvi; espera, que estou procurando o "cobre".

Tanto forçou a memória, tanto combinou as vagas recordações, que toda a sua entrevista com Cassi foi recordada. Teve vontade de rasgar a nota, de dizer que não faria o prometido; mas já estava sem força moral, temia tudo, temia o menor sopro, o mais inocente farfalhar de uma árvore. Toda a criação estava contra ele, conjugava-se para perdê-lo — que podia fazer contra tudo e contra todos? E a miséria? E a fome? Se se revoltasse, que seria dele, sem futuro, sem emprego, sem amigos, sem parentes, doente? Era bem triste o seu destino... Onde estava a sua mecânica? Onde estava a sua engenharia? Amontoara livros e notas pueris, e nada fizera. Levara bem cinquenta anos, isto é, desde que saíra da casa dos pais, a viver uma vida vagabunda de ciganos, sem nunca se entregar seriamente a uma única profissão, experimentando hoje esta, amanhã aquela. De que lhe valera isto? De nada. Estava ali, no fim da vida, obrigado a prestar-se a papéis que, aos dezesseis anos, talvez não se sujeitasse, para disfarçadamente esmolar o que comer com os seus parentes. Teve vontade de chorar, mas a irmã gritou-lhe do quintal:

— Achaste o dinheiro?

— Achei.

Respondeu assim, numa palavra, e deitou bem meio copo da aguardente, que sorveu toda quase de um só trago.

Meneses pensou ainda nos seus setenta anos desamparados, estéreis, e teve infinita dor de si mesmo, da miséria do seu fim. Que resolver sobre o caso de Cassi e da carta? Sacudiu os ombros e pensou de si para si: Que hei de fazer? As coisas me levaram a isso e...

Cassi veio ao botequim, munido da carta, que leu, conforme prometera a Meneses. Desgostoso, com aquele mau travo na consciência, o pobre dentista ambulante procurava, durante o dia, beber a mais não poder. Tinha chegado cedo em casa de Joaquim e, tendo-o ainda encontrado, pedira-lhe dinheiro. Almoçou, saiu e foi bebendo daí em diante em todo o botequim por que passava. Ao chegar à casa do Fagundes, tinha lá uma carta de um cliente. Abriu-a; mandava-lhe dez mil-réis, por conta de cinquenta que lhe devia. Deu cinco mil-réis ao caixeiro, para guardar, e foi para a cidade. Aí, não teve medida. Todos lhe pagavam, de forma que, ao se encontrar com o Cassi, não dava mostras, mas estava completamente sem discernimento.

O violeiro leu o que quis, fechou a carta e deu-a ao pobre velho. A sua resolução já estava tomada. Havia forçosamente de se entregar à sorte, aos caprichos da corrente da miséria, de dor, de humilhação que o arrastava. Ela o havia levado até ali; era inútil resistir. Entregou a carta a Clara. No dia seguinte, recebeu a resposta. Entregou-a a Cassi. Assim, durante um mês e tanto, ele foi o intermediário da correspondência dos dois. Já não tinha um movimento de revolta; resignara-se àquele ignóbil papel como a uma fatalidade que o destino lhe impusesse. Contra a força não há resistência, pensou ele; o mais sábio era submeter-se. Não esperava mais que Cassi lhe oferecesse dinheiro, pedia-o. No começo, o violeiro foi satisfazendo inteiramente os pedidos; depois, fazia-o pela metade; por fim, dizia que não tinha dinheiro e não lhe dava nada.

Meneses, porém, continuava passivamente a desempenhar o seu indigno papel. Se não o achava decente, conformava-se diante da sua atroz e irremediável miséria. Não se julgava mais um homem...

Clara recebia aquelas cartas com uma emoção de quem recebe mensagens divinas. Entretanto, eram pessimamente escritas, a ponto de não serem, às vezes, entendidas, tão caprichosa era a ortografia delas. A filha do carteiro não via nada disso; esquecera-se até das más ausências[281] que

281 Faltas e erros de uma pessoa apontados por outros, quando se encontrava ausente.

faziam do namorado. Para ela, ele era o modelo do cavalheirismo e da lealdade. Estava sempre a sonhar com ele, com aquele Cassi da viola. Passava da alegria para o choro. A mãe notava-lhe essas alternativas de humor e fazia-lhe perguntas. Ela as respondia, malcriadamente, desabridamente. Relaxava o serviço ou não o fazia. Quase sempre, esquecia-se disso ou daquilo. Engrácia comunicou isto tudo ao marido. Joaquim disse então:

— É verdade, Engrácia. Essa menina tem alguma coisa... Antigamente, as suas cópias de música eram limpas e certas; agora, não. Vêm cheias de raspagens, erradas, borradas... Que terá ela? Vou levá-la a um médico — que achas?

— Talvez faça bem.

Daí a dias, Joaquim faltou à repartição e levou a filha ao doutor. Este a examinou e disse ao pai:

— Sua filha nada tem. São coisas da idade e do sexo... De distrações, passeios, convivência — é o que ela precisa... Em todo o caso, vou receitar...

Joaquim fez a necessária comunicação à mulher, que ficou de se entender com dona Margarida, para fazer-se acompanhar da filha, sempre que tivesse de sair, ir a lojas etc. Ele mesmo, Joaquim, levou-a no próximo domingo, a passear em Niterói.

O mar não fez bem à menina. Se a sua alma estava cheia de vago e de impalpável, com a vista do mar ficou absorta no infinito, no ilimitado do Universo.

De volta, chorou toda a noite sem saber por quê. Amanheceu de olheiras roxas, corpo mole, aborrecida de tudo e de todos. A vida lhe sabia a amargo. Ela não via como se a podia adoçar. Ao mesmo tempo, lembrava-se de Cassi e enchia-se de esperanças. Saiu com dona Margarida. A alemã, muito mais sagaz que seus pais, adivinhou o seu mal e pô-la em confissão com habilidade. Tanto fez, que Clara lhe disse francamente a origem dos seus males.

— Mas este sujeito é um tipo indigno.

— Não, para mim. Estou crente que...

— Dizem tão mal dele...

— É porque ele se deixou apanhar, enquanto outros há por aí que... Ele confessa que está arrependido do que fez, e agora quer se empregar e casar-se comigo.

Dona Margarida olhou firmemente para a moça, cravou bem os seus olhos perquiridores[282] nos da rapariga; e fez de si para si:

— Será possível?

Apressou-se em contar a confissão de Clara à mãe. Engrácia odiava Cassi. Se, algum dia, tinha tido um sentimento forte, era esse de ódio ao violeiro. Não sabia bem como justificá-lo; mas tinha-lhe uma raiva, uma gana de morte. Quando dona Margarida lhe narrou a confidência da filha, ela teve uma crise surda de rancor. Já não era só contra ele, mas contra a filha, que ela criara com tantos carinhos, tantos cuidados, para, afinal, vir a se "embeiçar"[283] por aquele borra-botas,[284] amaldiçoado por todos, até pelo próprio pai. Serenou e tomou a resolução de contar o fato, por sua vez, a Joaquim, antes que aquele perverso de modinheiro não lhes pespegasse alguma das dele.

Joaquim recebeu a notícia sem demonstrar espanto. Não gostava também de Cassi. Era, para ele, homem morigerado e trabalhador, um capadócio, um desclassificado, réu de polícia, muitas vezes, de quem tanto mal se dizia; mas, se ele quisesse casar com a filha, apesar de todos os seus maus precedentes, não se oporia. Iria falar-lhe? Ou chamá-lo-ia em casa? Não seria melhor esperar?

Pensou e tomou o alvitre de pedir a opinião do compadre Marramaque. O antigo contínuo tinha um grande

282 Inquisidores, investigativos.

283 Fazer-se preso a alguém, sujeitar-se afetivamente.

284 Indivíduo desprezível, desclassificado.

ascendente moral e intelectual sobre o ânimo do carteiro, que o obedecia cegamente. Tratou, portanto, de pedir-lhe conselho.

Naquele domingo, a partida de solo tinha se adiantado pela noite afora. Deviam ser onze horas quando resolveram a "dar com o basta". Jogavam na sala de jantar, onde se encontravam, além dele, Joaquim, Marramaque, Lafões e dona Engrácia também. Clara já se recolhera ao quarto. Parecendo-lhe que a filha dormia, Joaquim resolveu decidir a coisa. Expôs primeiramente o estado nervoso da filha, os passos que tinha dado para tratá-la e chegou ao ponto agudo da questão. Por aí, Marramaque ergueu-se furioso:

— Pois, então, você, compadre, quer meter semelhante pústula[285] dentro de sua casa? Você não sabe quem é este Cassi? Se o pai não quer saber dele, é porque boa coisa ele não é. Ele não só desonra a família dos outros, como envergonha a própria. As irmãs, que são moças distintas, já podiam estar bem casadas; mas ninguém quer ser cunhado de Cassi. Ele se diz sempre correspondido, que se quer casar etc., para dar o bote. Quando fica satisfeito, escorrega pelas malhas da justiça e da polícia, e ri-se das pobrezinhas que atirou à desgraça. Você não vê que, se ele se quisesse casar, não escolheria Clara, uma mulatinha pobre, filha de um simples carteiro? Sou teu amigo, Joaquim...

— É o que eu penso também — fez dona Engrácia. — Ele pode achar muitas em melhores condições...

Clara, que ouvia tudo, chorando em silêncio, quis protestar e citar exemplos em contrário, que conhecia, mas se conteve.

Joaquim, que escutara calado a fala apaixonada do compadre, observou:

— Acho que você tem razão; mas, qual o remédio?

285 Sujeito considerado de mau-caráter, infame.

— É continuar... Como é que minha afilhada recebeu recados dele, comadre? — perguntou Marramaque a dona Engrácia.

— Ela diz que foi uma amiga que lhe trouxe — respondeu a mulher do carteiro.

— Fresca amiga! — comentou rindo-se Marramaque. — O que há a fazer, Joaquim, é continuar no que está e fazer que ele saiba que você não vê com bons olhos a insistência dele junto à filha.

— Se ele teimar? — perguntou Engrácia.

— Publica-se nos jornais aquele folheto que recebi, vai-se à polícia, desmoraliza-se o tipo de uma vez; e ele que faça o que quiser.

Todos calaram-se. Lafões não precisou fazer isto, porque se havia mantido até então calado. O carteiro voltou-se para ele e perguntou-lhe:

— Que diz a isto, Lafões?

— Isso... isso é matéria delicada. Não sou da família e, por isso, não me julgo com o direito...

— Eu também não sou — acudiu Marramaque. — Estou só dando com franqueza uma opinião que me pediram; mas certo de que, Joaquim, se você permitir que esse tal sujeito entre aqui, eu, apesar do muito que devo a você, não ponho mais os meus pés na sua casa.

Levantou-se, tomou a bengala e saiu mergulhado na treva da noite, que estava bem escura, quase sem estrelas, caminhando devagar, no seu passo de capenga, até à sua modesta casa, onde chegou sem temor e tranquilo de consciência.

Clara não pôde conciliar o sono. As ideias mais absurdas lhe passavam pela cabeça. Pensou em fugir, em ir ter com Cassi, em matar-se... Enchia-se de raiva contra o padrinho. Por fim, resolveu relatar, por carta, tudo o que se passou ao namorado. Saiu do quarto, logo que percebeu que o pai já tinha ido para a repartição; tomou naturalmente a bênção à mãe, lavou-se e serviu-se do café matinal. Como não tivessem vindo as "compras", disse à mãe que ia copiar música, enquanto as esperava. Era um pretexto. O que ela escreveu, foi uma longa carta, narrando o que ouvira naquela noite a respeito dela e dele. Antes de Meneses começar a cuidar dos dentes, ela lhe fizera entrega da missiva, que o pobre velho, cheio de amargura, logo meteu na algibeira. Para que viver tanto? — pensou ele, limpando os ferros numa toalha de alvura imaculada.

Inteirado do que acontecera, vendo os seus planos fracassarem por causa daquele "João Minhoca" e, ainda mais, com a ameaça de ver toda a sua escandalosa vida publicada nos jornais — Cassi encheu-se de fúria má e, na maior fúria, tomou a firme resolução de remover aquele trambolho de "aleijado", que estava sempre estragando os seus planos, com os quais até já tinha gasto bastante dinheiro. Não subiam as despesas a mais de cinquenta mil-réis...

O seu furor foi grande; tanto que, ao ler, em voz baixa, a carta, ao lado de Meneses, no botequim, este lhe notou a profunda alteração de fisionomia que, subitamente, a leitura lhe havia produzido. Os seus olhos chamejavam, os dentes estavam rilhados e toda a sua natureza baixa, feroz e grosseira se revelava, num ríctus[286] horrível.

Pagou alguma coisa que beber a Meneses e despediu-se, sem dizer mais nada.

Meneses continuou a sorver os seus consoladores "calistos" e a perguntar de si para si:

— Que há? Que haverá? Que haveria?

O que havia, era simples: Cassi premeditava simplesmente, friamente, cruelmente, o assassinato de Marramaque. Quando ele falou a respeito a Arnaldo, limitou-se a dizer: "Vamos dar-lhe uma surra". "Por quê?", perguntou o outro. Ele respondeu: "Esse velho está abu-

286 Abertura da boca.

sando de ser aleijado, para me insultar. Merece uma surra". Não iam sová-lo, sabiam os dois desalmados; iam matá-lo...

Era sábado, dia em que Marramaque se demorava mais na venda do "seu" Nascimento. Chovia e a noite viera logo fechada e escura. Grossas nuvens negras pairavam baixo. As luzernas de gás, tangidas pelo vento, mal iluminavam aquelas torvas ruas dos subúrbios, cheias de árvores aos lados e moitas intrincadas de arbustos. Marramaque, vindo da repartição, deixara-se ficar até às oito, na venda. Por essa hora, despediu-se e tomou o caminho de casa. Para se ir ter a ela, por ali, preconiza-se, entre outras, uma rua já quase completamente edificada, que terminava numa ladeira deserta. De um lado, o esquerdo, havia um terreno baldio, cheio de moitas altas; do direito, grandes árvores dos fundos de uma chácara, cuja frente era na rua paralela. Além de deserto, esse trecho era por demais sombrio, sobretudo em noites como aquela.

Marramaque, debaixo de chuviscos teimosos, embrulhado numa capa de borracha, subiu a ladeira, para depois descer o barranco e, finalmente, chegar a casa. Quando estava no alto da pequena elevação, dois sujeitos tomaram-lhe a frente e disseram-lhe: "Capenga, você vai apanhar, para não se meter onde não é chamado". Não teve tempo de dizer coisa alguma. Os dois descarregaram-lhe os cacetes em cima, pela cabeça, por todo o corpo; e o pobre Marramaque, logo à primeira paulada, caiu sobre um lado, arfando, mas já sem fala. Malharam-no ainda com toda a força e raiva, sem dó nem piedade; e fugiram, quando lhes pareceu momento azado.

No dia seguinte, ao passarem os primeiros transeuntes, ele estava morto. E, assim, morreu o pobre e corajoso Antônio da Silva Marramaque, que, aos dezoito anos, no fundo de um "armazém" da roça, sonhara as glórias de Casimiro de Abreu e acabara contínuo de secretaria, e assassinado, devido à grandeza do seu caráter e à sua coragem moral.[287] Não fez versos ou os fez maus; mas, ao seu jeito, foi um herói e um poeta... Que Deus o recompense!

287 Novo emprego de personagem ficcional para pretextar outra referência autobiográfica, relacionada aos sonhos ambiciosos de juventude de Lima Barreto e as promessas que as letras lhe dariam em futuro próximo. Em uma de suas primeiras crônicas, confessava: "Eu quero ser escritor, porque quero e estou disposto a tomar na vida o lugar que colimei. Queimei os meus navios; deixei tudo, tudo, por essas coisas de letras. Não quero aqui fazer a minha biografia; basta, penso eu, que lhes diga que abandonei todos os caminhos, por esse das letras; e o fiz conscientemente, superiormente, sem nada de mais forte que me desviasse de qualquer outra ambição" ("Essa minha letra...", In: *Gazeta da Tarde*, 28 de junho de 1911). Também Lima pretendia ser um grande escritor, mas uma vida dedicada unicamente à produção literária demonstrou-se inviável. Necessitando cuidar de sua família, após os delírios que atingiram seu pai, viu-se obrigado a largar a Escola Politécnica, ocupando o cargo público de amanuense da Secretaria da Guerra. Essa frustração aparece de maneira constante em seus relatos pessoais.

IX

Um crime, revestido das circunstâncias misteriosas e da atrocidade de que se revestiu o assassinato de Marramaque, faz sempre trabalhar todas as imaginações de uma cidade. Um homicídio banal em que se conheceu a causa, o autor, capturado ou não, e outros pormenores, deixa de oferecer interesse, para ser um acontecimento banal da vida urbana, fatal a ela, como os nascimentos, os desastres e os enterros; mas o assassinato de um pobre velho, aleijado, inofensivo, pobre, a pauladas, faz parecer a toda a gente que há, soltos e esbarrando conosco nas ruas, nas praças, nos bondes, nas lojas, nos trens, matadores, que só o são por prazer de matar, sem nenhum interesse e sem nenhuma causa. Então, todos acrescentam, aos inúmeros e insidiosos inimigos que tem a nossa vida, mais este do assassínio por divertimento, por passatempo, por esporte.

Um ou muitos, seja em que número forem, é sempre uma ameaça que paira sobre cada um de nós, zombando da mais ostensiva pobreza e não tendo em consideração a pacatez mais pusilânime.[288]

Marramaque não era rico nem andava com joias, sendo certo que não podia trazer consigo muito dinheiro. O móvel do crime, portanto, não seria o roubo. Ao contrá-

288 Covarde, fraco.

rio, o exame minucioso nos bolsos das vestes com que fora encontrado o seu cadáver, não denunciou nenhuma tentativa de saque. O pouco dinheiro que tinha — três mil e tanto — estava intacto; uma carteira, encontrada numa das algibeiras interiores do dólmã,[289] continha unicamente papéis. Quando foi assassinado, vestia a farda de contínuo: dólmã azul-marinho e calças da mesma cor. Tinha, por baixo do dólmã, um comum colete preto, onde trazia um relógio de prata, preso numa antiga corrente de ouro, feita de diversos trancelins de ouro, reunidos por argolas também desse metal, com um remate, em forma de estribo, cujo pedal era uma pedra negra. Pois bem: nem mesmo esta peça, de algum valor, foi-lhe roubada. Posta de lado a hipótese de roubo, qual poderia ter sido o móvel do crime? Amores, conquistas? O estado de saúde, a sua semi-invalidez logo afastavam tal hipótese. Política, questões de família — nada disso explicava o crime. Só na perversidade, na vontade de matar, por parte de alguém extremamente mau e sedento de sangue, encontrar-se-ia a causa. Seria isso? — perguntavam todos.

A notícia do crime logo se espalhou pelo subúrbio inteiro, apesar de ser domingo o dia em que foi descoberto. A deformidade de Marramaque fazia-o notado e conhecido, de forma que, por toda a parte, se comentava o assassínio. A polícia tomou as providências de hábito; mas só iniciou as pesquisas no dia seguinte. Todos que estiveram na venda foram ouvidos; mas pouco, nada adiantaram. Nem o podiam fazer. Marramaque, em lá chegando, a chuva tinha cessado. Era sábado, e todos os *habitués* do armazém do "seu" Nascimento lá estavam, inclusive Meneses, que se mostrava palrador[290] e prazenteiro.[291] Discutia-se despreocupadamente, e até Meneses causou grande hilaridade,

289 Casaco usado por militares.
290 Falador, tagarela.
291 Jovial, alegre.

quando explicou a sua teoria transcendente sobre o "ovo de Colombo". No correr da discussão, alguém dissera:

— Isto é ovo de Colombo.

Parece que foi Marramaque a dizer, e Alípio aproveitou o ensejo, para perguntar:

— Que diabo quer dizer esta história de "ovo de Colombo", na qual todo o mundo fala e não sei o que é?

Entre os circunstantes estava o senhor Monção, caixeiro-vendedor da grande casa de cereais Belmiro, Bernardes & Cia., que tinha suas luzes e gostava de palestrar, para descansar da afanosa lida de estar a "tocar realejo"[292] aos varejistas, oferecendo-lhes feijão, arroz, milho, e por bom preço.

Era um moço português, simpático, de bom porte e bem-educado. Tinha grande liberdade na roda, e não houve nenhum espanto quando interveio:

— Pois não sabes, Alípio, o que é o "ovo de Colombo"?

— Não, "seu" Mindela.

— É simples. No meio dos sábios espanhóis, depois da primeira viagem à América, Colombo, vendo o seu trabalho criticado e tido como fácil pelos sabichões de Castela, desafiou-os a pôr um ovo em pé.

— Eles puseram? — perguntou Alípio.

Meneses apressou-se:

— Não puseram; mas Colombo pôs.

— Como? — indagou Alípio.

Meneses explicou, tomando a palavra de Mindela, com todo o seu açodamento de sábio:

— Colombo, dando um movimento de rotação conveniente e um de translação adequado, dissolveu a gema do centro do ovo, para a base, trazendo, para a parte inferior do ovo, o centro de gravidade, de forma que o pôde pôr em pé.

292 Expressão para designar comportamento afável e atencioso, que não comprometa.

Todos se entreolharam e viram o absurdo da explicação de Meneses. Ninguém se animava a contestar, mas Marramaque, tomando a dianteira de Mindela, que ia falar, saltou logo, em tom de gracejo:

— Qual, "seu" Meneses! Esta história de translação, de rotação, de centro de gravidade, é bobagem; o que...

— Bobagem, Marramaque? Isto é mecânica transcendente, como é a questão do gato cair sempre sobre as patas, atirado que seja, do alto para baixo, em qualquer posição.

Marramaque foi-lhe ao encontro, sem pestanejar:

— Nós não temos nada com gato. Ovo se parece tanto com gato como um espeto. Bolas, "seu" Meneses!

Todos os circunstantes riram-se a mais não poder; Meneses pôs-se a cofiar[293] a longa e abundante barba branca, lamentando-se da sua derrota em mecânica e tudo. De repente, cobrou coragem e desafiou o contínuo:

— Quero ver, Marramaque, como é que você explica ter Colombo posto o ovo de pé?

— Muito simplesmente, Meneses. Vou contar a história como a li: "Num banquete, procuravam os nobres de Espanha rebaixar o mérito da descoberta de Colombo, e dizia um: 'As Índias já lá estavam e, se o senhor não as descobrisse, qualquer um outro as descobriria'. Colombo, sem responder, pediu um ovo; trouxeram-lhe e ele desafiou a que alguém o pusesse de pé. 'Impossível!' — bradaram. Então, o navegador tomou o ovo, bateu com ele, quebrando ligeiramente a mais rombuda das extremidades, e fê-lo ficar de pé. 'Ora, isto também eu faria!...', replicaram. 'Sim, depois que me viram fazer. É simples, mas é preciso pensar no caso, e achar o meio'". Está aí como foi a coisa. Não tem nada de gravidade, nem de rotação, nem de translação, nem de constelação, nem de repulsão — nada tem em "ão", Meneses!

293 Alisar.

De novo a gargalhada foi geral e prolongada; e Meneses, muito encafifado, limitou-se a dizer:

— Isto não é científico; é uma explicação jocosa de anedota de almanaque. Podia demonstrar a minha interpretação com auxílio do cálculo, mas não é conveniente aqui... fica para outra ocasião.

Assim, sem outra preocupação, naquela tarde tempestuosa, conversaram na venda, enquanto Marramaque estivera e mesmo depois da sua saída. É óbvio que nenhuma das pessoas que lá estavam, poderia adivinhar o que lhe ia acontecer pelo caminho. Chuviscava teimosamente, mas não havia o que se chama uma chuva torrencial, quando o pobre contínuo se despediu. É verdade que a noite estava pavorosa de escuridão, e ameaçadoras nuvens pairavam baixo, ainda mais carregando de treva a atmosfera e ofuscando os lampiões, cuja luz oscilava sob o açoite de um vento constante e cortante. Não se via, como é costume dizer-se, um palmo diante do nariz. À polícia, pareceu que aquele misterioso assassínio, sem causa presumível, nascera de um segredo que só ele, Marramaque, podia revelar e, talvez, os seus papéis íntimos o revelassem. Resolveram, então, as autoridades perquiri-los, à cata de uma pista.

Morava Marramaque com uma tia materna, pouco mais moça que ele, tendo dois filhos homens, de doze e dez anos. Após ter enviuvado, na roça, com alguma coisa, tomou o alvitre de comprar aquela casa e convidar o sobrinho, para lhe fazer companhia e encaminhar a educação e a instrução dos filhos, e ajudá-la também.

A sua casa era inteiramente o contrário da de Meneses. Estava sempre limpa, móveis em ordem, completamente cercada, o jardinzinho da frente bem tratado. Helena, a tia de Marramaque, era muito metódica e econômica, de forma que a vida doméstica do sobrinho era regular e plácida. Ela costurava para os arsenais do governo e, com o que Marramaque lhe dava dos seus exíguos vencimentos, a vida deles corria sem contratempos. Não eram difíceis as suas comunicações com as estações da Central, quando feitas pelo bonde de Inhaúma, que passava na esquina; e, se o contínuo, na noite fatídica do assassínio, tomava aqueles atalhos e subidas, sempre que passava pela venda do Nascimento ou ia à casa do Joaquim, procurava aquele caminho mais curto. Helena vivia para os filhos; raras vezes, a não ser para regularizar as suas costuras, saía, indo uma ou outra vez à casa do carteiro, onde se aborrecia com o gênio taciturno de Engrácia. Foi ela quem assistiu desenterrar, do fundo de baús e gavetas, as recordações do seu pobre sobrinho.

As autoridades policiais pediram delicadamente autorização; e o delegado em pessoa foi examinar os papéis do infeliz contínuo. Não encontrou coisa de valia. Havia no seu arquivo cartas de família, bilhetes de amigos, rascunhos de versos, entre os quais um de Raul Braga,[294] de quem Marramaque fora amigo, e o célebre caderno so-

294 O poeta Raul Braga (Rio de Janeiro, ? — 1905), dono de uma biografia bastante obscura, chegou a concluir os preparatórios no Colégio Pedro II. Teria iniciado o curso de direito no Recife, ou em São Paulo, sem concluí-lo. Tornou-se famosa a sua entrega ao vício do álcool. Logo virou um tipo popular das ruas do Rio. Frequentava as rodas boêmias da rua do Ouvidor. A família empregou todos os esforços para recuperá-lo, chegando a interná-lo, sem sucesso. Na crônica "O meu almoço" (*A Notícia*, 3 de junho de 1920), Lima Barreto cita que conheceu o poeta, com quem partilhou o mesmo pendor para o consumo de álcool. "Pobre Raul! Era uma criança que vivia num sonho. Certa manhã em que ia embarcar para a Ilha do Governador, no cais de Pharoux, encontrei-o deitado, estendido na calçada, sujo e enlameado, naquela mesma travessa, dormindo que nem uma pedra. Qual era a sua dor?", cita. Na mesma crônica, o autor transcreve um soneto de Raul Braga. Teria sido ditado pelo próprio a um amigo em comum dos dois: o pintor João Rangel.

bre Cassi, que o delegado tinha também um exemplar. A não ser esses papéis sem importância, encontraram um caderno de versos, pronto a ir para o prelo, de autoria de Marramaque, intitulado — *Boninas e sensitivas* — versos ingênuos de um homem bom e honesto que não é poeta. Deram também com um retrato de mulher feita, numa pose popular, com o braço esquerdo descansando sobre uma coluna e tendo um leque enorme, pendente do direito caído ao longo do corpo. Era uma mulher bonita, de trinta anos, sadia e forte. Nas costas havia esta dedicatória: "Ao meu Antônio, a Eponina. 25-12--92". Mais abaixo, com letra de Marramaque, existiam estas observações: "Amor tudo vence; não pode vencer as obrigações de lealdade que devem sempre existir nas amizades perfeitas. Adeus!".

Quem seria? Os policiais indagaram; mas dona Helena não lhes pôde explicar. Naquela data, ela nem casada era ainda; e seu sobrinho já tinha vindo para o Rio. Quem seria?

Enfim, nada encontraram, e o crime foi sendo esquecido. Só duas pessoas podiam pôr as autoridades na pista verdadeira; eram Clara e Meneses.

Clara, logo que soube do assassínio do padrinho, ficou fora de si. Lembrou-se das ameaças veladas que Cassi fazia ao padrinho, nas cartas que lhe escrevia; lembrou-se também da carta em que ela narrava ao namorado a atitude de Marramaque, quando o pai falou ao compadre na necessidade de ter um franco entendimento com o violeiro. Por aí e por outras pequenas circunstâncias, atribuía a Cassi o assassinato do padrinho e como que se julgava também sua cúmplice. Veio-lhe um medo daquele cantador meloso, dengoso, apesar de seu mau olhar de folhas de flandres;[295] e, num relâmpa-

295 Espécie de material laminado e composto de ferro e aço, revestido com estanho.

go, viu bem quanto de fingido e falso podiam conter as suas cartas ternas e cheias de protestos de boas intenções e de amor sincero e honesto.

Imediatamente, porém, explicou esse seu ato de desvario criminoso como um esporádico ato de loucura, provocado pelo amor que tinha a ela. Era um obstáculo e... Agradava-lhe a interpretação. Não tardariam, entretanto, a se explicar de viva voz, porque ela havia consentido afinal em conversar com ele na grade de casa, depois que seus pais se recolhessem. Então, nessa ocasião, ela avaliaria o grau de certeza de suas suspeitas. Meneses tinha levado uma carta dela nesse sentido; mas, tendo ficado atrapalhada por sentir a aproximação da mãe, não pôde, Clara, fechar a missiva convenientemente. Aberta, a moça, para não ser pilhada, passou-a precipitadamente ao velho, que assim a guardou jubilosamente. Quando se lhe ofereceu momento azado,[296] leu-a.

Como toda a mulher sem instrução, Clara pegou na pena e não tinha vontade de a largar. Contava detalhes, repisava juras e pedia juramentos. Um destes era o de que ele a respeitaria sempre; e, se não fizesse isso, romperia as relações com ele. Estava disposta a esperá-lo, às dez horas, na grade, daí a oito dias, e isso o fazia, porque "seu" Meneses tinha dado o serviço dos dentes por terminado.

De fato, Meneses, aborrecido com aquele negócio de cartas e com o desdém com que Cassi o tratava, ademais da ignóbil farsa que se prestava, resolveu dar por findo o trabalho. A leitura da carta não lhe causou nenhuma estranheza; ele já esperava por este fim. Estava forrado de uma indiferença de vencido. Sentiu-se de mãos e pés atados, para ter qualquer movimento de censura ou de conselho. É que ainda não lhe tinha chegado aos ouvidos a notícia do bárbaro assassínio de Marramaque. Quan-

296 Oportuno.

do, porém, veio a saber, teve uma forte vergonha do seu procedimento, da sua covardia. Compreendeu que aquelas meias palavras de Cassi sobre Marramaque, aquele ríctus horrendo que vira certa vez, ao se falar do contínuo, lhe desfigurar a face, eram os pródromos[297] do assassínio do bondoso velho que o violeiro premeditava. O infeliz Meneses passou o dia todo e a noite inteira voltado para dentro de si mesmo. Não sabia mais chorar, mas o seu remorso era intenso. Ele se julgava também cúmplice daquele desalmado. Por que calara o que sabia? Por que se acovardara a ponto de servir de medianeiro?[298] Oh! Ele não era mais homem, não tinha mais dignidade!

Cassi, entretanto, não demonstrou o menor abalo. Leu as notícias dos jornais, as objurgatórias[299] contra os assassinos de que estavam cheios; ouviu as maldições de todos, nos cafés, nos bondes, em todas as conversas e por toda a parte; mas nenhum arrependimento sentia. Só lhe faltava o orgulho íntimo de ter efetuado tão rara proeza, para ser completa a sua inumanidade e o seu abjeto sossego íntimo. Não tinha orgulho, mas havia nele como que alívio de se ver livre daquela espécie de duende, de fantasma, que vivia a persegui-lo.

Com Arnaldo, já não acontecia o mesmo. Passado o fato, com a leitura dos jornais, com as censuras amargas que via em todas as bocas, até nas daqueles afeitos ao crime, o sócio de Cassi, se não viu remorsos, começou a ter susto. Não pôde reprimir o impulso que o levou a ver o cadáver. Estavam os restos de Marramaque quase tal e qual como foram encontrados. Os médicos ainda não haviam praticado a autópsia. A cabeça partida, os olhos fora das órbitas, todo o rosto coberto de uma lama sangrenta, o braço semiparalítico, partido, as roupas, enso-

297 Ondícios, sinais anunciadores.
298 Mediador.
299 Repressões, censuras.

padas de lama e sangue... Era horrível! No necrotério, acotovelava-se uma multidão, e todos, em voz baixa, cobriam de baldões, de injúrias, de pragas, os malvados que tinham levado a efeito tão estranho e inconcebível crime... Um crioulo, muito negro, forte, com grandes "peitorais" salientes, dizia bem alto, do lado de fora:

— Eu não sou santo... Já fiz das minhas... Conheço a "chac'ra";[300] mas Deus me castigue, me ponha um raio em cima, e faça apodrecer em vida, se eu fosse capaz de fazer tão porco "trabalho"... Os que o fizeram, nem esfolados vivos pagariam... Para que mataram esse pobre velho?

Arnaldo voltou do depósito fúnebre apreensivo. Não havia nele, a bem dizer, arrependimento. O que ele sentia, era medo de ser descoberto, de pegar cadeia trinta anos a fio, porque não podia ser mais. Chegou aos subúrbios apavorado; e, quando topou com Cassi, disse, com olhar desvairado:

— Chi, Cassi! O "homem" estava horrível...

O violeiro virou-se para ele, olhou-o firme com o seu olhar fosco e falou-lhe com energia e fogo nos olhos:

— Cala-te, miserável! Queres pôr tudo a perder...

Conquanto temesse as fúrias do seu companheiro e cúmplice, não lhe passava o terror de ser descoberto pela polícia. Deu em beber; Cassi vigiava-o com medo que ele "desse com a língua nos dentes". Não o deixava só, quando estava em "rodas".

Nos botequins, não entrava um freguês, que Arnaldo não examinasse meticulosamente, cautelosamente, com o rabo dos olhos. Às vezes, não se continha e apontava:

— Cassi, aquele é agente do décimo oitavo...

O modinheiro, em voz baixa, mas com autoridade, repreendia-o:

300 Lima Barreto emprega na forma escrita a maneira como sua personagem se referiria oralmente ao local. Alça mão da imagem figurativa como era popularmente referido o espaço da cadeia.

— Estás doido! Queres nos pôr no "x",[301] pelo resto da vida.

No começo, Cassi teve medo que a embriaguez o fizesse denunciá-los; mas, bem cedo, percebeu que a sua bebedeira tomava uma feição choramingas, efusiva, dava para abraçar todos e, com voz de mágoa íntima, repetia de onde em onde, sem nada entender do que se dizia ao redor: "Eu não sou mau..." "Eu sou um bom rapaz..." "Nunca fiz mal a ninguém" etc.

Então, Zezé Mateus, também já muito bêbedo, derreado completamente na cadeira, com os olhos divergentes e vidrados, babando-se todo e gaguejando, retrucava: "Meu querido Arn... ar... ar... Arnaldo, você é uma... pomba sem... sem fel". Em seguida, depois de limpar a baba com o lenço: "Quem foi que... que disse que... você é... é mau?". E acrescentava: "Traga... Traga este su... su... sujeito aqui que... que eu parto a cara dele".

Arnaldo, por aí, levantava-se comovido e abraçava Zezé Mateus, que se mantinha na cadeira, e, com dificuldade, erguia os braços, a fim de cingir o camarada.

Repetiam daí a pouco a cena, com pequenas variantes, debaixo dos motejos forçados de Cassi, a quem tais espetáculos não deixavam de fazer mal. Os outros companheiros riam-se a bom rir, sem nada suspeitar.

Entretanto, o violeiro não se fiava muito que Arnaldo sempre procedesse assim. A embriaguez — ele sabia — é caprichosa, ora dá para isto, ora dá para aquilo, podia aparecer qualquer coisa a respeito do crime e era preciso que ele, Cassi, tomasse as suas precauções. A entrevista com Clara estava marcada para o fim da semana. Tinha de ir; tinha que dar fim "naquilo", que tanto trabalho lhe dera e estava dando. Antes de tudo, porém, era preciso estar preparado para o que desse e viesse. Não contava mais com a proteção; Barcelos não valia nada e só presta-

301 Outra gíria de época para referir-se a cadeia.

va pequenos serviços em vésperas de eleição. Quando elas estavam distantes, fiava com má cara um cálice de cachaça... Era preciso ter tudo pronto para fugir do Rio de Janeiro, ao primeiro sinal de alarme, tanto mais que sabia, por indiscrições de Meneses, que as ouvira na venda do "seu" Nascimento, que o marido de Nair — aquela moça que ele desencaminhara e a mãe, por isso, se suicidara — estava disposto a persegui-lo, como já o perseguia, com os famosos cadernos, mas mais eficazmente, desde que se metesse em "alguma". Considerou bem que as coisas agora seriam mais difíceis; e as pedras que semeara no caminho, começavam a erguer-se para lapidá-lo.

Tomou a extrema resolução de vender os galos de briga. O dinheiro que apurasse, depositaria na Caixa Econômica,[302] para tê-lo sempre à mão, quando fosse necessário fugir. A mãe, vendo carroças chegarem à porta e as gaiolas e capoeiras saírem, a fim de tomarem lugar nos transportes, foi indagar-lhe o que havia:

— Nada, mamãe. Vou para fora, trabalhar...

— Para onde, Cassi?

— Vou para Mato Grosso, empregar-me na construção de uma estrada de ferro.

— Como trabalhador de picareta, meu filho?

— Não, mamãe, vou ser chefe de turma e praticar nos instrumentos, até conseguir ser seccionista.

302 Empresa fundada em 1860 por d. Pedro II, cuja finalidade era conceder empréstimos e estimular o hábito de poupar entre a população até então tida como imprevidente. A casa recebia pequenas poupanças das classes menos abastadas, incluindo os escravos, que podiam economizar para suas cartas de alforria. Já o governo imperial garantia a restituição dos depósitos a ela confiados, com o fim de incentivar a poupança e conceder empréstimos sob penhor. A Caixa Econômica, nos seus primórdios, foi sobretudo procurada pelas camadas sociais mais populares e depois alcançou os setores médios.

Dona Salustiana assim mesmo não ficou contente. Ela conhecia a ignorância do filho, a sua inferioridade mental e a sua incapacidade para aplicar-se a alguma coisa que demandasse o menor esforço intelectual; viu bem, portanto, que, numa construção de estrada de ferro, ele só podia ser simples trabalhador braçal, pegar na foice e roçar, no machado e derrubar, na picareta e cavar, mais nada! Voltou chorando para onde estavam as filhas:

— Você não sabe, Catarina? Você não sabe, Irene, de uma coisa? Ai! Meu Deus!

— Que é, mamãe? — perguntou Catarina.

— Que há, mamãe? — indagou Irene.

— Minhas filhas, vocês não sabem que desgraça para a família, Cassi...

— O que houve? — assustou-se Catarina.

— Cassi está doido e quer nos envergonhar a todos nós, o meu avô que foi cônsul da Inglaterra... Ah! Se ele ressuscitasse — que vexame não passaria!

— Que é que Cassi vai fazer? — fez Irene com calma.

— Vai ser trabalhador de enxada, numa estrada de ferro de Mato Grosso.

Irene, que era severa e nunca perdoaria ao irmão as maliciosas perguntas que as colegas da escola lhe faziam, vexando-a bastante, quando acontecia aparecer o nome dele, nos jornais, nas suas habituais cavalarias[303] — observou:

— Que tem isso, mamãe! Ele tem saúde, ao invés de andar por aí a fazer das suas, a nos envergonhar por toda a parte, é melhor que ele trabalhe para ver se toma caminho.

Dona Salustiana olhou espantada para a filha e disse cheia de mágoa:

— É que você não é mãe; mas, em breve, você será, então...

Catarina obtemperou:

303 Proezas.

— Mamãe, eu não acho motivo para lástima. O que é de todo reprovável, é que ele leve toda a vida a que está levando... O melhor é aventurar...

O pai veio a saber da resolução do filho, sobre quem não punha os olhos, havia dois anos. Não conteve a sua alegria e exclamou:

— Que se vá! Que vá para o diabo! Já é tempo!

Depois acrescentou:

— Vocês vão ver que ele fez uma das suas; vai fugir e deixar-nos vexados, senão atrapalhados. Seja tudo pelo amor de Deus! Que se vá e nos deixe em paz.

Vendidos os galos, galinhas, frangos e pintos, apurou quinhentos mil-réis, que se dispôs a depositar na Caixa Econômica, logo no dia seguinte ao do recebimento.

Nesse dia, despertou cedo, banhou-se cuidadosamente, escolheu bem a roupa branca, viu bem se a meia não estava furada, escovou o terno cintado e, cuidadosamente, meteu mão à obra de vestir-se com apuro, para vir à "cidade". Raramente, vinha ao centro. Quando muito, descia até o Campo de Sant'Ana[304] e daí não passava. Não gostava mesmo do centro. Implicava com aqueles elegantes que se postavam nas esquinas e nas calçadas.[305] Achava-os ridículos, exibindo luxo de bengalas, anéis e pulseiras de relógio. É verdade, pensava consigo, que ele usava tudo aquilo; mas

304 Nome de campo, na região central da cidade do Rio de Janeiro, ocupado desde o começo do século XVII. Inicialmente abrangia extensa área, sofrendo modificações em seus limites, como, por exemplo, para a abertura da avenida Presidente Vargas. Foi cenário de acontecimentos políticos, como as mudanças de regimes. Possuindo, daí, outras nomeações. Também chamado de Campo da Aclamação, Campo da Honra e, a partir de 1889, de praça da República.

305 Em mais uma nota autobiográfica, o escritor não esconde a sua indisposição para com os almofadinhas e dândis do centro e da rua do Ouvidor.

era com modéstia, não se exibia. Recordava que não tinha *poses*, mas, mesmo que as tivesse, não se daria a tal ridículo... Essa sua filosofia sobre a elegância, de elegante suburbano, ele aplicava às moças. Quanto dengue! Para que aqueles passos estudados? Aqueles modos de dizer adeus?

Achava tudo ridículo, exagerado, copiado, mas não sabia bem de que modelo. O que, de fato, sentia não era isso que expunha aos amigos ou às belezas suburbanas que, porventura, requestasse. O que ele sentia diante daquilo tudo, daquelas maneiras, daqueles ademanes,[306] daquelas conversas que não entendia, era a sua ignorância, a sua grosseria nativa, a sua falta de educação e de gosto. O seu ódio, então, ia forte para os poetas e jornalistas, sobretudo, para estes. Não perdoava as descalçadeiras,[307] os deboches que lhe passavam, quando tinham de denunciar alguma das suas ignóbeis proezas. Uns sujos! — dizia —; uns malandros! — continuava — que querem ditar moral. O seu primeiro ímpeto, quando lia notícias a seu respeito, era atirar-se contra um deles, naturalmente o que lhe parecesse mais fraco; e desancá-lo de pancadas. Sustinha, porém, o ímpeto, porque sabia, se tal fizesse, estaria perdido. A guerra seria sem tréguas, e "novos e velhos" da sua interminável conta sairiam à luz. Secretamente, tinha um respeito pela cidade, respeito de suburbano genuíno que ele era, mal-educado, bronco e analfabeto.

Mal tomou o café matinal, concertou ainda a gravata e pôs-se na rua. Era cedo, mas temia pelo dinheiro que tinha na algibeira. Não queria que ninguém soubesse da existência de avultada quantia em seu poder e, muito menos, que premeditava fugir. Embarcou no primeiro trem; e, esgueirando-se pela Central, conseguiu não encontrar conhecido que lhe fizesse perguntas indiscretas.

306 Comportamento com modos e trejeitos afetados, amaneirados.
307 Faltas de apoio ou auxílio.

Cassi Jones, sem mais percalços, se viu lançado em pleno Campo de Sant'Ana, no meio da multidão que jorrava das portas da Central, cheia da honesta pressa de quem vai trabalhar. A sua sensação era que estava numa cidade estranha. No subúrbio tinha os seus ódios e os seus amores; no subúrbio, tinha os seus companheiros, e a sua fama de violeiro percorria todo ele, e, em qualquer parte, era apontado; no subúrbio, enfim, ele tinha personalidade, era bem Cassi Jones de Azevedo; mas, ali, sobretudo do Campo de Sant'Ana para baixo, o que era ele? Não era nada. Onde acabavam os trilhos da Central, acabava a sua fama e o seu valimento; a sua fanfarronice evaporava-se, e representava-se a si mesmo como esmagado por aqueles "caras" todos, que nem o olhavam. Fosse no Riachuelo,[308] fosse na Piedade, fosse em Rio das Pedras,[309] sempre encontrava um conhecido, pelo menos, simplesmente de vista; mas, no meio da cidade, se topava com uma cara já vista, num grupo da rua do Ouvidor ou da avenida, era de um suburbano que não lhe merecia nenhuma importância. Como é que ali, naquelas ruas elegantes, tal tipo, tão malvestido, era festejado, enquanto ele, Cassi, passava despercebido? Atinava com a resposta, mas não queria responder a si mesmo. Mal a formulava, apressava-se em pensar noutra coisa.

Na "cidade", como se diz, ele percebia toda a sua inferioridade de inteligência, de educação; a sua rusticidade, diante daqueles rapazes a conversar sobre coisas de que

308 Bairro da zona norte do Rio de Janeiro que faz limite aos de Sampaio, Vila Isabel e Rocha. Suas principais ruas se apresentam como importantes eixos de ligação do subúrbio à região central da cidade. Possui uma estação de trem, inaugurada em fevereiro de 1869.

309 Espécie de sub-bairro do Rio de Janeiro, resultante do desmembramento de Jacarepaguá, na zona oeste do Rio, que historicamente foi gerando a criação de outros bairros autônomos.

ele não entendia e a trocar pilhérias; em face da sofreguidão com que liam os *placards*[310] dos jornais, tratando de assuntos cuja importância ele não avaliava, Cassi vexava-se de não suportar a leitura; comparando o desembaraço com que os fregueses pediam bebidas variadas e esquisitas, lembrava-se que nem mesmo o nome delas sabia pronunciar; olhando aquelas senhoras e moças que lhe pareciam rainhas e princesas, tal e qual o bárbaro que viu, no Senado de Roma, só reis, sentia-se humilde; enfim, todo aquele conjunto de coisas finas, de atitudes apuradas, de hábitos de polidez e urbanidade, de franqueza no gastar, reduziam-lhe a personalidade de medíocre suburbano, de vagabundo doméstico, a quase coisa alguma.

Saltando na Central, não procurou bonde. Engolfou-se num filete de multidão que se alastrava em direitura à prefeitura[311] e marchou a pé até o "centro". Desde o largo do Rossio,[312] foi parando diante das montras.[313] Demorava-se a ver joias através de fortes vidros que as protegiam contra a cobiça alheia. Mirava anéis e relógios, braceletes

310 Nome que se dava às tabuletas que traziam resultados de competições esportivas, publicados nos jornais.
311 O prédio da prefeitura da cidade do Rio de Janeiro localizava-se na extensão do Campo de Santana, que, naquela ocasião, também abrigava o Corpo de Bombeiros, o Corpo do Exército e a Casa da Moeda. Com a abertura da avenida Presidente Vargas, a partir de 1942, o Campo de Santana passou por modificações, tendo algumas construções derrubadas, entre elas, justamente, o prédio da sede da prefeitura aqui mencionado.
312 O trecho faz referência ao chamado largo do Rocio Grande. A cidade do Rio de Janeiro possuiu diversos rocios, que eram campos para a utilidade pública, como: estacionamento de carruagens, guarda e pastagens de animais, feiras ou leilões. Alguns famosos foram o Rocio Pequeno, hoje correspondente à praça Onze; o rocio do Campo da Ajuda, hoje Cinelândia, e o Rocio Grande, que atualmente é chamado de praça Tiradentes.
313 Vitrines de casas comerciais.

e brincos, mais àqueles do que a estes, porquanto não lhe brotava no coração nenhuma necessidade de dar presentes às amadas. Tão caros, não valia a pena!... Uma bengala de junco, esquinada, com castão de ouro, tentou-o. Os quinhentos mil-réis que tinha na algibeira murmuraram-lhe alguma coisa ao ouvido. Prontamente repudia a tentação; precisava estar seguro...

Entrou pela rua Sete de Setembro[314] e, daí em diante, foi admirando as roupas feitas — por toda a longa fachada do Parc Royal,[315] foi parando diante das vitrines, onde havia roupas e outras peças de vestuário, para homens. Viu fraques, viu suspensórios, viu ligas, viu colarinhos, viu camisas... Que coisas lindas!

Tomou a rua do Ouvidor e foi descendo, sempre parando em frente das casas que tinham artigos para homens. Por desfastio, desviou-se a olhar as *vitrines* de uma livraria. Olhou-lhe também o interior. Livros de alto a baixo. Para que tantos livros? Aquilo tudo só seria para fazer doidos. Ele tinha livros, na verdade; mas eram alguns, livros de amor... Que livros, meu Deus! Teve vontade de tomar café; hesitou um pouco! Mas, afinal, animou-se. Estava quase na hora. A Caixa Econômica não tardaria em abrir-se. Lá chegando, teve que aguardar a abertura da porta. Já havia

314 Rua da área central do Rio de Janeiro, paralela à rua São José e à rua da Assembleia. Ambas nasceram da antiga rua Direita (atual Primeiro de Março). Além da função de ligação até a praça Tiradentes (antigo largo do Rocio Grande), a rua possuía muitas casas comerciais.

315 Loja fundada em 1875, pela empresa Vasco Ortigão & Cia., que iniciou sua existência na rua Ramalho Ortigão, no largo de São Francisco. Estava estabelecida numa grande edificação que havia sido ocupada, até então, pelo Hospital dos Mínimos, fundado em 1828. O Parc Royal destacou-se como uma loja modelo no comércio de tecidos, modas e confecções diversas. Em 1943, foi totalmente destruído por um incêndio.

gente à espera. Olhou-a de relance. Fisionomias diferentes de trato e de cor: velhas de mantilha, moças de peito deprimido, barbudos portugueses de duros trabalhos, rostos de caixeiros, de condutores de bonde, de *garçons* de hotel e de botequim, mãos queimadas de cozinheiras de todas as cores, dedos engelhados de humildes lavadeiras — todo um mundo de gente pobre ia ali depositar as economias que tanto lhes devia ter custado a realizar, ou retirá-las, para acorrer a qualquer drama das suas necessitadas vidas. Aborreceu-se com aquele contato...

Penetrando no saguão, pôs-se a ler os cartazes onde estavam as disposições legais que interessavam ao público. Diabo! A providência não lhe servia... Para confirmar, dirigiu-se a um empregado num *guichet*, que tinha ao alto este letreiro: "Informações". Não lhe servia absolutamente. Para retirar mais de duzentos mil-réis,[316] tinha que avisar previamente. Não; não depositaria. O dinheiro devia estar sempre ao alcance da mão... Saiu e, a fim de não ser visto por algum conhecido, procurou alcançar o largo de São Francisco,[317] atravessando aqueles velhos becos imundos que se originam da rua da

316 Por essa quantia era anunciada, no *Jornal do Commercio* de 15 de dezembro de 1921, a venda de três prédios na rua Gustavo Sampaio, no bairro de Copacabana, na zona sul do Rio de Janeiro.

317 Esse é um dos mais antigos e famosos largos do Rio de Janeiro, criado em 1742. Foi aberto com a finalidade de lá ser construída uma igreja e uma sede: plano que não foi levado adiante. Com a chegada da Corte, em 1808, os alicerces desse projeto foram aproveitados para o levantamento de uma Escola Central, depois nomeada de Academia Real Militar. O edifício daria lugar, posteriormente, à Escola Politécnica, na qual Lima Barreto estudou de 1897 a 1903. Hoje, a mesma construção abriga o Instituto de Filosofia e Ciências Sociais, da Universidade Federal do Rio de Janeiro. A estátua a que se refere o autor é a de José Bonifácio, instalada no centro do largo.

Misericórdia[318] e vão morrer na rua Dom Manuel[319] e largo do Moura.[320] Penetrou naquela vetusta[321] parte da cidade, hoje povoada de lôbregas hospedarias, mas que já passou por sua época de relativo realce e brilho. Os botequins e tascas estavam povoados do que há de mais sórdido na nossa população. Aqueles becos escuros, guarnecidos, de um e outro lado, por altos sobrados, de cujas janelas pendiam peças de roupa a enxugar, mal varridos, pouco transitados, formavam uma estranha cidade à parte, onde se iam refugiar homens e mulheres que haviam caído na mais baixa degradação e jaziam

318 Um dos acessos para o antigo Morro do Castelo, marco fundador da cidade do Rio, era a ladeira da Misericórdia; ponto de partida para o largo e rua com mesmo nome. A rua da Misericórdia é tida como uma das primeiras ruas da cidade do Rio. No largo da Misericórdia estava estabelecida a Santa Casa de Misericórdia. A rua contava com um alinhamento precário, característico da cidade, que ainda mantinha muitos dos traçados coloniais. A rua Direita (atual Primeiro de Março) era seu prolongamento natural, e a que fazia a ligação do Morro do Castelo até o Morro de São Bento. Nas suas imediações haviam igrejas e o Arsenal da Marinha.
319 Uma das mais antigas ruas do centro do Rio de Janeiro. Devido à sua proximidade ao Paço Imperial e ao Palácio da Justiça, a rua foi palco de ativa vida urbana até a segunda metade do século XIX.
320 O largo do Moura era um logradouro situado em frente à igreja de Nossa Senhora de Bonsucesso, no antigo bairro da Misericórdia, próximo ao Morro do Castelo. O bairro possuía becos e largos que não resistiram às sucessivas intervenções urbanas; seja por causa do morro ou em função das construções que antecederam e prepararam a Exposição do Centenário da Independência, em 1922. No local em que se localizava o largo do Moura, hoje se encontra a praça Marechal Âncora. O nome do antigo largo se deve à instalação do Regimento do Moura, que veio de Portugal em 1767.
321 Obsoleta, deteriorada pelo tempo.

no último degrau da sociedade. Escondiam, na sombra daquelas betesgas[322] coloniais, nas alcovas sem luz daqueles sobrados, nos fundos caliginosos[323] das sórdidas tavernas daquele tristonho quarteirão, a sua miséria, o seu opróbrio, a sua infinita infelicidade de deserdados de tudo deste mundo. Entre os homens, porém, ainda havia alguns com ocupação definida; marítimos, carregadores, soldados; mas as mulheres que ali se viam, haviam caído irremissivelmente na última degradação. Sujas, cabelos por pentear, descalças, umas, de chinelos e tamancos, outras. Todas metiam mais pena que desejo. Como em toda e qualquer seção da nossa sociedade, aquele agrupamento de miseráveis era bem um índice dela. Havia negras, brancas, mulatas, caboclas, todas niveladas pelo mesmo relaxamento e pelo seu triste fado.[324]

Cassi Jones ia atravessando aquele bairro singular e escuro, quando, do fundo de uma tasca,[325] lhe gritaram:

— Olá! Olá! "seu" Cassi! O' "seu" Cassi!

Insensivelmente, ele parou, para verificar quem o chamava. De dentro da taverna, com passo apressado, veio ao seu encontro uma negra suja, carapinha desgrenhada, com um caco de pente atravessado no alto da cabeça, calçando umas remendadas chinelas de tapete. Estava meio embriagada. Cassi espantou-se com aquele conhecimento; fazendo um ar de contrariedade, perguntou amuado:

— Que é que você quer?

A negra, bamboleando, pôs as mãos nas cadeiras e fez com olhar de desafio:

322 Rua pequena e estreita, ruela, rua sem saída.
323 Escuros.
324 Nesse trecho, curiosamente, Lima Barreto cita a existência de mulheres brancas no meio do triste grupo. Não seria exclusividade das negras e mulatas esse "triste fado".
325 Taberna, bodega.

— Então, você não me conhece mais, "seu canaia"?[326] Então você não "si" lembra da Inês, aquela crioulinha que sua mãe criou e você...

Lembrou-se, então, Cassi, de quem se tratava. Era a sua primeira vítima, que sua mãe, sem nenhuma consideração, tinha expulsado de casa em adiantado estado de gravidez. Reconhecendo-a e se lembrando disso, Cassi quis fugir. A rapariga pegou-o pelo braço:

— Não fuja, não, "seu" patife! Você tem que "ouvi" uma "pouca" mas de "sustança".

A esse tempo, já os frequentadores habituais do lugar tinham acorrido das tascas e hospedarias e formavam roda, em torno dos dois. Havia homens e mulheres, que perguntavam:

— O que há, Inês?

— O que te fez esse moço?

Cassi estava atarantado no meio daquelas caras antipáticas de sujeitos afeitos a brigas e assassinatos. Quis falar:

— Eu não conheço essa mulher. Juro...

— "Muié", não! — fez a tal Inês, gingando. — Quando você "mi" fazia "festa", "mi" beijava e "mi" abraçava, eu não era "muié", era outra coisa, seu "cosa" ruim!

Um negro esguio, de olhar afoito, com um ar decidido de capoeira, interveio:

— Mas, Inês, quem é afinal esse moço?

— É o "home qui mi" fez mal; que "mi" desonrou, "mi pois" nesta "disgraça".

— Eu! — exclamou Cassi.

— Sim! Você "memo", "seu" caradura! "Mi alembro" bem... Foi até no quarto de sua mãe... Estava arrumando a casa.

326 Novamente Lima Barreto reproduz, entre aspas, a linguagem dos indivíduos de origem popular, destacando no texto uma oralidade toda particular. Essa preocupação em trazer a oralidade das ruas seria uma das grandes inflexões, presente na maior parte dos romances do escritor.

Uma outra mulher, mas esta branca, com uns lindos cabelos castanhos, em que se viam lêndeas, comentou:

— É sempre assim. Esses "nhonhôs gostosos" desgraçam a gente, deixam a gente com o filho e vão-se. A mulher que se fomente... Malvados!

Cassi ouvia tudo isso sem saber que alvitre tomar. Estava amarelo e olhava, por baixo das pálpebras, todas as faces daquele ajuntamento. Esperava a polícia, um socorro qualquer. A preta continuava:

— Você sabe onde "tá" teu "fio"? "Tá" na detenção, fique você sabendo. "Si" meteu com ladrão, é "pivete" e foi "pra chacr'a". Eis aí que você fez, "seu marvado", "home mardiçoado". Pior do que você só aquela galinha-d'angola de "tua" mãe, "seu" sem-vergonha!

Cassi fez um movimento de repulsa e que a rapariga não perdeu.

— "Oie" — disse ela, para os circunstantes; — ele diz que não é o tal. Agora "memo se acusou-se", quando chamei a ratazana da mãe dele de galinha-d'angola... É uma "marvada", essa mãe dele — uma "veia" cheia de "imposão" de inglês. Inglês, que inglês...

Soltou uma inconveniência, acompanhada de um gesto despudorado, provocando uma gargalhada geral. Cassi continuava mudo, transido de medo; e a pobre desclassificada emendava:

— "Tu" é "mao", mas tua mãe é pior. Quando ela descobriu "qui" eu "tava" com "fio" na barriga, "mi pois" pela porta afora, sem pena, sem dó "di" eu não "tê pronde í". E o "fio" era neto dela e ela "mi" tinha criado... Vim da roça... Ah! Meu Deus! Se não fosse uma amiga, tinha posto o "fio" fora, na rua, que era serviço... Deus perdoe a "tua" mãe o que "mi" fez "i" a meu "fio", "fio" deste "qui tá i", também, Deus lhe perdoe!

E a pobre negra abaixou-se para apanhar a barra da saia enlameada, a fim de enxugar as lágrimas com que chorava o seu triste destino, talvez mais que o dela, o do seu miserável filho, que, antes dos dez anos, já travara conhecimento com a Casa de Detenção...[327]

Graças à intervenção do dono da tasca, que tinha com o guarda de ronda o compromisso de manter a ordem no "reduto", o ajuntamento se desfez, e Cassi pôde continuar o seu caminho. Por despedida, porém, ainda levou uma surriada das mulheres, que o descompunham em baixo calão, enquanto Inês imprecava:

— "Marvado"! Desgraçado! Caradura! Hás de "mi pagá", "seu canaia!"

Logo que se viu livre de perigo, Cassi respirou, compôs a fisionomia, apalpou o dinheiro na algibeira e fez de si para si:

— Acontece cada uma! Para que havia de dar esta negra... Felizmente, foi em lugar que ninguém me conhece; se fosse em outro qualquer — que escândalo! Os jornais noticiariam e... Não passo mais por ali e ela que fosse para o diabo!... Fico com o dinheiro em casa.

Nenhum pensamento lhe atravessou a cabeça, considerando que um seu filho, o primeiro, já conhecia a detenção...

327 Era comum o ingresso de menores de idade na Casa de Detenção, que passavam a conviver cotidianamente com adultos criminosos. Criada em 1856 ela foi instalada nas dependências da Casa de Correção (inaugurada em 1830 com o objetivo de se converter na prisão modelo do Império). Essa prisão era prioritariamente destinada à reclusão dos indiciados pelas autoridades policiais e judiciárias. A reorganização do Serviço Policial do Distrito Federal, em 1900, estabeleceu a Casa de Detenção como órgão integrante do Ministério da Justiça e Negócios Interiores.

X

Clara dos Anjos, meio debruçada na janela do seu quarto, olhava as árvores imotas,[328] mergulhadas na sombra da noite, e contemplava o céu profundamente estrelado. Esperava.

Fazia uma linda noite sem luar; era silenciosa e augusta. As árvores erguiam-se hirtas e se recortavam na sombra, como desenhadas. Nem uma aragem corria; mas estava fresco. Não se ouvia a mínima bulha natural. Nem o estridular de um grilo; nem o piar de uma coruja. A noite quieta e misteriosa parecia aguardar quem a interrogasse e fosse buscar no seu sossego paz para o coração.

Clara contemplava o céu negro, picado de estrelas, que palpitavam. A treva não era total, por causa da poeira luminosa que peneirava das alturas. Ela, daquela janela, que dava para os fundos de sua casa, abrangia uma grande parte da abóbada celeste. Não conhecia o nome daquelas joias do céu, das quais só distinguia o Cruzeiro do Sul. Correu com o pensamento errante toda a extensão da parte do céu que avistava. Voltou ao Cruzeiro, em cujas proximidades, pela primeira vez, reparou que havia uma mancha negra, de um negro profundo e homogêneo de carvão vegetal. Perguntou de si para si:

— Então, no céu, também se encontram manchas?

328 Imóveis, paradas.

Essa descoberta, ela a combinou com o transe por que passara. Não lhe tardaram a vir lágrimas; e, suspirando, pensou de si para si:

— Que será de mim, meu Deus?

Se "ele" a abandonasse, ela estava completamente desmoralizada, sem esperança de remissão, de salvação, de resgate... Moça, na flor da idade, cheia de vida, seria como aquele céu belo, sedutoramente iluminado pelas estrelas, que também tinha ao lado de tanta beleza, de tanta luz, de não sabia que sublime poesia, aquela mancha negra como carvão. Cassi a teria de fato abandonado? Ela não podia crer, embora há quase dez dias não a viesse ver. Se ele a abandonasse — o que seria dela? Veio-lhe então perguntar a si mesma como se entregou. Como foi que ela se deixou perder definitivamente?

Clara não podia bem apanhar todas as fases dessa queda; ela se lembrava de poucas e sem nitidez apreciável. Tudo foi num galope para a desgraça... Em começo, a primeira impressão simpática, os gemidos do violão, os seus repinicados, seguidos dos requebros dos olhares do tocador, que os exagerava e punha neles não sei que chama estranha, doce e, ao mesmo tempo, quente. Impressionara-se muito com isso, tão preparada já estava para os efeitos do instrumento. Depois, aquela oposição de todos, aquele falar contínuo nele, para dizer mal, tanto da parte do padrinho, como da parte da mãe e de dona Margarida. Essa insistência em denegri-lo fizeram que ela representasse, dentro de si mesma, Cassi, como um homem excepcional, que causava inveja a todos, pelas suas qualidades de bravura, pela sua habilidade no canto e na viola. Não acreditava no que diziam dele... Pareceu-lhe, na primeira vez que o viu, tão modesto, tão reservado de modos, tão delicado, que não podia ser o que diziam. Quando conversou com ele, meses depois, pela primeira vez, no gradil de sua casa, mais esse retrato se firmou; as suas conversas eram tão inocentes e honestas, falando sempre em empregar-se e casar-se com ela; removendo as objeções e dúvidas que ela punha quanto à viabilidade do casamento deles, com segurança e franqueza; contrapondo, para mostrar a sua possibilidade, à cor dela, além da grande paixão que nutria, a sua pobreza, a oposição dos pais, a sua falta de posição, de saber — o que não permitia a ele aspirar grandes casamentos vistosos, com mulher mais bem-educada do que ele, mais instruída...

O seu ideal era Clara, pobre, meiga, simples, modesta, boa dona de casa, econômica que seria, para o pouco que ele poderia vir a ganhar...

De dia para dia, ele ganhava mais fortemente a confiança da rapariga. Ela se convencia e sonhava a toda hora com aquela "casa branca da serra", onde iria aninhar o seu amor por Cassi. Indagava, em todas as entrevistas, dos passos que ele dava para obter emprego, colocação; e ele, com blandícia,[329] com afagos, dizia-lhe com açúcar nas palavras:

— Sossega, filhinha querida! Roma não se fez num dia... É preciso esperar... Falei ao doutor Brotero, que me deu uma recomendação para o senador Carvalhais. Procurei este e ele me disse que, para o cais do Porto,[330]

329 Afago, carícia, carinho.

330 Após o início da ocupação da cidade do Rio de Janeiro, as atividades comerciais e portuárias se consolidaram inicialmente entre os Morros do Castelo e de São Bento, onde as condições de sobrevivência eram mais propícias. A extensa região, durante a primeira metade do século XVIII, não era ocupada densamente, devido principalmente aos amplos terrenos em que se explorava a atividade agrícola para abastecimento da cidade. No correr do Setecentos, as condições geográficas da região foram reconhecidas como adequadas para expansão das atividades portuárias da cidade, o que permitiu o aparecimento de trapiches, depósitos e armazéns, por sua vez ligados ao intenso movimento de mercadorias, escravos e também do

não podia arranjar... Tinha pedido muito e muito; estava "queimado", como se diz.

Ouvindo tudo isto, Clara sentia-se desfazer, ao calor, à meiguice, ao entono[331] amoroso daquela voz. Era mesmo um bom, um sincero, um namorado, mais que isto, um noivo — esse Cassi.

— Por que você não me "pede" a papai? — perguntou-lhe um dia.

Cassi, sem hesitação, com o mais convincente tom de franqueza, respondeu:

— Não posso ainda, meu bem. Seus pais... É verdade que seu padrinho não existe mais...

A estas palavras, Clara estremeceu e olhou-o medrosa; ele, porém, não percebeu o movimento da rapariga, como ainda não tinha notado as suspeitas que ela tinha, de quando em quando, da intervenção dele no assassinato do padrinho. No começo, Clara quase ficara certa de que ele estava metido no crime; mas, quando, daí a dias, conversou com ele, fosse a emoção da primeira entrevista, fosse a ternura com que a cobria e se expandia por ele todo, ela afastou a convicção e perdeu o terror que ele começara a lhe inspirar. A sua débil inteligência, a sua falta de experiência e conhecimento da vida, aliado tudo isto à forte inclinação que tinha e não sopitava[332] pelo violeiro, agiram sobre a sua consciência, de forma a inocentar, a seus olhos, o tocador de violão, no caso da morte misteriosa do padrinho. Entretanto, de quando em quando, lá lhe vinha uma suspeita, mas ele era tão bom...

---

ouro advindo do interior. A crescente atividade portuária dessa extensa faixa litorânea da cidade dinamizou a ocupação dos morros e planícies de toda a área e a divisão das terras. Com isso, criaram-se condições para a formação dos três bairros vinculados ao cais do porto: Saúde, Santo Cristo e Gamboa.

331 Altivez, vaidade.

332 Abrandava, acalmava.

Cassi, sem hesitação, respondeu-lhe à pergunta, no mais persuasivo tom de franqueza:

— Não posso ainda, meu bem. Seus pais... É verdade que seu padrinho não existe mais; mas dona Engrácia não me suporta. Além disso, essa dona Margarida também não me traga... Que estranho o que se passou com ela e Timbó...

— Você por que anda com ele, Cassi?

— Que hei de fazer? Ele não me faz e não me fez mal; procura-me e não posso correr com ele. É por isso.

— Mas é só por isso que você não me pede? Por causa da implicância que têm com você? Por isso só, não!

— Não é só por isso. É porque estou ainda desempregado. Se eu estivesse empregado, desarmava todos; e — fique você certa — logo que me empregue, peço-te em casamento.

Recordando-se disso, Clara, mais uma vez, contemplou o céu profusamente estrelado; mas, logo, deu com a mancha de alcatrão e ficou triste.

Rememorando conversas e fatos, ela punha todo o esforço em analisar o sentimento, sem compreender o ato seu que permitiu Cassi penetrar no seu quarto, alta noite, sob o pretexto de que precisava se abrigar da chuva torrencial prestes a cair. Ela não sabia decompô-lo, não sabia compreendê-lo. Lembrando-se, parecia-lhe que, no momento, lhe dera não sei que torpor de vontade, de ânimo, como que ela deixou de ser ela mesma, para ser uma coisa, uma boneca nas mãos dele. Cerrou-se-lhe uma neblina nos olhos, veio-lhe um esquecimento de tudo, agruparam-se-lhe as lembranças e as recordações e toda ela se sentiu sair fora de si, ficar mais leve, aligeirada não sabia de quê; e, insensivelmente, sem brutalidade, nem violência de espécie alguma, ele a tomou para si, tomou a sua única riqueza, perdendo-a para toda a vida e vexando-a, daí em diante, perante todos, sem esperança de reabilitação.

Pôs-se a chorar silenciosamente. No seio da noite, um apito de locomotiva ecoou como um gemido; as árvores como que estremeceram; por sobre um capinzal próximo, um pirilampo emitia a sua luz de prata azulada; por cima da casa, morcegos silenciosos esvoaçavam; ao longe, as montanhas tinham aspectos sinistros, de gigantes negros que montavam sentinela; tudo era silêncio, e, em vão, ela apurava o ouvido e reforçava o seu poder de visão, para ver se daquele mistério todo saía qualquer resposta sobre o seu destino — ou se via o caminho para a sua salvação...

Olhou ainda o céu, recamado[333] de estrelas, que não se cansavam de brilhar. Procurou o Cruzeiro, rogou um instante a Deus que a perdoasse e a salvasse. Andou com o olhar no céu, um pouco além; lá estava a indelével mancha de carvão...

"Ele" não vinha; os galos começavam a cantar. Fechou a janela chorando e chorando foi se deitar. Custou a conciliar o sono; e a visão ameaçadora da descoberta, por parte dos seus, da sua falta, passou-lhe pelos olhos e aterrou-a como um duende, um fantasma.

Em casa e fora, ainda ninguém suspeitava. Os sintomas de gravidez, por ora, não se faziam sentir. É verdade que tinha náuseas, enjoos, sem causa nem motivo; mas ela dissimulava-os tão bem, que sua mãe nada percebia.

Dona Engrácia mesmo era de seu natural pouco sagaz e tinha grande confiança na vigilância que exercia sobre a filha. Joaquim, nos dias úteis, mal via a filha, pela manhã, ao sair, e à noite, quando voltava do serviço.

A morte desgraçada do seu compadre Marramaque o fizera triste, verdadeiramente triste e acabrunhado. A sua amizade era velha, e ele devia favores inolvidáveis ao pobre contínuo. Fora ele quem aperfeiçoara o pouco que ele, Joaquim, sabia, para ser carteiro. Devia-lhe esse ser-

333 Enfeitado, revestido, coberto de ornamento.

viço espontâneo. Mais de uma vez, arranjara-lhe recomendações para promoções, de modo que o que era, devia de alguma sorte a Marramaque. As partidas de solo, aos domingos, não se realizavam mais. Lafões tinha sido transferido para os mananciais. O sagaz minhoto farejava que aquele negócio de Cassi desandaria em desgraça. Ele não a podia impedir, mas não a queria assistir, tanto mais que se sentia arrependido de ter apresentado o modinheiro em casa do carteiro. Enganou-o, o malandro! Fizera-o de boa-fé...

O único que aparecia ainda, era Meneses. Estava, porém, amalucado, monomaníaco.[334] Fugia de todas as conversas e teimava em expor o seu sistema de carro motor, sem rodas, absolutamente sem rodas. Uma grande descoberta! — arrematava ele.

— A roda, meu caro Joaquim, é um atraso das nossas máquinas. No seu acionamento, devido ao atrito dos eixos nos mancais[335] e outros meios de transmissão da força, perde-se muito do efeito útil desta, proveniente das resistências passivas. Se nós, para nos movermos; se um cavalo, um elefante e todos os animais empregassem rodas para se deslocarem de um ponto para outro, a força que despenderiam seria muitas vezes maior do que a de que efetivamente dispõem. Suprimo as rodas da minha "Andotiva"[336] (é assim que o meu aparelho

334 Acometido de monomania — alienação mental em que uma única ideia absorve as faculdades mentais do indivíduo.

335 Peça, geralmente de ferro ou bronze, sobre a qual giram os eixos de certos veículos.

336 O projeto utópico da personagem, às voltas com um maquinário voador, faz lembrar bastante da biografia de José do Patrocínio (Campos, Rio de Janeiro, 1853 — Rio de Janeiro, 1905). Lima Barreto provavelmente inspirou-se no famoso jornalista abolicionista, cujo final da vida deve ter impressionado o escritor, como demonstra essa passagem: "Pedro II foi

se chama) e imito o meio de locomover-se dos animais terrestres. Tenho hesitado entre os répteis e os mamíferos; mas vou tomar por modelo estes. Com juntas, jogos combinados de cadeias de distensão e contração, como as nossas cadeiras de molas, obterei uma máquina que, com o mesmo custo de força e combustível que uma locomotiva comum, produzirá o dobro do rendimento útil que esta produz.

Joaquim, ouvindo tudo isto, bocejava; Meneses, inteiramente engolfado no seu sonho mecânico, não percebia que estava enfadando o amigo. Falava, falava sobre a sua sonhada — Andotiva — e bebia parati.

Às vezes, jantava com o carteiro e família; mas, na mesa, pouco se dirigia à Clara. Tinha medo que, conversando, traísse o segredo que existia entre ambos.

O velho dentista, mesmo, havia deixado de ver Cassi, e este, por sua vez, evitava-o, temendo que Meneses percebesse os seus propósitos de fuga e contasse a todos, levantando suspeitas em Clara.

Outras vezes, o velho dentista ia procurar Leonardo Flores, para conversar e mesmo jantar com ele. Flores

---

imperador e andou sempre apertado. José do Patrocínio fez a abolição e acabou na miséria. Não é preciso juntar mais exemplos de grandes homens, nacionais e estrangeiros, que morreram na miséria" ("Bilhete", In: *Careta*, 8 de julho de 1922). Envolvido ativamente no jornalismo e na vida política, entre 1880 e 1889, José do Patrocínio, a partir de 1894, dedicou-se à construção de um balão dirigível, o aerostato *Santa Cruz*, que nunca levantou voo. Trabalhou ativamente no complexo projeto, inicialmente em um hangar no bairro de São Cristóvão, depois em Inhaúma. Seu jornal *Cidade do Rio* abriu falência, em 1903, quando Patrocínio já estava tuberculoso e sem recursos financeiros. O ativista foi então acometido de uma hemoptise, sintoma da tuberculose, durante homenagem a Santos Dumont, no Teatro Lírico, quando discursava saudando o inventor.

não passava verdadeiramente necessidade. Com a sua aposentadoria e o auxílio que os filhos lhe prestavam, sempre tinha o que comer sem se queixar da fome.

A sua casa, graças à dedicação da mulher, vivia em ordem. Ele não se intrometia em nada da economia do lar. Os seus próprios vencimentos de aposentado, ele ia recebê-los, ou ela, e os entregava intactos. Roupa, jornais, fumo, parati — tudo ela comprava e lhe dava. Em começo, a boa da dona Castorina quis ver se suprimia a cachaça; mas viu que era pior. Ele caía num abatimento, numa apatia de coisa morta. Resolveu fazer mais este sacrifício ao seu triste casamento: dar cachaça ao marido. Quando ele queria sair, ela lhe dava níqueis para a sua predileta bebida.

As visitas de Meneses eram particularmente agradáveis à mulher de Flores, porque não só distraía o marido, como lhe tirava a vontade de sair.

Flores tinha épocas em que não se movia de casa, senão a muito custo, para ir ao Tesouro[337] receber a sua pensão; mas tinha outra em que se lhe tomava inteiramente o delírio ambulatório.[338] Dona Castorina, embora

337 Criado em 1808, substituindo a antiga Junta da Fazenda do Rio de Janeiro, sob controle do Real Erário de Lisboa, o Tesouro Nacional era o órgão do Ministério da Fazenda que controlava e administrava as finanças nacionais, arrecadação e despesas.

338 Lima Barreto era notório andarilho, tanto da região central do Rio de Janeiro, como dos afastados subúrbios. O escritor era capaz de andar da avenida Rio Branco até o bairro do Leblon, na zona sul do Rio. Em estado de sobriedade, a "mania ambulatória" era igualmente recorrente. Contudo, era também vitimado por esses "delírios ambulatórios" quando alcoolizado. Na noite anterior à sua segunda internação no Hospital Nacional de Alienados, noite de Natal, o escritor vagou pelos subúrbios, cruzando diversos bairros, até ser recolhido. Nos últimos meses antes da sua morte, com a saú-

compreendendo que o marido não podia ficar sempre retido em casa, procurava evitar que ele saísse, devido aos desatinos que praticava. Lá vinha, porém, um dia que...

Quando Meneses ia, aos domingos, procurá-lo, Flores recebia-o com um grandiloquente palavreado heráldico[339] e fidalgo; mas ele dizia com grande melancolia, com uma mágoa que bem sabia não ter remédio:

— Só tu me procuras, Meneses! Os outros me abandonaram... Ah! A Poesia! Ela me tem dado bons momentos, mas me fez ir longe demais no meu grande serviço...

Punham-se a bebericar e, quando já estavam um tanto "esquentados", cada um dava para a sua mania. Meneses explicava a mecânica sutil da sua "Andotiva"; e Leonardo Flores recitava o seu último soneto, que, embora desconexo, ainda tinha a música, uma imponderável nostalgia de coisas entrevistas em sonho, uma obsessão de perfume, que constituíam os característicos de sua poética.

De repente, Meneses punha-se a roncar no sofá, e Leonardo, saindo do seu mundo sonoro de versos e ri-

---

de bastante abalada, Lima Barreto já não andarilhava como de costume, permanecendo muito tempo na sua casa, a Vila Quilombo, em Todos os Santos. O que lhe arrancava lamentos. "Devido a um acidente ridículo que me impediu de calçar, durante quase todo mês de dezembro último não fui à cidade. Deixei-me ficar em casa, mal saindo do meu modesto aposento, para os outros da minha humildade residência. Em começo, aborreci-me com a cousa, porque sou andarilho de vocação, no bonde — bem entendido — ou melhor: gosto de estar em lugares em que as cenas variem e venham a se representar, às vezes, algumas imprevistas" ("Será sempre assim?", In: *ABC*, 7 de janeiro de 1922).

339 Aristocrático, portador de ares de nobreza. O termo vem da heráldica, a ciência de produzir brasões e conferir títulos de nobreza. A ironia de Lima Barreto para com o linguajar de Flores é evidente.

mas, punha-se de pé e, contemplando o camarada, com os braços cruzados, limitava-se a dizer:

— Imbecil! Dorme imbecil! Filisteu! Burguês!

E voltava a fazer versos, a que era como que forçado até à hora do jantar. Por essa ocasião, despertava Meneses aos berros e debaixo de descomposturas e injúrias poéticas.

O jantar, conforme o hábito das nossas pequenas famílias, nos domingos, era posto à mesa, mais cedo, constituindo o que se chama o "ajantarado".[340] Assim se usava na casa de Flores; mas, em geral, era servido tarde, quase à hora do jantar habitual. A refeição não corria alegre. Meneses tinha a sua mania; Flores a dele; e ambos, durante ela, entregavam-se às suas extravagâncias, falando de coisas que os outros não entendiam. Meneses era calmo; mas o seu amigo comia fazendo esgares,[341] soltando rugidos, cofiando a barba, ainda negra, que terminava num *cavaignac* pontiagudo.

Dona Castorina, a mulher de Flores, de vez em vez, repreendia-o como a um filho menor:

— Come com modos, Flores! Você parece uma criança.

Raramente acontecia estar presente um dos filhos. Andavam pelo *football*[342] e a mãe lhes reservava o jantar. Se acontecia o contrário, o rebento do poeta olhava o pai sem nenhuma expressão, sem ânimo de aconselhá-lo e sem insensibilidade para rir. A loucura de Flores era curiosa. Não só ela se manifestava com intermitências de grandes intervalos, como também as havia num curto espaço de um dia. O álcool tinha contribuído para

340 O autor já havia usado a expressão algumas vezes e agora a explica.

341 Trejeitos na face, contrações na fisionomia.

342 Sempre que pode, Lima vincula a prática esportiva aos maus costumes. Note-se o uso insistente do termo em inglês. Reiterando ser algo importado, não próprio daqui.

ela;[343] mas, sem ele, a sua alienação mental ter-se-ia manifestado, cedo ou tarde. Todos os que o conheceram moço, sabiam-no de sobra possuidor de diátese[344] da loucura. Os seus *tics*, os seus caprichos, a sua exaltação e outros sintomas confusamente percebidos levavam os

343 Anteriormente, Leonardo Flores revelou que possuía um irmão que havia sido "atacado da mais estúpida forma de loucura", enquanto Lima Barreto vivenciava a mesma situação, só que com seu pai. Aqui, Lima Barreto aproxima ainda mais tal personagem de sua biografia. Também Leonardo Flores incorria em crises de delírio. O consumo de bebida alcoólica é identificado como seu principal causador. "Houve quem perguntasse: bebemos porque já somos loucos ou ficamos loucos porque bebemos?", indagava o escritor em seu *Diário do hospício*. A dúvida do escritor acerca da responsabilidade do álcool sobre a loucura também era expressa pela psiquiatria, que se firmava no campo médico do início do século XX. Dentre outros temas, como a questão da hereditariedade, a bebida alcoólica aparecia como desencadeadora e causa do agravamento da loucura. Mesmo não havendo total consenso sobre essa relação condicional, não era questionado que a ingestão alcoólica produzia sintomas praticamente iguais aos manifestados nos alienados mentais. O alcoolismo passou a ser encarado por muitos estudiosos como uma doença não só patológica, mas também social. O hábito da bebida era, assim, associado aos modos de vida. As camadas mais pobres, que viviam de modo precário, eram tidas como as mais suscetíveis ao uso imoderado do álcool. Uma das formas instituídas para o combate a esse mal foi o enquadramento do alcoolismo como diagnóstico que legitimasse a manutenção do indivíduo na reclusão psiquiátrica. Nos prontuários de observação referentes às duas internações de Lima Barreto, o campo de diagnóstico foi preenchido com "alcoolismo". Esses eram os casos mais breves (pois saíam mais rápido da reclusão), porém os mais numerosos.

344 Conjunto de afecções diferentes que afetam simultânea ou sucessivamente um indivíduo e cuja causa é provavelmente a mesma.

seus íntimos a temerem sempre pela sua integridade mental. A tudo isso, ele juntava, ainda por cima, álcoois fortes, que sempre tomou; whisky, genebra,[345] gim, rum, parati — para se compreender a natureza da insânia de Flores.[346]

Certa vez, após o jantar, tomando café no jardinzinho de sua casa, que ele mesmo cuidava com rara dedicação, de surpreender no seu estado — Leonardo olhou o céu e gritou para Meneses, descansando a xícara sobre uma cadeira ao lado:

— Meneses! Vê só tu como esta tarde está linda! Não é só o ouro e a púrpura do crepúsculo que vêm; não é só o azul-ferrete dos morros que, com o aproximar-se a noite, se vai enegrecendo aos poucos... Há mais, caro Meneses; há verde no céu, um verde imaterial que não é o do mar, que não é o das árvores, que não é o da esmeralda, que não é o dos olhos de Minerva[347] — é um verde celestial, diferente de todos aqueles que nós habitualmente vemos... Vamos sair, vamos gozar a natureza!

— Deixa-te disso, Flores. Daqui mesmo, nós vemos...

— Idiota! Não és um artista... Se não me acompanhas, saio só!...

Dona Castorina interveio naturalmente:

— Para que vais sair, Leonardo? Estás tão bem aqui com o "seu" Meneses... Precisas de repouso, descanso...

— Mulher! Sabes quem eu sou? — fez Flores, com o seu modo habitual de cruzar os braços e enterrar o queixo no peito, quando falava com solenidade.

— Sei muito bem. És Leonardo Flores, meu marido — respondeu-lhe a mulher, sorrindo.

345 Aguardente obtida pela destilação do mosto fermentado de cereais e de frutos de zimbro.

346 Nova referência autobiográfica. Lima foi internado no manicômio por conta de delírios, todos eles causados pela bebida.

347 Deusa romana, correspondente à Atena da mitologia grega, deusa da sabedoria.

— Não sou só isso. Sou mais! — insistiu Flores, carrancudo.

— O que és, então? — perguntou-lhe dona Castorina.

— Sou um poeta!

Dizendo isto, entrou pela sala adentro e encaminhou-se para o quarto de dormir.

— Onde vais? — indagou-lhe a mulher.

— Vou me vestir; quero ver este crepúsculo de pedraria, de metais caros, de sonhos e de quimeras. Sou um poeta, mulher!

Dona Castorina já sabia que, quando lhe dava essa fúria de sair, era pior contrariá-lo. Nada disse ao marido e foi pedir a Meneses que o acompanhasse. O velho dentista não se sentia bem; o seu desejo era descansar; mas, à vista do pedido de dona Castorina, não teve outro remédio senão acompanhar o camarada. Andaram a pé por toda a parte, bebendo sempre onde encontravam lugar propício; Meneses, arrastando o passo; e Flores, dilatando as narinas, fazendo horríveis contrações com o rosto, alisando o *cavaignac* e dizendo:

— Que beleza! Que beleza! Quero respirar, cheirar, absorver todo o perfume desse divino crepúsculo... Não fora a natureza, os céus, os pássaros, as águas múrmuras, como poderíamos viver?

Depois de uma pausa, acrescentou desolado:

— A vida é tão banal, tão chata... Nós somos também natureza; mas do que nos vale isto? Há os burgueses e os regulamentos que nos abafam...

Já tinha anoitecido de todo. Leonardo Flores não dava mostras de querer voltar para casa; Meneses arrastava o passo a muito custo. Iam atravessando um trecho deserto de rua, quando o velho dentista disse para o amigo:

— Leonardo, estou com as pernas que não posso. Vamos descansar um pouco.

— Onde?

— Sentados na relva, um pouco longe da estrada, ali, atrás daquela moita... Estou que não posso, meu caro.

Os dois abandonaram o caminho público e procuraram a tal moita. Meneses, com muita dificuldade, sentou-se; mas Leonardo foi logo se deitando. Tinham bebido muito, e a embriaguez lhes chegava. Leonardo ainda pôde dizer, olhando as estrelas que começavam a brilhar:

— Como é belo o céu! Lá não haverá por certo ministros, nem congresso, nem presidentes... Que bom será!

O dentista não se demorou muito tempo sentado; deitou-se logo; e Leonardo, mal dissera aquelas palavras, ferrou no sono. Dormiram afinal, na relva, com os olhos voltados para o céu estrelado...

Leonardo, já dia adiantado, veio a despertar naquele capinzal, atordoado, zonzo; e, ao dar com Meneses ao lado, procurou acordá-lo. Foi em vão; o velho estava morto. Um colapso cardíaco o tinha levado. Percebendo que o amigo tinha morrido, Leonardo ergueu-se, tirou-lhe o chapéu de perto da cabeça, pôs-lhe o rosto bem à mostra, com as suas brancas barbas veneráveis, e começou a exclamar:

— Sol! Sol glorioso das auroras e das ressurreições! Sol divino que conténs todos nós, homens e plantas, bestas e gênios, insetos e vampiros, lesmas e belezas! Sol que tudo fecundas e transformas! Vem tu — ó Sol! — beijar esta augusta cabeça de imperador (apontava para Meneses hirto) que vai pra sempre mergulhar na treva e só te verá de novo, quando for árvore, quando for arbusto, quando for pássaro e quando de novo voltar a ser homem. Beija-o ainda mais uma vez! Beija-o, porque ele te amou e muitas vezes voou para os espaços sidéreos, desejoso de ver o teu fulgor e morrer por tê-lo visto.

Não dera fé, Leonardo, que alguns transeuntes haviam parado, para ouvir as suas palavras e ver os seus estranhos trejeitos. Os mais curiosos se aproximaram e deram com aquele estranho e bizarro espetáculo de um homem, que parecia louco ou bêbedo, a pronunciar coisas incompreensíveis e a gesticular, diante de um pobre velho morto. Chamaram a polícia; e lá foi Leonardo, gesticulando e falando só, para a delegacia. Meneses tomou o caminho do necrotério, após fotografias e outras precauções policiais.

O primeiro movimento do policial que recebeu Leonardo foi removê-lo *incontinenti* para o hospício ou lugar equivalente.[348] Na verdade, o poeta não dizia coisa com coisa; nem mesmo quem era, informava. Muitos o conheciam de vista, mas, para essas pessoas, era simplesmente — "o poeta". Em chegando Praxedes, as coisas mudaram. Tinha ele o hábito de ir de manhã às delegacias, ver se pegava algum biscate, alguma coisa. Indo, naquele dia, topou

348 Na maioria dos casos, o ingresso no Hospital Nacional de Alienados acontecia pela transferência da Santa Casa de Misericórdia e, principalmente, pela ação policial. Após a prisão, suspeitando-se que um indivíduo incorria em alienações mentais, era prontamente ocorrida a transferência. O paciente era então internado e ficava em primeiro lugar no Pavilhão de Observações do Hospital. Na ocasião da internação era feita uma guia policial que trazia informações sobre o estado do interno. Esse conteúdo era geralmente transcrito no prontuário de observação. Lima Barreto, nas duas vezes em que esteve aí internado, foi conduzido dentro do carro-forte da polícia. No prontuário de observação da primeira internação, em 1914, constava: "Cópia da guia policial: 'Nada informa aos antecedentes de hereditariedade. Acusa outros no rapto de manuscritos. Acusa insônias, com alucinações visuais e auditivas. Estado geral bom. Boa memória'" (*A vida de Lima Barreto*, p. 366). Devido ao aumento do número de homens considerados agressivos e de alta periculosidade enviados pela delegacia de polícia ao Hospício Nacional, em 1917 foi criada, dentro da Seção Pinel, uma subseção de nome Seção Lombroso, destinada a abrigar esse tipo de doente.

com Leonardo lá e soube que um velho, que bebia muito e costumava estar com ele, havia sido encontrado morto junto a Flores e fora removido para a *morgue*.[349] Viu logo que se tratava de Meneses. Muito prestável, obsequioso de gênio, Praxedes, para quem a polícia não tinha segredos, informou ao comissário quem era Leonardo e quem era Meneses. A autoridade policial encarregou-o de prevenir os parentes e amigos de ambos do que havia acontecido. Praxedes correu à casa de Joaquim dos Anjos, para desobrigar-se da missão. Foi recebido pela mulher e a filha.

— Quincas não está aí — disse-lhe dona Engrácia. — Ele saiu cedo...

— O senhor pode telefonar para a Repartição dos Correios — lembrou Clara.

— Lembrei-me disso, mas não sabia a seção.

A filha disse-lhe e o doutor Praxedes, muito diplomaticamente, ergueu-se todo e, ao despedir-se das senhoras, desculpou-se:

— Vossas Excelências hão de me perdoar. Não podia deixar de vir até aqui. Sabia de dois amigos íntimos do doutor Meneses; um era o senhor Cassi, mas este está fora...

Clara espantou-se:

— Está fora!

— Ué, Clara! — fez dona Engrácia. — Que espanto!

— Não, porque ainda há dias "seu" Meneses disse a papai que estivera com ele — fez Clara disfarçando.

— Deve ser há algum tempo, minha senhora — aventou Praxedes, com toda a delicadeza de voz; — porque há bem quinze dias que embarcou para São Paulo, em Cascadura.[350] Eu até me despedi dele...

Praxedes saía e Clara, logo que pôde, correu ao quar-

349 Necrotério.

350 Pelas linhas que partiam da Central do Brasil circulavam trens que iam até o estado de São Paulo.

to para chorar. Estava irremediavelmente perdida; ele a abandonava de vez. Como havia de ser? Como havia de esconder a gravidez, que se ia mostrando aos poucos? Que fariam dela os seus pais? Era atroz o seu destino!

Todas essas perguntas, ela formulava e não lhes dava resposta. Cassi partira, fugira... Agora, é que percebia bem quem era o tal Cassi. O que os outros diziam dele, era a pura verdade. A inocência dela, a sua simplicidade de vida, a sua boa-fé, e o seu ardor juvenil tinham-na completamente cegado. Era mesmo o que diziam... Por que a escolhera? Porque era pobre e, além de pobre, mulata. Seu desgraçado padrinho tinha razão... Fora Cassi quem o matara.

Ele contava, já não se dirá com o apoio, mas com a indiferença de todos pela sorte de uma pobre rapariga como ela. Devia ser assim, era a regra. Nessa indiferença, nessa frouxidão de persegui-lo, de castigá-lo convenientemente, é que ele adquiria coragem para fazer o que fazia. Além de tudo, era covarde. Não cedia ao impulso do seu desejo, de seu capricho, por uma moça qualquer. Catava com cuidado as vítimas entre as pobres raparigas que pouco ou nenhum mal lhe poderiam fazer, não só no que toca à ação das autoridades, como da dos pais e responsáveis.

Estava aí o seu forte; o mais eram acessórios de modinhas, de tocatas de violão, de cartas, de suspiros — todo um arsenal de simulação amorosa, que ele, sem caráter e, por demais, cínico, sabia empregar, como ninguém.

Que havia de ser dela, agora, desonrada, vexada diante de todos, com aquela nódoa indelével na vida?

Sentia-se só, isolada, única na vida. Seus pais não a olhariam mais como a olhavam; seus conhecidos, quando soubessem, escarneceriam dela; e não haveria devasso por aí que a não perseguisse, na persuasão de quem faz um cesto, faz um cento.[351] Exposta a tudo, descon-

351 Provérbio de época que queria dizer que quem se permite realizar uma pequena falcatrua logo faz uma maior.

siderada por todos, a sua vontade era fugir, esconder-se. Mas, para onde? Com a sua inexperiência, com a sua mocidade, com a sua pobreza, ela iria atirar-se à voracidade sexual de uma porção de Cassis ou piores que ele, para acabar como aquela pobre rapariga, a quem chamavam de Mme. Bacamarte, suja, bebendo parati e roída por toda a sorte de moléstias vergonhosas.

Pensou em morrer; pensou em se matar; mas, por fim, chorou e rogou a Nossa Senhora que lhe desse coragem. Se pudesse esconder?... — acudiu-lhe repentinamente este pensamento. Se pudesse "desfazê-lo"? Seria um crime, havia perigo de sua vida; mas era bom tentar. Quem lhe ensinaria o remédio? Correu o rol de suas poucas amigas; e só encontrou uma: dona Margarida.

Nisto, sua mãe gritou-lhe do fundo da casa:

— Clara, estás dormindo? Olha que estão batendo na porta.

— Já vou, mamãe.

Era o estafeta[352] dos telégrafos, que trazia um despacho do pai, comunicando que, devido a ter de fazer o enterro de Meneses, chegaria mais tarde, mas viria jantar.

Ela e a mãe não esperaram; jantaram antes. Clara, muito preocupada com o "remédio" que ia ver se dona Margarida lhe arranjava; e dona Engrácia, aborrecida com a morte de Meneses.

— Pobre Meneses! — dizia ela. — Morrer assim, no mato! Por que ele não foi pra casa? Era bem velho, não era, Clara?

— Devia ter mais de setenta anos.

— Isto não quer dizer nada. Há quem dure mais... Você tem reparado, Clara, que, de uns tempos para cá, está nos acontecendo uma porção de coisas más?

352 Encarregado da distribuição de correspondências, entregador de telegramas.

— Nem tantas! Duas só: a morte do padrinho e...

— Você acha pouco e, ainda por cima, da forma que elas nos chegam! Deus nos proteja! Tenho para mim que alguma está para nos acontecer...

— Qual, mamãe! Tudo isto é doloroso, mas são fatos que se dão...

— Felizmente, esse azar de Cassi se foi. Que vá pro diabo que o carregue!

Clara teve vontade de chorar; mas conteve-se. Estava resolvida: amanhã, pediria um "abortivo" a dona Margarida.

Joaquim dos Anjos chegou e narrou tudo o que acontecera com Meneses e Leonardo. Aquele, por não ter ninguém que lhe fizesse o enterro, ele o fizera; e Leonardo, logo que foi afastada a hipótese de crime e ficou sabido o seu estado mental, entregaram-no à mulher. Ao chegar em casa, acompanhado de dona Castorina, foi que Flores caiu em si e teve consciência perfeita do fim do amigo. Estava lúcido, bom; estava o verdadeiro Leonardo, que chorou o falecimento do camarada, sem mescla de delírio, pressentindo que, nele, havia aviso do seu próximo fim.

Engrácia ouviu a narração de Quincas e, ingenuamente, perguntou-lhe:

— Esse Leonardo é mesmo homem de inteligência, Quincas?

— É, Engrácia. Por quê?

— Por que ele então bebe tanto?

— Quem sabe lá? Vício, hábito, capricho da sua natureza, desgostos, ninguém sabe! — observou o marido.

— Eu vejo tanto doutor por aí que não bebe.

— Você pensa que todo doutor é inteligente, Engrácia?

— Pensei.

Clara ficou admirada de que a opinião da mãe não fosse exata. Ela também, muito popular e estreita de ideia, admitia que toda a espécie de doutor fosse de sábios e inteligentes.[353]

Joaquim, dizendo-se cansado, fora logo deitar-se; e, em seguida, a sua mulher e filha.

Em breve, tudo era silêncio na casa e na rua. Clara não esperava mais, com a janela semiaberta, a visita do sedutor. Havia se fatigado de aguardá-lo muitas noites seguidas; e, agora então, depois da informação de Praxedes, tinha perdido toda a esperança. Ele fugira, e ela ficara com o filho a gerar-se no ventre, para a sua vergonha e para tortura de seus pais. Imediatamente, o seu pensamento se encaminhou para o "remédio" que devia "desmanchá-lo", antes que lhe descobrissem a falta. Tinha medo e tinha remorsos. Tinha medo de morrer e tinha remorsos de "assassinar" assim, friamente, um inocente. Mas... era preciso. Pôs-se a examinar o que lhe podia responder dona Margarida. Pesou os prós e os contras; analisou bem o caráter da amiga russa-alemã; e, na calma do quarto, percebeu bem que não lhe daria nem indicaria o "remédio" criminoso. Margarida era uma mulher séria, rigorosa de vontade, visceralmente honesta, corajosa, e não haveria rogos nem choro que a fizessem contribuir para um crime de qualquer natureza. Então, como havia de ser? Examinou a lista das conhecidas, a ver se encontrava uma que lhe prestasse esse "ser-

353 Ironia de Lima Barreto à "mania de doutor", disseminada durante esse período. Compartilhada de maneira tácita, essa verdadeira crença social entranhava-se no imaginário local, fazendo crer na proeminência de uma "aristocracia" composta pelos doutores, que carregariam uma moral e valores superiores, garantidos pelo título — ostentosamente empunhado — de bacharel. "A superstição do 'doutor', e a presunção deles como consequência, obliteram certos espíritos até fazê-los chegar a essa cegueira completa" ("A superstição do doutor", In: *Gazeta de Notícias*, maio de 1918).

viço"... Não encontrou, e também eram tão poucas... Se tivesse dinheiro, com auxílio de Mme. Bacamarte... Acudiu-lhe então uma ideia. Ela ajudava dona Margarida nos bordados e nas costuras, com o que já ganhava algum dinheiro. Não tinha nada a haver da amiga; mas bem lhe podia pedir emprestado, sob qualquer pretexto, uns vinte ou trinta mil-réis e pagá-los com trabalho. Qual seria o pretexto? Pensou, combinou mentiras; e, afinal, encontrou-o. Diria que era para comprar um presente destinado à mãe, cujo aniversário natalício estava a chegar. Sorriu de contentamento, quando organizou toda aquela mentiralhada. Julgava-se salva; mas, com o que ela não contava, era com a sagacidade da alemã.

Dona Margarida era mulher alta, forte, carnuda, com uma grande cabeça de traços enérgicos, olhos azuis e cabelos castanhos tirando para louro. Toda a sua vida era marcada pelo heroísmo e pela bondade. Embora nascida em outros climas e cercada de outra gente, o seu inconsciente misticismo humanitário, herança dos avós maternos, que andavam sempre às voltas com a polícia dos czares, fê-la logo se identificar com a estranha gente que aqui veio encontrar. Aprendeu-lhe a linguagem, com seus vícios e idiotismos, tomou-lhe os hábitos, apreciou-lhe as comidas, mas sem perder nada da tenacidade, do *esprit de suite*,[354] da decidida coragem da sua origem. Gostava muito da família do carteiro; mas, no seu íntimo, julgava-os dóceis demais, como que passivos, mal armados para a luta entre os maus e contra as insídias da vida.

Quando Clara lhe falou no empréstimo ou adiantamento, ela se espantou. Nunca a filha do "correio" lhe havia feito semelhante pedido — o que queria dizer aquilo? Não respondeu logo à solicitação e encarou firmemente, com o seu olhar translúcido e, no momento, duro, a filha do carteiro; e, por sua vez, indagou:

354 Expressão francesa para designar "espírito de perseverança".

— Para que você quer esse dinheiro, Clarinha?

A moça, não podendo suportar a mirada da alemã, abaixara os olhos; e, com voz sumida, explicou o suposto destino que ia dar à quantia pedida. Dona Margarida não acreditou; e, continuando com o olhar a sondar inquisitorialmente Clara, observou com energia maternal:

— Clara, você não fala a verdade; você está escondendo alguma coisa.

A moça quis negar; mas dona Margarida, pressentindo que ela ocultava alguma coisa de grave, cercou-a de perguntas; e Clara não teve outro remédio senão confessar tudo. Ela chorou, mas dona Margarida, sem se deixar comover, durante toda a confissão, mais arrancada aos poucos do que mesmo narrada espontaneamente, foi pensando como agir. Encheu-se, dona Margarida, de uma infinita pena daquela desgraçada rapariga, dos seus pais, e mais profunda se tornava a pena, quando antevia o horrível destino da pobre Clara;[355] entretanto, não deu qualquer demonstração do que lhe ia n'alma.

Num dado momento, sem dar-lhe a mínima explicação, dona Margarida ergueu-se e, dirigindo-se à Clara, ordenou imperiosamente:

— Vamos falar à sua mãe.

A filha do carteiro, sem fazer a mínima objeção, obedeceu. Ao chegar à casa de Joaquim, dona Engrácia estava no interior, inocentemente entregue aos seus afazeres domésticos. Entretanto, dona Margarida chamou de parte a mãe de Clara e começou a narrar-lhe o que havia acontecido com a filha. Dona Engrácia não se pôde conter. Logo que compreendeu a gravidade do fato, pôs-se

355 Lima Barreto imprime ao romance, nesse momento, certo ar naturalista como se ela não tivesse como escapar ao destino que se lhe anunciava, devido a sua cor e origem de nascimento. Não há como esquecer que, a despeito de ser um crítico feroz às teorias raciais, Lima nem sempre estava infenso a elas.

a chorar copiosamente, a lastimar-se, a soluçar, dizendo entre um acesso de choro e outro:

— Mas, Clara!... Clara, minha filha!... Meu Deus, meu Deus!

A filha aproximou-se chorando; ajoelhou-se, ajuntou as mãos, em postura de oração, aos pés da mãe e, soluçando, repetiu:

— "Me perdoe", mamãe! "Me perdoe", pelo amor de Deus!

Dona Margarida, de pé, nada dizia e olhava com profunda e desmedida tristeza, que não se adivinhava na sua calma e na segurança do seu olhar, aquele quadro desolador do enxovalhamento de um pobre lar honesto.

Afinal, quando lhe pareceu que ambas estavam mais calmas, interveio:

— Você sabe, Clara, onde mora a família desse sujeito?

Clara, ainda soluçando, respondeu:

— Sei.

Dona Engrácia indagou:

— Para quê?

Dona Margarida explicou que, antes de qualquer procedimento e mesmo de comunicar o fato a "seu" Joaquim, era conveniente entender-se com a família de Cassi. Ela, dona Margarida, iria imediatamente à casa dele, acompanhada de Clara. Mãe e filha concordaram; e Clara vestiu-se.

A residência dos pais de Cassi ficava num subúrbio tido como elegante, porque lá também há estas distinções. Certas estações são assim consideradas, e certas partes de determinadas estações gozam, às vezes, dessa consideração, embora em si não o sejam.[356] O Méier, por

356 Aqui Lima Barreto novamente mostra como até mesmo no subúrbio do estado materializavam-se hierarquias sociais. A estrutura das ruas e a arquitetura das casas eram aspectos essen-

exemplo, em si mesmo não é tido como chique; mas a Boca do Mato[357] é ou foi; Cascadura não goza de grande reputação de fidalguia, nem de outra qualquer prosápia distinta; mas Jacarepaguá, a que ele serve, desfruta da mais subida consideração.

A casa da família do famoso violeiro não ficava nas ruas fronteiras à *gare*[358] da Central; mas, numa transversal, cuidada, limpa e calçada a paralelepípedos. Nos subúrbios, há disso: ao lado de uma rua, quase oculta em seu cerrado matagal, topa-se uma catita, de ar urbano inteiramente. Indaga-se por que tal via pública mereceu tantos cuidados da edilidade, e os historiógrafos locais explicam: é porque nela, há anos, morou o deputado tal ou o ministro sicrano ou o intendente fulano.

---

ciais para a diferenciação entre os bairros suburbanos. Era dessa maneira, e a partir desses elementos, que se conformavam certas "disputas" entre os habitantes desses bairros. Lima Barreto cuida de demonstrar essa característica. "A mania dos suburbanos é discutir o merecimento deste subúrbio em face daquele. Um morador do Riachuelo não pode admitir que se o confunda com um do Encantado e muito menos com qualquer do Engenho de Dentro. Os habitantes de Todos os Santos julgam a sua estação excelente por ser pacata e sossegada, mas os do Méier acusam os de Todos os Santos de irem para o seu bairro tirar-lhe o sossego" ("Os outros", In: *Careta*, 11 de dezembro de 1915).

357 Nome de um bairro não oficial, localizado entre o Méier e o Engenho de Dentro. No início do século XX era uma região nobre do subúrbio, considerado a "Europa dos pobres". Lembra Lima Barreto a fama possuída pela localidade: "O Méier é ponto inicial de quatro linhas de bondes, uma até de grande extensão, a de Inhaúma, e outra que leva à Boca do Mato, lugar pitoresco, que já teve fama de possuir bons ares, para curar 'moléstias do peito', como diz o povo" ("A estação", In: *Gazeta de Notícias*, 6 de outubro de 1921).

358 Embarcadouro e desembarcadouro das estações de estrada de ferro.

Tinha boa aparência a residência da família do senhor Azevedo; mas quem a observasse com cuidado, concluiria que a parte imponente dela, a parte da cimalha,[359] sacadas gradeadas e compoteiras[360] ao alto, era nova. De fato, quando o pai de Cassi a comprou, a casa era um simples e modesto *chalet*, mas, com o tempo, e com ser sua vagarosa, mas segura, prosperidade, pôde ir, também devagar, aumentando o imóvel, dando um aspecto de boa burguesia remediada.[361] Na frente, não era alto; o terreno, porém, inclinava-se rapidamente para os fundos, de forma que, nessa parte, havia um porão razoável, onde, ultimamente, habitava Cassi. O puxado, na traseira da casa, também tinha porão, porém, com maus quartos, que eram ocupados pelas galinhas do filho e por coisas velhas ou sem préstimo, que a família refugava, sem querer pôr fora de todo.

Dona Margarida tocou a campainha com decisão e subiu a pequena escada que dava acesso à casa. Disse à criada que desejava falar à dona da casa. Dona Salus-

359 A parte mais alta que emoldura o alto da parede de uma edificação.
360 Vasos que ornamentavam as cimalhas, no alto das casas.
361 Lima Barreto era particularmente atento a essa "boa burguesia remediada", que ia aos poucos se separando dos demais grupos mais rebaixados socialmente e buscando símbolos de distinção. Toda essa performance social não garantia o ocultamento de sua artificialidade. "A nossa burguesia republicana é a mais inepta de todas as burguesias. Não tem gosto, não tem arte, não possui o mais elementar sentimento da natureza. Há nela pressa em tudo: no galgar posições, no construir, no amor, no ganhar dinheiro etc. Vai, nessa carreira, atropelando, vai matando, vai empurrando tudo e todos; e, como não tenha educação, cultura e instrução, quando se apossa do dinheiro, ganho bem ou mal, não sabe refletir como aplicá-lo, num gesto próprio e seu; então, imita o idiota que procura em comprar o que for caro, porque será decerto o mais belo" ("O Jardim Botânico e suas palmeiras", In: *Tudo*, 26 de junho de 1919).

tiana, que esperava tudo, menos aquela visita portadora de semelhante mensagem, não tardou em mandar entrar as duas mulheres. Ambas estavam bem vestidas e nada denunciava o que as trazia ali. Só Clara tinha os olhos vermelhos de chorar, mas passava despercebido. Chegou dona Salustiana e cumprimentou-as com grandes mostras de si mesma. Dona Margarida, sem hesitação, contou o que havia. A mãe de Cassi, depois de ouvi-la, pensou um pouco e disse com ar um tanto irônico:

— Que é que a senhora quer que eu faça?

Até ali, Clara não dissera palavra; e dona Salustiana, mesmo antes de saber que aquela moça era mais uma vítima da libidinagem do filho, quase não a olhava; e, se o fazia, era com evidente desdém. A moça foi notando isso e encheu-se de raiva, de rancor por aquela humilhação por que passava, além de tudo que sofria e havia ainda de sofrer.

Ao ouvir a pergunta de dona Salustiana, não se pôde conter e respondeu como fora de si:

— Que se case comigo.

Dona Salustiana ficou lívida; a intervenção da mulatinha a exasperou. Olhou-a cheia de malvadez e indignação, demorando o olhar propositadamente. Por fim, expectorou:

— Que é que você diz, sua negra?

Dona Margarida, não dando tempo a que Clara repelisse o insulto, imediatamente, erguendo a voz, falou com energia sobranceira:[362]

— Clara tem razão. O que ela pede é justo; e fique a senhora sabendo que nós aqui estamos para pedir justiça e não para ouvir desaforos.

Dona Salustiana voltou-se para dona Margarida e perguntou, pronunciando, devagar, as palavras, como para se dar importância:

— Quem é a senhora, para falar alto em minha casa?

362 Altiva, superior.

Dona Margarida não se intimidou:

— Sou eu mesma, minha senhora; que, quando se decide a fazer alguma coisa de justo, nada a atemoriza.

Foi calmamente que dona Margarida falou; e, à vista dessa atitude, dona Salustiana resolveu mudar de tática. Gritou para as filhas:

— Catarina! Irene! Venham cá que esta mulher está me insultando.

As moças acudiram e, contemplando o ar enérgico da teuto-eslava e a figura lastimosa de Clara, compreenderam que Cassi estava no meio. Acalmaram a mãe e indagaram do sucedido; Dona Margarida explicou; mas, quando se falou em casamento de Cassi, dona Salustiana prorrompeu:

— Ora, vejam vocês, só! É possível? É possível admitir-se meu filho casado com esta...

As filhas intervieram:

— Que é isto, mamãe?

A velha continuou:

— Casado com gente dessa laia... Qual!... Que diria meu avô, Lord Jones, que foi cônsul da Inglaterra em Santa Catarina — que diria ele, se visse tal vergonha? Qual!

Parou um pouco de falar; e, após instantes, aduziu:

— Engraçado, essas sujeitas! Queixam-se de que abusaram delas... É sempre a mesma cantiga... Por acaso, meu filho as amarra, as amordaça, as ameaça com faca e revólver? Não. A culpa é delas, só delas...

Dona Margarida ia perguntar: "Que decide, então?" — quando se ouviram passos na escada. Era o dono da casa. Entrando e deparando-se-lhe aquele quadro, suspendeu os passos e parou no meio da sala.

Olhou tudo e todos e perguntou:

— Que há?

"Papai" — ia dizendo uma das filhas; — mas sabendo, por aí, quem era aquele homem, Clara correu para ele, ajoelhou-se e implorou:

— Tenha pena de mim, "seu" Azevedo! Tenha pena de uma infeliz! Seu filho me desgraçou!

O velho Azevedo descansou os embrulhos, levantou a moça, fê-la sentar-se; e ele, sentando-se por sua vez, pôs-se a olhar, cheio de pena, o dorido rosto da rapariga. Todos os olhos se fixaram nele; ninguém respirava. Afinal, Azevedo falou:

— Minha filha, eu não te posso fazer nada. Não tenho nenhuma espécie de autoridade sobre "ele"... Já o amaldiçoei... Demais, "ele" fugiu e eu já esperava que essa fuga fosse para esconder mais alguma das suas ignóbeis perversidades... Tu, minha filha, te ajoelhaste diante de mim ainda agora. Era eu que devia ajoelhar-me diante de ti, para te pedir perdão por ter dado vida a esse bandido — que é o meu filho... Eu, como pai, não o perdoo; mas peço que Deus me perdoe o crime de ser pai de tão horrível homem... Minha filha, tem dó de mim, deste pobre velho, deste amargurado pai, que há dez anos sofre as ignomínias que meu filho espalha por aí, mais do que ele... Não te posso fazer nada... Perdoa-me, minha filha! Cria teu filho e me procura se...

Não acabou a frase. A voz sumiu-se; ele descaiu o corpo sobre a cadeira e os olhos se foram tornando inchados.

As filhas acudiram, a mulher também; e uma daquelas, chorando, pediu à Clara e à dona Margarida:

— É favor, minhas senhoras; retirem-se, sim?

Na rua, Clara pensou em tudo aquilo, naquela dolorosa cena que tinha presenciado e no vexame que sofrera. Agora é que tinha a noção exata da sua situação na sociedade. Fora preciso ser ofendida irremediavelmente nos seus melindres de solteira, ouvir os desaforos da mãe do seu algoz, para se convencer de que ela não era uma moça como as outras; era muito menos no conceito de todos. Bem fazia adivinhar isso, seu padrinho! Coitado!...

A educação que recebera, de mimos e vigilâncias, era

errônea. Ela devia ter aprendido da boca dos seus pais que a sua honestidade de moça e de mulher tinha todos por inimigos, mas isto ao vivo, com exemplos, claramente... O bonde vinha cheio. Olhou todos aqueles homens e mulheres... Não haveria um talvez, entre toda aquela gente de ambos os sexos, que não fosse indiferente à sua desgraça... Ora, uma mulatinha, filha de um carteiro! O que era preciso, tanto a ela como às suas iguais, era educar o caráter, revestir-se de vontade, como possuía essa varonil dona Margarida, para se defender de Cassis e semelhantes, e bater-se contra todos os que se opusessem, por este ou aquele modo, contra a elevação dela, social e moralmente. Nada a fazia inferior às outras, senão o conceito geral e a covardia com que elas o admitiam...

Chegaram em casa; Joaquim ainda não tinha vindo. Dona Margarida relatou a entrevista, por entre o choro e os soluços da filha e da mãe.

Num dado momento, Clara ergueu-se da cadeira em que se sentara e abraçou muito fortemente sua mãe, dizendo, com um grande acento de desespero:

— Mamãe! Mamãe!

— Que é minha filha?

— Nós não somos nada nesta vida.[363]

Todos os Santos (Rio de Janeiro),
dezembro de 1921 — janeiro de 1922.

363 Outra frase de efeito que distinguiu o romance por conta da alta carga emocional e autobiográfica nela contida. É como se Lima Barreto, unido à sua própria ficção, mostrasse, por meio de sua personagem feminina, como, a despeito de toda cultura, crítica e diferenciação, ao final, todos os indivíduos negros, mesmo aqueles que já não conhecem mais a realidade da escravidão, terminam por relembrar de sua condição original.

Cronologia

1881 Afonso Henriques de Lima Barreto nasce no Rio de Janeiro, a 13 de maio.

1887 DEZEMBRO Morre sua mãe.

1888 Abolição da Escravatura.

1889 Proclamação da República.

1890 João Henriques, pai do escritor, é demitido da Imprensa Nacional em fevereiro. Em março é nomeado escriturário das Colônias de Alienados da Ilha do Governador.

1891 Deodoro da Fonseca fecha o Congresso Nacional; contragolpe de Floriano Peixoto leva-o ao poder para restaurar a ordem constitucional.

Lima Barreto matricula-se como aluno interno no Liceu Popular Niteroiense.

1893 João Henriques é promovido a almoxarife das Colônias de Alienados.

A Armada revolta-se no Rio; Revolução Federalista no Sul.

João Henriques é nomeado administrador das Colônias de Alienados.

1894 Prudente de Morais assume a presidência da República.

1895 Morre Floriano Peixoto.

Concluída a instrução primária, Lima Barreto entra para o Ginásio Nacional (novo nome dado para o antigo Colégio Pedro II).

1896 Lima Barreto conclui os primeiros preparatórios no Colégio Paula Freitas.

1897 Ingressa na Escola Politécnica do Rio de Janeiro.

1898 Campos Sales inicia seu governo como presidente da República.
1902 Rodrigues Alves assume o poder e começa a reconstruir e sanear o Rio de Janeiro.
Lima Barreto colabora em jornais acadêmicos, escrevendo para *A Lanterna*, a convite de Bastos Tigre.
O pai de Lima Barreto enlouquece.
1903 Com a loucura do pai, Lima Barreto é obrigado a deixar a faculdade para sustentar a família. Ingressa como amanuense na Secretaria da Guerra.
Lima Barreto colabora no semanário *O Diabo*, de Bastos Tigre, e é nomeado amanuense na Diretoria de Expediente da Secretaria da Guerra.
1904 Começa a escrever *Clara dos Anjos*.
1905 Passa a trabalhar como jornalista profissional, escrevendo uma série de reportagens para o jornal *Correio da Manhã* sob o título "Os subterrâneos do Morro do Castelo".
Escreve prefácio para *Recordações do escrivão Isaías Caminha*.
1906 Data do prefácio para *Vida e obra de M. J. Gonzaga de Sá*.
Primeira licença para tratamento de saúde.
1907 Funda no Rio a revista *Floreal*.
1909 Morte de Afonso Pena; Nilo Peçanha o substitui.
Publicado em Lisboa o romance *Recordações do escrivão Isaías Caminha*, pelo editor M. Teixeira.
1910 Hermes da Fonseca inicia o governo.
Nova licença para tratamento de saúde.
1911 O *Jornal do Commercio* começa a publicar em folhetins o romance *Triste fim de Policarpo Quaresma*.
1912 Lima Barreto colabora no jornal *A Gazeta da Tarde*, onde publica, além de relatos folhetinescos, a sátira *Numa e a ninfa*.
Nova licença para tratamento de saúde.
Publica dois fascículos das "Aventuras de dr. Bogoloff".
1913 Muda-se para a rua Major Mascarenhas, 42, em Todos os Santos.
1914 Venceslau Brás chega ao poder em meio a grave crise econômica.

Lima Barreto começa a escrever diariamente uma crônica para o *Correio da Noite*.
Em agosto, Lima Barreto é recolhido pela primeira vez ao hospício. Nova licença para tratamento de saúde.

1915 *Numa e a ninfa* começa a ser publicado em folhetins no jornal *A Noite*.
Primeira fase de sua longa colaboração na revista *Careta*.

1916 Publica *Triste fim de Policarpo Quaresma*.
Por conta de um alcolismo renitente é internado para tratamento de saúde, interrompendo sua atividade profissional e literária.

1917 Crises e greves operárias alastram-se pelo país. Lima Barreto atua na imprensa anarquista, apoiando a plataforma libertária dos trabalhadores.
Entrega originais de *Os bruzundangas*.
Declara-se candidato à ABL, mas a inscrição não é aceita.

1918 Colabora com *A Lanterna* sob pseudônimo de dr. Bogoloff. Sai na revista *ABC* seu manifesto maximalista.
Por ter sido considerado "inválido para o serviço público", é aposentado de seu cargo na Secretaria da Guerra.

1919 Epitácio Pessoa assume a presidência da República.
Lima Barreto é novamente recolhido ao hospício.
Primeira edição de *Vida e morte de M. J. Gonzaga de Sá* é colocada à venda. Lima Barreto vê sua candidatura à ABL novamente fracassar.

1920 Aparece nas livrarias *Histórias e sonhos*.
Entrega ao editor os originais de *Marginálias*.

1921 Publica um trecho do romance *Cemitério dos vivos*.
Novamente apresenta-se candidato à ABL, mas retira seu nome meses depois.
Entrega ao editor os originais de *Bagatelas*.

1922 Entrega os originais de *Feiras e mafuás* e publica o primeiro capítulo de *Clara dos Anjos* na revista *Mundo Literário*.
Semana de Arte Moderna em São Paulo.
Lima Barreto morre, no dia 1º de novembro, em sua casa, no Rio de Janeiro, de colapso cardíaco.
Morre, em 3 de novembro, o pai do escritor.

Outras leituras

BARBOSA, Francisco de Assis. *A vida de Lima Barreto*. Rio de Janeiro: José Olympio, 2002.

BARRETO, Lima. *Recordações do escrivão Isaías Caminha*. São Paulo: Penguin-Companhia das Letras, 2010.

———. *Triste fim de Policarpo Quaresma*. São Paulo: Penguin-Companhia das Letras, 2011.

MACHADO, Maria Cristina Teixeira. *Lima Barreto: um pensador social na primeira República*. São Paulo: Edusp. 2002.

PEREIRA DA SILVA, H. *Lima Barreto escritor maldito*. Brasília: Civilização Brasileira, 1981.

RESENDE, Beatriz. *Lima Barreto e o Rio de Janeiro em fragmentos*. Rio de Janeiro: UFRJ/ UNICAMP, 1993.

SCHWARCZ, Lilia Moritz (Org). *Contos completos de Lima Barreto*. São Paulo: Companhia das Letras, 2010.

LEIA MAIS PENGUIN-COMPANHIA

CLÁSSICOS

Lima Barreto

Recordações do escrivão Isaías Caminha

Introdução de
ALFREDO BOSI
Prefácio de
FRANCISCO DE ASSIS BARBOSA
Notas de
ISABEL LUSTOSA

Mais de cem anos depois de sua primeira edição, *Recordações do escrivão Isaías Caminha* não poderia ser mais atual. Ambientado no Rio de Janeiro no começo do século XX, este livro de estreia de Lima Barreto narra a história de um jovem negro, culto e inteligente que, embora tenha todos os atributos para ser inserido na sociedade, é massacrado pelo preconceito racial.

Resgatando a atualidade da obra do escritor, o crítico Alfredo Bosi, que assina a introdução, destrincha o romance do ponto de vista da crítica literária se atendo especialmente à figura do narrador, que oscila entre as fantasias de prestígio social e o cotidiano sempre à beira de humilhações.

Esta edição traz ainda um prefácio de Francisco de Assis Barbosa, pesquisador e historiador que fez um dos mais importantes estudos sobre a obra de Lima Barreto. Complementando a fortuna crítica do livro, mais de cem notas de Isabel Lustosa, que resgatam a história social e cultural da *belle époque* carioca e desvendam o caráter memorialista do romance ao apontar as verdadeiras figuras por trás dos personagens.

Machado de Assis

Papéis avulsos

Introdução de
JOHN GLEDSON
Notas de
HÉLIO GUIMARÃES

Papéis avulsos, primeiro livro de contos publicado por Joaquim Maria Machado de Assis após a revolução ocasionada por *Memórias póstumas de Brás Cubas*, é integralmente composto por momentos antológicos da ficção curta brasileira. O sumário do volume é por si só impressionante. De "O alienista" a "O espelho", cujo enredo psicológico tem fascinado sucessivas gerações de leitores e escritores, doze clássicos do conto nacional concentram alguns dos melhores personagens e situações do gênio irônico do autor de *Dom Casmurro*.

O livro, com erudita introdução de John Gledson e notas de Hélio Guimarães, oferece a sequência original de publicação dos contos, como indicada por Machado na primeira edição, de 1882. Segundo Gledson, embora a unidade das histórias não seja à primeira vista evidente, com peças tão dissimilares como "A chinela turca" e "A sereníssima república", a estrutura de *Papéis avulsos* permite entrever uma totalidade sutilmente baseada na lógica interna da composição dos enredos, bem como no contexto histórico compartilhado: o Rio de Janeiro escravista e quase bucólico de meados do século XIX, observado por um de seus cronistas mais ferinos e perspicazes.

Montaigne

Os ensaios

Tradução de
ROSA FREIRE D'AGUIAR
Introdução de
ERICH AUERBACH

Personagem de vida curiosa, Michel Eyquem, Seigneur de Montaigne (1533-92), é considerado o inventor do gênero ensaio. Esta edição oferece ao leitor brasileiro a possibilidade de ter uma visão abrangente do pensamento de Montaigne, sem que precise recorrer aos três volumes de suas obras completas. Selecionados para a edição internacional da Penguin por M. A. Screech, especialista no Renascimento, os ensaios passam por temas como o medo, a covardia, a preparação para a morte, a educação dos filhos, a embriaguez, a ociosidade.

De particular interesse para nossos leitores é o ensaio "Sobre os canibais", que foi inspirado no encontro que Montaigne teve, em Ruão, em 1562, com os índios da tribo Tupinambá, levados para serem exibidos na corte francesa. Além disso, trata-se da primeira edição brasileira que utiliza a monumental reedição dos ensaios lançada pela Bibliothèque de la Pléiade, que, por sua vez, se valeu da edição póstuma dos ensaios de 1595.

LEIA MAIS PENGUIN-COMPANHIA

CLÁSSICOS

Angela Carter

A menina do capuz vermelho e outras histórias de dar medo

Tradução de

LUCIANO VIEIRA MACHADO

Durante o início da década de 1990, a escritora inglesa Angela Carter coletou em dois volumes contos de fadas do mundo inteiro, tendo concluído a segunda coletânea pouco antes de morrer. Nesta edição, a Penguin-Companhia selecionou alguns dos mais célebres (e assustadores) contos de Carter, num breve painel do folclore mundial e das tradições narrativas dos mais variados povos.

Há poucas fadas nessas histórias, e o leitor também terá dificuldades em encontrar príncipes encantados e caçadores que salvam o dia no último momento. Escritas numa época em que fábulas não eram destinadas a crianças, eles dão lugar a uma série de tias malévolas, esposas traiçoeiras, irmãs excêntricas e perigosas feiticeiras.

Por terem sido registrados em papel pela primeira vez nos últimos duzentos ou trezentos anos, os contos oferecem um retrato do dia a dia no mundo pré-industrializado, das dinâmicas sociais e de outros detalhes que com o tempo se perderam. Mais que isso, na tradição das histórias italianas reunidas por Italo Calvino, oferecem um registro precioso de algumas matrizes que posteriormente acabaram assimiladas pela literatura ocidental.

1ª EDIÇÃO [2012] 5 reimpressões

Esta obra foi composta em Sabon por Alice Viggiani
e impressa em ofsete pela Geográfica sobre papel Pólen Soft
da Suzano S.A. para a Editora Schwarcz em abril de 2021

FSC
www.fsc.org
MISTO
Papel produzido a partir de fontes responsáveis
FSC® C019498

A marca FSC® é a garantia de que a madeira utilizada na fabricação do papel deste livro provém de florestas que foram gerenciadas de maneira ambientalmente correta, socialmente justa e economicamente viável, além de outras fontes de origem controlada.